见面胜似闻名

一位驻外记者眼中的世界

马世琨 著

五洲传播出版社

图书在版编目（CIP）数据

见面胜似闻名 ：一位驻外记者眼中的世界 / 马世琨著．-- 北京 ：五洲传播出版社，2018.12

ISBN 978-7-5085-4075-7

Ⅰ．①见… Ⅱ．①马… Ⅲ．①随笔－作品集－中国－当代②国际新闻－评论性新闻－作品集－中国－当代 Ⅳ．①I267.1 ②I253

中国版本图书馆 CIP 数据核字（2018）第 277590 号

出 版 人　荆孝敏
著　　者　马世琨
责任编辑　王　莉
装帧设计　依　一

见面胜似闻名：一位驻外记者眼中的世界

出版发行　五洲传播出版社
地　　址　北京市海淀区北三环中路31号生产力大楼B座6层
邮政编码　100088
电　　话　010-82005927 82007837（发行部）
网　　址　www.cicc.org.cn www.thatsbooks.com
印　　刷　北京市房山腾龙印刷厂
版　　次　2019年1月第1版　2019年1月第1次印刷
开　　本　710mm×1000mm　1/16
印　　张　18.25
字　　数　200千字
书　　号　ISBN 978-7-5085-4075-7
定　　价　48.00元

人民日报代表团合影于法国未来世界城（作者二排左一）/ 1997年

马耳他两位前总理会见记者 / 1995年

与美国前总统卡特 / 1998年

采访美国前国务卿基辛格 / 1999年

秘鲁前总统藤森接受作者采访 / 1991年

中国新闻代表团访问日本（作者左四）/ 1994年

同巴基斯坦同行相聚伦敦（作者左二）/ 1997年

美国前驻华大使尚慕杰在家中接受采访 / 1999年

与朝鲜《劳动新闻》代表团在飞机上（作者于前排中间）/ 1985年

采访墨西哥前议长 / 1995年

维也纳前市长会见作者 / 1997年

中国记者组采访美国农民 / 1998年

在纽约时报大楼前 / 1999年

在人民日报驻美国记者站前 / 2000年

人民日报代表团合影于威尼斯 / 1997年

在塞舌尔骑旱龟 / 1984年

在朝鲜旅游胜地金刚山 / 1990年

背景为意大利罗马城废墟 / 1997年

在欧洲街头 / 1997年

与拉美青少年在一起 / 1996年

在环球时报工作 / 2004年

背景为美国华盛顿纪念碑 / 1999年

在美国匹兹堡汽车博物馆 / 1999年

在哈佛大学校园 / 1999年

华盛顿潮汐湖畔樱花树下 / 2000年

自序

书中都得有序言，这是个方便阅读的好规矩。序由谁写则大有讲究。有朋友建议我请位名家捉刀，以壮声色。我觉得就这么本书不值得烦劳他人，还是自说自话为宜。

从书的内容，约略可以看出我大半生的从业轨迹。1964 年我毕业于复旦大学新闻系，接着入本校西方国家政治经济研究所读研究生，1967 年调到人民日报国际部，从一而终，直到退休。30 多年的工作内容大致分为两部分：一是在国外当记者。20 世纪 70 年代、80 年代和 90 年代，先后在巴基斯坦、坦桑尼亚、津巴布韦和美国任常驻记者，加上短期出访，在国外工作为时 9 年多，访问过五大洲 50 余国。二是在国内上夜班，改稿写稿，搞评论，以后者为主。

一

在国外工作的日子很值得怀念，它让我见识了缤纷的世界，开阔了视野和思路，深切感受到个人与国家的息息相关，休戚与共。

1973 年底，经中央批准，人民日报决定在巴基斯坦建立“文化大革命”开始后的第一个驻外记者站，兼管对阿富汗、伊朗、斯里兰卡和孟加拉国的报道。翌年3月，杨绍南同志和我动身赴任。巴方和中国驻巴使馆都对这“第一个”很看重。使馆二把手专门举行向驻在国介绍我们俩的招待会，300多人出席。当地媒体报道称，人民日报将第一个记者站设在巴基斯坦，说明巴是中国的“头号朋友”。

在巴工作期间，我真切体验到啥叫“铁哥们”。外出采访可以不通过新闻局，想去哪里去哪里，也可以请新闻局帮着安排。如果是后者，通常是新闻局长一边请我们喝奶茶，一边叫来一位书记员，站在那里记录他的口授电文，具体到谁谁去机场接送，谁谁陪同，被指名道姓的多半是当地的新闻官或其副手。凡这种情况，我们一下飞机，就有两三位官员迎上来，热情欢迎，连手提包都抢着拎。

要想见时任总理布托也很容易，因为他差不多两三个月就举行记者招待会，会后照例有茶点招待。这时获准贴近采访的外国记者便喝着咖啡，吃着点心，把他围起来，提问多半不那么严肃，回答也相当随便。这样的机会，每次都少不了中国记者。

1976年10月，报社要我和接替老杨的袁先禄同志自费去孟加拉国采访。签证很顺利，但直到动身前我心里一直打鼓：对我们，孟方会不会上层冷淡、百姓怨恨？要知道，1971年东巴脱离巴基斯坦宣告独立，中国一直不予承认，直到巴基斯坦承认后，我国才与之建交。事情完全出乎意料。我们被称为“政府的客人”，住在国宾馆，还专门给配了位厨师。头一天外出采访时吓了一跳：前面是军车开道，车上的8名士兵全副武装，同样多的士兵殿后。晚上有20多名军警保卫住处。经交涉，开道车取消了，但晚上的保卫照旧。而且，越到地方，接待规格越高，我们也升格成了“总统的客人”。在该国第二大城市吉大港采访时，市警察总监亲自到我们住处值夜班。齐亚·拉赫曼总统在接见我们时，说了很多热情友好的话，发展同中国关系的愿望溢于言表。

临别时，我问全程陪同我们的国家新闻局局长：中国最后一个承认你们国家，你们为什么还对中国这么好？他的回答是：这样的朋友靠得住，值得交。他特别强调，这是全孟加拉国人的共识。显然，这是一个胸襟开阔、情感丰富的国度。他们通过对中国记者的超高礼遇，表达对中国的敬重和对发展两国关系的热切。

1991 年春，我率人民日报记者组赴拉美采访时，见识了中秘关系中险情闪现的一个插曲，在我新闻生涯中平添了一段可遇不可求的特殊经历。

记者组采访的行程本来是这样安排的：巴西、玻利维亚、古巴、智利。就在动身之际，外交部突然提出，希望我们加访秘鲁。后来才知道，当时中秘关系出现严重情况，时任总统藤森不知出于何种考虑，打算同中华人民共和国断交，转而承认台湾，已派自己的妻子苏珊娜秘密访台。中国正想方设法让他回心转意，派记者访问秘鲁和采访藤森本人，也在考虑范围之内。

就在我们按计划访问的行程中，事情出现戏剧性变化：藤森对北京进行了闪电式访问。我们抵达秘鲁首都利马的第二天，刚访华归来的藤森便接受采访。给我们明显的印象是，他打算进一步发展同中国关系的决心已定。在接下来的两天里，渔业部长一整天陪记者组去外地采访，晚饭后又一起看桑巴舞，直到深夜。副总统隔天宴请记者组，并赠送礼物。使馆领导称赞采访成功，说我们受到“副总统级的待遇”。秘鲁方面的所有安排当然是做给中国政府看的，表示他们对加强同中国关系的重视和期待。我很荣幸领略了外交的玄妙。

二

我庆幸自己当年做了件正确的事：在完成报道任务之余，用散文和杂感的方式将异国风情形诸笔墨。因不在新闻范畴之内，也就免却“明日黄花”的命运，从而留住了当地当时的情景和个人感悟。

例如，我写过不下10个外国城市，在那些地方，大都是短期逗留，因而也就格外留意其风貌特色。当然难免是片鳞只甲，一孔之见。

写维也纳的长文是这样开头的：在世界名城中，很少城市有维也纳那般复杂的背景。它有1800多年的历史，享有“世界音乐之都”的美誉，它曾作为盛极一时的奥匈帝国的首都，傲视八荒。今天的维也纳，既有现代社会的丰富色块，也闪现着历史的折光。

对内罗毕城市建筑有这样的描绘：就整体而言，内罗毕高层建筑具有现代派风格，但式样却各个标新立异，争奇斗胜，无一雷同。它们或如耸立云表的古塔，或似刚破土而出的蘑菇；仿佛雕镂精细的圆形笔筒，宛若光华灿灿的多棱明镜；有的作凌空欲飞之势，有的呈落地生根之态。色彩也有雪白、米黄、淡蓝、浅灰、橘红、褐黑之分。尽管它们各抱地势，高低错落，七彩纷呈，却给人以和谐统一的美感。

访问马达加斯加首都塔那那利佛，记下了山城梦幻般的晨雾和夜色：晨光初露，山坳中常有白雾升起，初如炊烟袅袅，继而似岚气蒸腾，最后迷漫全城，笼罩一切。只有山顶的王宫、高树、危楼，时隐时现，缥缥缈缈，迷迷蒙蒙，恍若海市蜃楼。这里的雾来也匆匆，去也匆匆，不消半个时辰，它们便泯散在澄碧深邃的晴空中。夜色垂临，依山势而筑的各色建筑，都幻化成一片灯光。灯光并不稠密，恰与满天星斗凝为和谐一体。这时站在阳台，举目四望，但见头上脚下，前后左右，处处是闪闪烁烁的星星，顿生步入天庭，凌空御风的幻觉。

许多年过去了，如今展读旧文，有一种隔空回望的亲切感，一种今生难以相见的怅惘，甚至萌生想旧地重游的冲动。

三

有句名言叫“外事无小事”，国际报道尤其是国际评论无小事，也就成为这句话的自然延伸。我在人民日报和环球时报工作期间，碰到不少这样的事：因为报上的一句话，一个标题，一篇评论，外国驻华使馆便提出质疑，表达不满，甚至找上门来。不用说，国内读者的监督批评更是司空见惯。此类事例不胜枚举。

例一：1986年前后，《人民日报》国际版登了一篇评述中东局势的文章，其中有这么一句话：应正视现实，总不能把以色列赶到大海里去。说这么句有些新意的话，是试图缓和阿拉伯国家同以色列的敌对情绪，有利于推进中东和平进程。当然，也有为中国同以色列发展正常关系造点舆论、做些铺垫的用意。

文章发表当天，一个阿拉伯国家驻华使馆就给报社打来电话，说他们大使希望拜会报社总编辑，就这篇文章的观点交换意见。

第二天，大使如约而至，不是一个人，而是12位阿拉伯国家的大使（包括巴勒斯坦驻华办事处主任，巴尚未建国，主任相当于大使）。大使们或委婉或直率地表达他们的担心，怕中国中东政策有变，怕中国会与以色列接近。谭总编向大使们保证，《人民日报》将严格遵循中国外交政策，一如既往地支持巴勒斯坦人民的正义斗争，反对以色列在被占领土增建居民点等行动。大使们如释重负，满意而归。事实是，直到几年后，中国才于1992年1月同以色列建交。

例二：2002年初，埃及报纸上频繁发表文章，批评国内官场腐败盛行，官员玩忽职守、贪污受贿，《环球时报》特约记者以亲身体验，在文中讲了更换驾照的经历：在折腾几天把窗口手续办妥后，还必须要找部门负责人签字，离负责人办公室很远处，就被两名警察拦住，说这是为了方便“首长”办公。而这位阴沉着脸的“首长”，也就相当于我国国内的科级官员。

《环球时报》为该文做了个醒目的评论性标题：《埃及小官架子大》，还加了个引题：科员自称“首长”办事常给脸色。

埃及使馆很快做出反应，对文章内容没有意见，但认为标题不妥，以偏概全，会给人造成错觉，好像埃及的下层官员都是这个样子，有损埃及官员形象。环球时报向他们表达歉意，同时做出解释：因为引题有特指性，中国读者不会对埃及官员整体形象产生误解。

四

《人民日报》的国际评论，无论是短评、本报评论员还是社论，都不个人署名，这相对能更正式地表达中国的立场原则，政策主张。何况评论从起草到见报都要层层把关，反复修改，很难说是哪个个人的作品。长时间写作评论，能让一个人安于默默无闻，磨砺客观尖锐观察分析问题的能力，养成对各色新闻发议论的习惯。这种习惯可以延续到退休之后，古稀之年。本书中收录的各类评论，90％以上是从我最近5年写的300多篇文章中选取的。在挑选过程中，越发感到写作国际评论的尴尬：世界政局的变动不居，国与国关系的好坏冷热瞬间反转，一些国际政客言行的出尔反尔，使许多原本顺理成章、合乎逻辑的判断，忽然变得无妄失据，昨是今非。

就因为这些在环球网用劳木的笔名写的时评，我连续两年被评为“百名网络正能量榜样”。推荐词中说：“在国际热点、重大事件发生的第一时间，他能够迅速并正确地判断形势，把握政治方向，做出相应解读，既配合外交需要，又深入浅出，帮助读者了解国际形势……对重大国际事件预判准确，发声及时，对正确引导互联网舆论效果良好……其作品多运用随笔、杂文笔法，语言犀利，又不失诙谐，可读性强。”这些溢美之词，其实是读者的激励和希冀。

五

我很欣赏“择一事，终一生”这句话，特别喜爱顾炎武的诗句：苍龙日暮还行雨，老树春深更著花。退而不休，老而不懈，也是一种生活方式，我喜欢。

目 录

上篇 五洲留踪

下篇 说东道西

上篇

五洲留踪

用文艺些的笔触，记述对五大洲50多个国家的所见所闻所感，留下点点雪泥鸿爪。有“新闻只有一天生命”之说，因这些软文不在新闻报道范畴，也就摆脱了“明日黄花”的命运。

巴格达之夜

打从少年时代读过《天方夜谭》之后，巴格达，特别是巴格达之夜，便带着瑰丽神秘的色彩，嵌在我的记忆中。我时常想，要能有个机会到那里去看看该有多好。

今年7月，我们终于来到了巴格达。7月，正是这里的酷暑季节。白日里，摄氏四十七八度的高温，烤得人不大敢出门，因而夜晚便成了人们进行社交、娱乐和户外休憩的黄金时刻。真所谓“有所失必有所得”，酷热抹去了一些白天的参观项目，却给了我们领略巴格达之夜独特风韵的机缘。

夜色最诱人的去处要数底格里斯河畔。随着夜幕降临，两岸的灯火、树影，连同星光、月色，一起映照河中。从北到南穿城而过的河水静静地流着，满河浮光耀金，恍若童话故事中的彩练河。细浪击岸的啪啪声，以及远处传来的悠扬古朴的阿拉伯乐曲声，更增添了静谧的气氛，引起人无限的遐想和情思。我忽然记起了一位中国作家1958年访伊通讯中一段诗一般的文字：“底格里斯河滚滚滔滔，流过美索不达米亚平原，不知经过多少千万年，到8世纪中叶，一颗闪光的珍珠从历史的浪花里淘了出来，镶到大河的当腰。这就是巴格达城。”

想到我们正置身于伊拉克古代文明的摇篮里，想到人类历史从这里掀开了最初的几页，心中充满了一种难以名状的感觉。这时候，河畔几处篝火闪动，空气中弥漫着怪馋人的香味。当地朋友说：这是烤“莫丝古鱼”。莫丝古鱼是底格里斯河的特产，大的可重达数十斤。烹制的方法很别致：将鱼一剖两半，施以佐料，架在柴火上慢慢烤熟。

今天的巴格达是座古老而年青、发展迅速的城市。就市区面积来说，已从10年前的100平方公里扩展到目前的850平方公里。国家石油收入的猛增，带来了人们衣食住行方面的急剧变化。这种今古并陈、新旧更替的情景，在夜晚表现得尤为明显。

晚饭后徜徉街头，只见头蒙黑纱的老年妇女，身着紧身T恤的摩登女郎，长袍曳地的中年男子，穿喇叭裤、高底鞋的时髦青年，一起花花绿绿、擦肩交臂地走在人行道上。马路当中，过时的双层公共汽车不紧不慢地运载着乘客，款式新颖的各色轿车则争先恐后，夺路疾驰。数不清的街心公园里，由彩色灯泡组成的各种图案，明灭变幻，眨着梦幻般的眼睛；无数高达10多米的水柱，交织成色彩缤纷的珠帘。在挺拔隽秀的椰枣树下，人们席地而坐，有的在闲话嬉戏，有的在收听阿拉伯古典乐曲，有的则在高声播放现代西方音乐。

趁着好时光，夜市也格外红火。在闹市区，灯火通明的现代化商店鳞次栉比，里面定价出售从伊拉克特产到日本手表、西德电视、法国香水等应有尽有的商品。更多的则是当地称为“巴札尔”的阿拉伯式的古老商场。这些临街而设的店铺一家挨着一家。整个铺面上搭下挂，里里外外，摆满了各色商品，从绣有各种美丽图案的穆斯林花帽，骆驼皮制作的拖鞋，锃明耀眼的嵌银铜器到妇女面纱、结婚戒指，任人选购。在店内盘腿而坐的商人，殷勤地招揽着顾客，老练地跟买主讨价还价。

作为《天方夜谭》的故乡，巴格达市区有不少以书中故事为题材的雕塑。这些雕像，人物造型优美，形态逼真，栩栩如生，好像随时都会从座上走下来。在底格里斯河左岸，我们观赏了取材于故事《山鲁亚德和山鲁佐德》的青铜塑像。相传山鲁亚德是个很凶残的国王，他每天要娶一个少女做妻子，第二天一早就将她杀死。少女山鲁佐德抱着自我牺牲精神，甘愿嫁给国王。她以每晚讲故事的巧妙手法，使国王为听故事舍不得将她杀死，从而拯救了无数少女的生命。从塑像上看到，她正在一面打着手势，一面表情丰富地给国王讲故事。国王半倚半躺，屏息谛听，完全被她动听的故事吸引住了。听说以前这里装有声光设备，但不知什么时候电源被人切断了。未能耳闻目睹声光表演，犹感余兴未尽。但又一想，山鲁佐德讲的故事连同她的事迹，早已被译成多种文字，传遍世界。在夜幕星光下，她默然不语，岂非更能给人以想象的余地？

离开巴格达已一个多月了，但在那里所得的印象却毫不减退：巴格达是很美的，更美的是巴格达之夜。

1979 年 9 月 2 日

维也纳，大教堂与小饭馆

“到欧洲不看教堂，等于没去”。没想到，到维也纳的第一项活动竟是用自己的感性认识去印证这句话。在为我举行的洗尘欢迎晚宴上，主人客气地通知我：“明天上午我们是不是看斯太凡教堂？”

斯太凡教堂有“维也纳心脏”之称，塔高 136.7 米，严峻挺拔，耸立云表，其高度仅次于科隆大教堂和乌尔姆教堂，居世界第三。风烟尘埃，使它遍体黑褐，更显得肃穆威仪。74 岁的陪同欧特先生带我乘电梯上到 105 米高处。塔楼里，一座 20 吨重的铜钟吸引不少游客驻足观看。这座被称为“普默林”的巨钟，在第二次世界大战时被炮火击碎。现在的这座，是当地人战后收集其残骸按原样重新铸造的。数百年来，每逢除夕之夜，成千上万的维也纳人总要拥向斯太凡教堂，新旧年交替的时刻，“普默林”浑洪的声音便回响在静谧的夜空，向全城的人祝福和发出呼唤。

走上塔楼的回廊，维也纳古城风貌尽收眼底。漫长的历史和“欧洲心脏”的地理位置，使维也纳成为欧洲各种建筑风格的荟萃之地。那古朴雄伟的哥特式，纤巧华美的巴洛克式，嵌饰繁复的洛克克式，雍容大方的罗马式，各色建筑鳞次栉比、错落有致。在一片片红砖赤瓦中，宫殿拱顶的绿铜色显得分外鲜亮。维也纳迷人的姿彩着实让人赞叹、留恋。

但寒风密雨使我没法在此久留，因为我衣着的增添远远抵不过温度的变化：三天前，我在摄氏 30 度的气温中离开北京，而今天这里只有摄氏 5 度。欧洲 50 年来最寒冷的 5 月天气让我碰上了。

教堂内虔诚信徒们正在做弥撒，气氛庄严而神秘。我跟着欧特先生静静地观赏两座非常奇特罕见的塑像："除牙痛上帝"和"仆人圣母"塑像。传奇故事说，上帝大发慈悲，不计前嫌，为一位牙痛时就大骂上帝的人解除了苦痛。此公感激涕零，便在这里捐了这座名称近乎不恭的塑像。至今牙痛及其他疾病的患者仍络绎不绝地来此祈求"除牙痛上帝"开恩降福。"仆人圣母"像据说是位女佣捐塑的，她被诬告偷了主人的东西，有口难辩，无处申冤，特请圣母公断。

从教堂出来，已时过正午，我们到市中心一家小餐馆用饭。这家饭馆只有两个开间，6 张桌子，锅灶就架在临街那间柜台后面的角落里。它只为一个文艺沙龙的成员开放，不对外营业。

老板 50 来岁，胖墩墩的，兼管开票、端盘子，十分爽朗幽默。他对我这个中国客人格外热情，把我介绍给每个到此用餐的人，他们中有戏剧家，小说家和教师。因为没有菜单，他向我一个个介绍菜名，并说："你要是想吃中国菜只管说，我的中国厨师可以烧。"这时我才注意到正在忙碌的厨师原来是两个年轻的中国人。他们祖籍广东梅县，小苏在当地出生，他的中国话只够问好道别，小李则讲一口不错的普通话，4 年前刚从印度转来。问他们收入情况，小李答：月薪 10,000 奥地利先令（约合 800 美元），这个收入在当地不算高，但生活比在印度好得多。小李还要我多包涵，说是只有电炉和平底锅，所以做不出像样的中国菜。乡情实在感人。

一盘真材实料的西式烧肉好不容易刚刚被消灭掉，老板就端来了热柠檬茶，并说要用中国话唱中国歌。待他斩头去尾、走腔跑调地第二次唱"前进，前进，前进进！"时，我听懂了，是《义勇军进行曲》。我忙惊异地问："是他们教你的？"我指了指他的中国厨师。

"不，是在党内学的，我是奥地利共产党员 。"说着他拉我到里面那间，让我看挂在墙上的列宁和斯大林像，还指着墙上的一幅画得挺丑的人物油画，不无自豪地说："我儿子画的！"

说到儿子，儿子就到，还带着女朋友。这位很潇洒的青年在一所工业学院任教，讲一口在当地不易听到的流利英语。他说他爸爸请他每天中午过来帮忙，但他们一进门就坐下来跟别人聊天，倒像是来吃饭。老板则满心欢喜地为他们端菜送饭。

雨下个不停，陪我访问的欧特老人谈兴更浓。他向我介绍了当地老人退休后的生活，普通职工的收入开支情况，还讲了他明年到中国去旅游的具体打算。

"你有孩子吗？"老人忽然问我。

"一个。"

他说，他有一儿一女，儿子今年 47 岁，女儿 50 岁，但都没有孩子，使老人眼巴巴地盼了这么多年，也没当上祖父和外公。

"不要孩子，这是欧洲的时尚，你们中国就不存在这个问题。"看得出，子女没有孩子是老人的一个莫大遗憾。

1988 年 2 月

维也纳人挺爱面子

人是社会关系的总和。

兴许是世代受艺术熏陶的缘故，维也纳人的生活格调好象比西欧一些国家的人高。从凌晨到深夜，11 个频道的电视节目相当健康，极少出现有伤大雅的内容；市区无数大幅商业、电影广告中，几乎看不到不堪入目的画面，也有妓女活动的红灯区，但没有巴黎和西柏林那样赤裸裸。几天来，我没看见过伦敦街头那种涂着花脸、将头发染得红红绿绿、梳得奇形怪状的“朋克”，也没遇到在波恩和巴黎常见的挟着酒瓶、踉跄过街的醉鬼和以狗为伴、就地而卧的流浪汉。甚至披头散发者也不多见。此间的男青年时兴留短短的有点土气的学生头，女士们的发式也趋向朴素自然。人们衣着随便但较少“怪里怪气”。我曾多次问当地年长和年轻的朋友：维也纳青年如今最关心什么？得到最多的回答是：学一门专业，将来找个好工作。我由此想到，许多维也纳朋友对国家前景表示乐观是不无理由的，社会成员学有专长，精于职掌，无疑是社会发展十分重要的条件。

自 1895 年诺贝尔奖创立以来，奥地利已有 16 人荣获医学、化学、物理、经济、和平等奖项，获奖人数之多，名列世界第 7；在音乐、建筑、绘画方面，成就卓著，世所公认；在冶金领域长期处于世界领先地位。35 年前奥地利科学家发明的“氧气顶吹转炉炼钢法”，被誉为“划时代的贡献”，至今仍为数十个国家采用。

今天，年逾古稀的费尔姆先生自己开车领我们访问迈尔克古城。途中，我问临时请来做翻译的中国留学生小杨：“你们在课余和假日里是不是也搞勤工俭学，譬如到饭馆刷盘洗碗什么的？”

“那不行，会被同学看不起，当地人认为这是丢面子的事。”

小杨同时悄悄告诉我：“这位老先生很有地位，你没看见他的车牌号是 1579？”

她进一步解释，在维也纳汽车牌号的大小表示车子主人地位的高低。号码越小，地位越高，总统是 1 号，议长 2 号，前 20 号留给政府内阁成员，普通人的车号是 6 位数。”小杨用德文将这番话向费尔姆先生讲了一遍，老人听了只是微微一笑，说了句“你知道得真多”，默认了。

当地朋友还告诉我，维也纳人也很看重头衔，所有的职衔都写在名片上，别人称呼时，必须一一说出，漏一个他都不高兴。邀请我访问维也纳的主人海伦特先生接着讲了个笑话：“我有个朋友是教授。有一次我向他建议：为维护教授的尊严，你应该对那些不是靠真才实学弄到教授头衔的人予以揭露。第二天，我们的友谊就断了，因为他的教授桂冠也是用‘那些人’的手法弄到的。”

大家都笑了。海伦特讽刺的这种现象是确实存在的。他的这番话也进一步证实我听到的这一说法：那些与时代精神相悖的历史遗产，正遭到越来越多的维也纳人的鄙弃。

1988 年 2 月

这里是世界音乐之都

维也纳的音乐活动长年不断。每年从5月下旬到6月下旬举行“维也纳音乐节”期间，整个城市的音乐氛围更加浓重。算我赶巧了，就在我抵达这里的三天前，音乐节刚刚拉开序幕。在市区的主要街道，各剧院竞相张贴海报，预告各自在本届音乐节奉献给观众的拿手节目。历史悠久的奥地利国家歌剧院、皇家剧院和音乐大厅，正在上演著名的古典和现代音乐作品。一些知名度颇高的外国乐团陆续到来。在富丽堂皇的歌剧院里，贝多芬、莫扎特、舒伯特、施特劳斯等在维也纳出生或成名的音乐大师们演奏过各自的传世之作，蜚声世界的当代指挥家卡拉扬、小泽征尔和伯恩斯坦等也曾大显身手。门票自然是昂贵的，今年最高票价为每张300奥地利先令（约合230美元），而且要几个月前预订。但观众决无过分“破费”之感，而是觉得幸运，得到难得的艺术享受或虚荣心的满足，音乐社团则借以显示自己在世界乐坛上无可争议的领先地位。

维也纳的5月末、6月初，正是夏始春余、叶嫩花初的节令，各种露天音乐演出队也像春花般争奇斗胜，活跃在全市的街头、公园和广场。演出有专业和业余之分，人数从几人到十几人不等，乐器也只有小提琴、小号、黑管、贝司等那么几种。听众无须买票，但可以自愿捐钱。演出活动通常从下午一直延续到深夜，是维也纳人夜生活和假日活动的重要内容，也成为令外国游客兴趣盎然的旅游节目。

傍晚，我独自参加了“城市公园露天音乐会”。这里以专门演奏“华尔兹之王”约翰 · 施特劳斯父子作品而久负盛名。这天演出的乐队由15人组成。他们在用水泥板搭成的爬满青藤的舞台上一曲接一曲地演奏：《威尼斯之夜》《维也纳森林的故事》……衣着五花八门的听众，散乱地坐在简易的座椅上，喝咖啡，吃点心，交头接耳地议论。此处不必像在剧场里那样必须肃静、专注，或故作儒雅。在这里，人们尽可以全身心地放松，舒心随意地享受。但一曲终了，全场都要爆发出掌声。大约30米外，立着小约翰 · 施特劳斯的全身雕像。这位生性乐观、蓄着两撇胡子的圆舞曲大师，正起劲地拉着小提琴，似乎要加入这演奏的行列。舞台上响起了《蓝色的多瑙河》的悠扬乐曲声。

音乐会持续了近3个小时。作为一个音乐艺术殿堂的门外汉，我生平第一次感受到了音乐神奇的魅力。它使人追求高尚和自我完善，而鄙薄庸俗和浑浑噩噩。在那悠扬的乐曲中，我曾想，我们的广大音乐和其他艺术工作者、爱好者，能不能也时常举办一些具有广泛性的有益于民众身心健康的非营利文化活动？这准保可以减少城市饭馆里吆五喝六和街头路灯下打老“K”的现象，有助于提高我们全民族的文化素质和精神生活质量。

维也纳人自古至今视音乐为神圣，游览市区到处可以看到世界著名音乐家的大型塑像。音乐大师们的故居和从事音乐创作的重要场所都被精心修整、保护，辟为纪念馆，成为人们了解他们生平业绩、趣闻轶事和拍照留念的好去处。维也纳人称那些为国家增辉的大音乐家为“祖国伟大的儿子”，对他们倾注了崇敬和挚爱。瞻仰贝多芬故居的途中，陪同说的这个事实使我为之一震：维也纳70%的儿童从四五岁起就接受正规音乐教育，并养成终生的爱好。我想，这个数字足以告慰音乐家们于九泉，也给我的问题以答案：维也纳何以能长久成为世界音乐之都和音乐大师的摇篮。

在步行街、地铁入口处和教堂前，总可以看到一些独个的和三五成群的演奏者。他们凭一把提琴，一架管风琴、一支小号，只管旁若无人地吹奏出欢快的或忧伤的曲调。时常有匆匆过往的行人和为数不多的观众，向他们放在地上的帽子里和打开的提琴匣里投进一两枚硬币。一位当地朋友告诉我，这些人大体分为两类。一类是来自世界各地的音乐爱好者，他们为有机会在“世界音乐之都”演奏而感到荣幸，在此献艺几次便远走他乡。其中多数人实际上是“乞讨者”，有当地人，也有的来自异国。他们可以靠街头演奏维持生计。他说：“在维也纳，一个人平白无故地向别人伸手一般会遭白眼，被认为是不劳而获的行为。对街头音乐家们，人们却乐于解囊。因为他们付出了劳动，而且是高尚的劳动。”

位于维也纳市郊的中央名人公墓，是王公贵胄和国家首脑的墓地，奥地利一些著名的音乐家也葬在这里。像欧洲的多数墓地一样，每个墓穴前都竖一块墓碑，或华贵，或朴素，或高达数米，或高不盈尺。有的墓前铺陈一块大理石，上面摆设长明灯和花瓶等物，有的则辟一块花圃。我们无心仔细欣赏，便径直找到音乐大师们的长眠地。

贝多芬、舒伯特、海顿和施特劳斯父子的墓组成了宛若星座的艺术家墓群。在贝多芬白色大理石的墓碑上，一把涂金的竖琴赫然在目，琴下写着：“贝多芬 1770–1827”；舒伯特的碑上刻的是音乐女神正在为他戴桂冠的浮雕，以及“舒伯特 1797–1828”的字样；勃拉姆斯的墓碑上刻着他沉思谱曲的头像和生卒年月，旁边，则是“圆舞曲之王”——小约翰·施特劳斯的墓地。他的墓碑最显华丽：在几位音乐女神的簇拥中，小施特劳斯面带微笑手握提琴，仿佛正在演奏他那传世之作《蓝色多瑙河》。不远处是他父亲老约翰·施特劳斯和大弟弟约瑟夫·施特劳斯的墓地，彰显这个世所罕见的“音乐之家”的荣耀。游人不断，除了咔嚓咔嚓的拍照声，都悄无声息，似乎怕惊扰了逝者的安眠。一位先辈新闻工作者这样记述他在此凭吊时的感想：“当你在墓间缓缓漫步，缅怀当年维也纳乐坛的灿烂群星，你会蓦地产生一种神奇的幻觉：也许就在某一个清晨，或者月夜，当轻风吹拂着树梢，花草飘散着芳香，鸟语虫鸣动人心弦的时候，这些长眠的艺术家，就会情不自禁地走出墓穴，合奏起人间难得几回闻的神曲。”

徘徊墓间，我思绪起伏。这些在世界乐坛上灿若星辰的音乐贤哲们，生前有的病贫交困，饱尝世态炎凉，有的遭嫉妒谗毁而身心交瘁，有的积劳成疾，华年早逝。但他们在人类文明史上的卓越建树，使他们受到后人的崇敬，在亿万人的心中得到永生。

1988 年 2 月

老人院，生命的最后一站

奥地利是实行高福利的国家，老年化问题又比较严重，办老人院既有条件又有需要，想必也一定办得有特色。维也纳现有老人院30家，大小、等次和管理水平不一。今天下午我们来到位于市中心的马里亚希尔夫老人院。

这家老人院设在一幢7层高的大楼里，我们到达时，米歇尔院长已在门口等候。他非常热情豪爽，把我们迎进客厅，说了几句欢迎的话，就送我一件富有特色和象征意义的见面礼：一支茶杯粗细表示祝福的圣诞蜡烛，使我顿生亲切温暖之感。

他一边带我楼上楼下地参观，一边告诉我这个老人院的有关数字：

——现有20个双人房间，210个单人房间，共住老人240位，其中女性约占3/4，年纪最大的94岁；

——收费情况：单人每月8730奥地利先令，夫妇15,600先令。低收入者不足部分由政府补贴。每人每月至少发给1080先令的零用钱；

——存在住院难的问题，从有资格（女60男65岁）申请到住进通常要3到4年；

——院长在内共有工作人员57人。

院长正这么介绍着，有人请他到一楼大厅去一下。他回来后，笑吟吟地说："如果你没有意见的话，我们现在就去参加一项重要活动。"

我们一进入大厅，他就幽默地向满屋的老人介绍我和留学生小李："中国代表团今天特来参加我们的活动。"老人们笑了起来，有的还劈劈啪啪地敲起了桌子以示欢迎。我们应邀入座，被这么多异国老人这么前后左右包围着，端详着，还真有些不自在。

主持人在台上宣布会议的宗旨和来宾名单，好在他没再把我这个被朋友戏谑的"单干记者"称为"中国代表团"。小李向我咬耳朵：今天的集会是为了纪念一年一度的"维也纳音乐节"，当他介绍来宾中有警察局长时，老人们哄然大笑。这笑声该有多丰富的潜台词！接下去演出开始，唱歌的，讲故事的，逗乐的，台上台下气氛轻松活跃。不知怎的，我忽然想起同女儿坐小凳子在幼儿园看孩子们演出的情景。人们常说"老小孩"，这时我才发现，原来这几个字还这么富有哲理，概括得真够到家。既然老年人童稚之心未泯，就应该让他们享受儿童般的欢乐。

没有时间久坐，我们悄悄走出大厅，继续参观。在食堂，院长递给我每位老人每天一张的"当日伙食卡"，我数了数，上面开列的菜不下20种，用餐人还在"节食""沙拉不加醋""土豆条炸酥点""鲜莓加奶油"等栏目中打了对勾。

"真够周到的，大概老人们想不到的你们都想到了。"

院长微笑着，向他在厨房工作的部下投去嘉许的目光，也算是对我的称赞的维也纳式的回答。

"爱坐着回忆是老人的一个特点，也是加速其衰老过程的催化剂。"在参观健身房、康乐室和手工艺品作坊时，米歇尔先生发表了不少精到的见解。

据他说，老人院因此很注意引导他们多参加运动和创造性的手工艺劳动。一位92岁的老人还坚持长跑，老人们制作的工艺品有些快要达到在市场上出售的水平。

老年人行动不便，容易跌倒或突然发病。我注意到，老人的这些特点都得到相当充分的照顾。老人院装有现代化的安全警报系统。在电梯里和走廊里每隔 5 米处装一个警铃。警铃一响，中央控制室的电视屏上马上显示出何人在何处呼救的信号，救护人员立即赶到现场。

我希望看看个人的卧室，院长当即派人去大厅请一位老人。这当儿，他告诉我：这里每个单人房间 33 平方米，双人的 44 平方米，室内家具由院里提供，但允许老人们带来自己用惯的床和家具。

我问："住这里的多数是孤寡老人吧？"

"不，这种老人倒占少数。你知道，在我们国家，孩子长大后喜欢独立门户。不少老人，即使经济条件很好，因忍耐不了孤独而愿意到老人院来住。"

上楼来的是霍尔布罗太太，她同我们一一轻轻握手，然后打开自己的房门。房间很亮，家具、沙发、窗帘款式大方，色调淡雅，梳妆台上一瓶郁金香在夕阳的余晖下，花娇叶嫩，颇有生气。老人薄施粉黛，衣着讲究，虽已 66 岁高龄，但言谈举止不显老态。

"您说来这里 3 年了，生活习惯吗？"

"老伴去世一年后我搬到这里，刚来时很想家，那个我住了 30 多年的家。现在已经习惯了，哪里也不去了。我的两个儿子常来看我，他们一个在国家银行工作，一个在瑞士开飞机。孙女有时也来，但我看不惯她。"真没想到老人会这样爽直，对首次见面的外国人，竟毫不掩饰自己的感情。

看我注意挨着门的墙上有扇小窗，老人过去把它打开，说这是供服务人员送饭用的。如果老人不想去餐厅，她们可以把饭菜从这里直接送到餐桌上，用不着她去开门。

从霍尔布罗太太那里出来，我对米歇尔院长说，"在中国，老年人婚姻介绍所很时兴，你的老人院里有没有恋爱结婚的？你的职位很适合作这种功德无量的事。"

他一把抱住了我，感谢我的坦率和好意。他告诉我，他任院长以来这样的事还没有过。两年前曾有一位老太太在照顾她丈夫生前的病友时，两人产生了感情，可惜在准备结婚时，老先生因心脏病突然死去。

“我一定要做一件又一件伟大的事，等我们院举办老人结婚仪式时，我一定向你报喜。”握别时，米歇尔先生微笑着但颇为郑重地对我说。而我，在参观过程中产生的这一想法愈加鲜明地映现脑际：老人院，生命途程的最后一站。

1988 年 2 月

SOS，爱心弥漫“孤儿村”

达尔玛女士在意大利居住期间曾在罗马 SOS 儿童村工作过。她热情地安排我参观维也纳郊外的亨特布吕尔 SOS 儿童村。

SOS 原来是轮船在海上遇难时用的紧急呼救信号。孩提时丧失父母无疑是人生航程中的一大灾难，用 SOS 来冠以专门收容孤儿和弃儿的地方，实在既贴切又能唤起社会的关注。我们到达亨特布吕尔村时，孩子们正在学校和幼儿园上课，依山而筑、环境幽雅的村子显得十分安静。因村长临时有事外出，全奥国际儿童村主席助理帕纳女士边领我们在村子里转，边作介绍。这个村已建立 31 年，在奥地利现有的 9 个儿童村中是最大的一个，共有 27 个家庭。

“家庭是按什么形式组织的？”我插问。

“像普通家庭一样，每家一个母亲，五六个孩子 。对母亲一律喊‘妈妈’，孩子们彼此兄妹相称。母爱和家庭是保证儿童健康成长的重要心理因素。采取家庭的形式可以使他们得到因不幸而失去的这一切。”帕纳的回答言简意赅。

我又问：“看来母亲的责任不轻，母亲是怎么挑选的？”

“通常是登广告招聘。报名者必须具备三个条件。一是具有高中或职业学校以上的学历，考试合格后还要被送到‘母亲学校’学习一年，课程包括医学、儿童心理学、家庭教育学、营养学，然后才能组织家庭；二是年龄在23岁至38岁之间，因为太大了，孩子还未抚养成人她已经老了，太年轻了又缺乏必要的生活经验；三是没有丈夫和子女，而且不准备结婚生孩子，否则母亲没法全身心地照管几个孩子，维系好一个家庭。”

帕纳向我介绍一位正在路旁草坪上除杂草的母亲。她50开外，已在这里工作了28年，抚养成18个孩子（孩子工作后即离开家），现家里有2男3女。

“我记得我收养的第一批孩子中最小的只有8个月。他们一批批长大成人，我也老了。”她在围裙上擦着沾在手上的泥土，继续说，“已离家的孩子经常回来看我，我对他们说，你们也当了爸爸妈妈，挺忙的，不一定老回来看我，可他们哪里肯听。去年纪念建村30周年时，我们家几十口子人团聚，好热闹。”

我请她签名，她一笔一画地在我的采访本上写下：梅耶尔小姐。我的心不禁一动：梅耶尔小姐！几十年来你为孩子们奉献了青春和全部的爱，你有权利得到孩子们10倍的回报。

告别了梅耶尔女士，心里还像是记挂着什么，不由得问：“母亲年纪大了怎么安排？”

“母亲到了国家规定的55岁的退休年龄，可以进儿童村的‘母亲之家’。第一批进村的母亲大都到了退休年龄，这不，我们正在扩建‘母亲之家’。”帕纳向远处山坡上指了一下。那里，几个工人正在打着赤膊给房子架梁。

我们参观了3个家庭。这3户房子结构、室内布置不同，但都设备齐全，且照顾到儿童的特点。3位母亲都很年轻。我问一位叫维娜的姑娘：“你为什么要到儿童村工作，在这里工作个人要做出不少牺牲，你是不是有思想准备？”

她似乎有些怯生，低声说：“这里的孩子需要照顾，我愿意和他们一起生活。”但她不同意我关于“牺牲”的说法。“怎么叫牺牲呢？我是自愿来的啊，我生活得很幸福。”

在村办公室大门迎面的墙上，挂着“儿童村之父”赫尔曼 · 格迈纳微笑着的巨幅照片。1919 年，格迈纳出生在奥地利一个山村，幼年丧母，生活清苦。第二次世界大战后，奥地利山河破碎，满目疮痍，许多流落街头的孤儿生活无着，处境悲惨。这使年轻的格迈纳十分痛苦。他放弃了当医生的机会，决心探索一条解救不幸儿童苦难的道路。1949 年，他建立了第一个收容孤儿的 SOS 儿童村。几十年来，他殚精竭虑，四处奔波，终于把从伊姆斯特村开始的事业扩展到全世界。如今已在近 90 个国家里建立了 250 多个 SOS 国际儿童村，包括在我国天津和烟台建立的两个儿童村。全世界有 500 万人为之捐款 6.6 亿多美元。格迈纳积劳成疾于 1986 年 4 月 26 日因癌症去世。他终生未娶，一直没有自己的办公室，甚至长久没有固定的住处。为了高尚的事业，他可谓“鞠躬尽瘁，死而后已”。

帕纳女士送给我十多张格迈纳在世界各国的儿童村与不同肤色的孩子合影照片，还有一本他的传记《儿童村及其创业者的故事》，并希望我能设法将它译成中文。在中国，知道格迈纳事迹的人还不多，而他应该有更多的人了解。他很平凡，但称得上伟大，他个子矮小，口才很差，但对不幸儿童博大精深的爱，使他具有非同寻常的感召力。因此，他成功了。

1988 年 2 月

凭吊巴比伦古城遗址

一到伊拉克，我就想去看看巴比伦古城遗址。汽车驶出巴格达市，便向东南方向疾驰。车窗外，一望无际的黄色沙碛，在烈日下懒懒地闪动着白光，单调乏味，令人困倦。我收回目光，信手翻阅那本介绍伊拉克古迹的图文并茂的画册。透过几千年的历史尘沙，巴比伦古城带着昔日的风采，呈现在我的面前。巴比伦是公元前 1800 年左右和公元前 600 年左右两个强盛的巴比伦王国的首都。在鼎盛时期，它有着宏伟的殿堂、辉煌的庙宇、高耸的楼台以及用釉砖装饰的墙壁。公元前五世纪曾到巴比伦游历过的希腊史学家希罗多德写道："就其壮丽而言，其他城市皆无法望其项背。"

正在这时，车子突然在一扇大门前停住。看样子，这门高不下于 4 米，宽在 2 米以上。门的上端是拱形顶盖，两边同残破而高大厚实的城墙相连。大门里外的墙上绘有由雄狮、公牛及神龙组成的排列有序的图案，色彩明丽，生趣盎然。一打听，才知道我们已跨进了巴比伦古城的门槛，真叫人欣喜而难以置信。经过数千年悠悠岁月，它依然这样气势轩昂，当年的巴比伦城该是多么雄伟壮丽?

然而，穿过城门，除了些许开掘出土的房屋、几条街道以及狼藉的残垣断壁，展现在我们面前的只是一片低矮的沙丘。耐旱的芨芨草、骆驼刺在不下摄氏 60 度的高温下蜷缩着蔫枯的枝叶。威震八方、睥睨当代的帝国的京城，就深埋在这荒沙蔓草之下。霸业难久，历史无情，我们面前的巴比伦古城遗址便是最好的佐证。

巴比伦古迹博物馆内陈列着古城的巨大模型。考古学家和艺术家们，根据出土文物拟想出该城大多数建筑当年的情景，使之灿然复观。古巴比伦城是一座拥有数十万人的繁华城市。城内街衢纵横，房舍毗连，错落有致地巍立着15座庙宇，三座皇宫，其中仅南宫的面积就达5，700平方米。全城以坚固的城墙环绕，以防御外敌入侵。西面的城墙屹立在幼发拉底河畔，如同一道伟大的防波堤，使该城免受河水泛滥之害。

离城墙不远处，有一座拔地而起的金字塔。塔高300英尺，分7层，每层以色彩不同的烧砖砌成。塔顶有一座用釉砖建成的神庙，供奉玛克笃克神的金像。《圣经·创世纪》称之为人类虚荣的缩影。在漫长的历史中，它几度毁废。公元前六世纪新巴比伦王国的国王在修复此塔时命令他的臣下，“要将塔顶提升，与天公比高”。可惜，如今它早已被泥湮没，不留一点痕迹。人们多么期望它早见天日，恢复旧观。

被称为世界七大奇迹之一的“空中花园”，就设在南宫的一个庭院内。相传它是公元前六世纪新巴比伦国王尼布甲尼撒二世为其爱妻建造的。在史书中，人们总是用“鬼斧神工”“巧夺天工”之类的美妙字眼，来形容这块凝聚着古代伊拉克人民心血智慧的瑰宝。尽管有如此这般的思想准备，但当我在巴格达枣拉公园里看到“空中花园”的模型时，仍然惊叹不止，并在眼前幻出它的倩影：一个宝塔状的多层平台建筑，每层平台上都种植着四时不败、八节长青的秀木花草，香气迷漫，七色纷呈；塔顶上有长年喷涌的清泉，泉水从四面的水道中飞泻而下，似群龙嬉游，喷云吐雾，蔚为壮观。

展览馆中最引人注目的是一块高逾两米的黑色闪绿岩的大石碑。它上面用楔形文字记载了《汉穆拉比法典》的全文。汉穆拉比是古巴比伦的奠基人，这部世界上最早的法典就是在他领导下制定的。法典共282条，不仅详载了各种罪行过失及与之相应的惩处办法，而且对各种人的权限都做了明文规定，表明当时的巴比伦王国是法律和秩序高于一切。站在这方黑石头跟前，我默想良久：古巴比伦所以能称雄西亚，盛极一时，当然有种种原因，但国家崇奉法制该是个重要的因素吧？

在古城遗址挖掘现场，工人和考古工作者使用最简单的工具在默默地工作，许多房屋、殿堂、街道已渐次露出了地表。在落日余晖中，我们踏上了归途。当我回首向这座历尽沧桑的古城道别时，恍惚觉得那重见天日的一砖一石，像是在现身说法，向世人诉说巴比伦古城当年的繁华，并以期冀的目光，注视着今天正在创造新的历史的人们。

1988年10月7日

沙漠中崛起的科威特城

2月下旬，科威特阳光和煦、气候宜人。应科威特新闻大臣的邀请，我们在科威特国庆25周年前夕抵达沉浸在节日气氛中的科威特城进行友好访问。市区各个广场和街心花园都装饰一新，男女老少喜气洋洋，很多女孩子穿上科威特国旗图案的四色连衣裙，显得格外漂亮。入夜，从高处眺望，科威特城犹如灯的海洋，无论高大建筑还是一般楼房，全都装满耀眼的彩灯，把全城照得一片通明。

将科威特形容为城市国家是相当贴切的。首都科威特城集中了全国60%多的人口、90%以上的建筑物。在首都可以触摸这个石油王国强有力的脉搏，听到它疾进的足音。

作为初访者，科威特城给我们最深的印象是它的两多。一是汽车多。这个不足百万人口的城市有小汽车近60万辆。几年前那种轻便省油的小型车已不多见，眼下时兴的是高级阔体豪华轿车。汽车不仅是代步的工具，也显示财富和权力。满街奔涌的车流，既为城市增添了现代气息，也带来世界众多大城市所面临的问题。尽管市内建有40多座立交桥，交通阻塞现象还是常常遇到。

二是商品多。不论是高级商店、超级市场还是大众化的阿拉伯市场，都是商品充盈，琳琅满目，几乎都是舶来品。世界各国的货物，或以质优，或以价廉，或以标新立异的花色，在此间争市场，抢顾客。商品价格差异甚大。譬如香水，一般的 1 个第纳尔（1 第纳尔约等于 3.6 美元）1 瓶，高档的卖价近 1000；一套连衣裙，普通的两三个第纳尔可以买到，“超级”的身价高达 7000 第纳尔。商品惊人的差价，反映了人际间贫富的悬殊。

车多、物丰，加上鳞次栉比的巍楼华厦，别致舒适的洋房别墅，简直令人难以相信这是一个面积仅有 1.78 万平方公里的第三世界国家的都会。

然而，那随处可见的清真寺，每日 5 次回荡于城市上空的穆斯林的祈祷声，那长袍曳地的男子，黑纱遮面的妇女，都提醒你正置身于宗教气氛颇浓、传统势力强大的伊斯兰国家。不过，细心观察，也不难发现，这里的一切，正在新旧交替、今古并陈中悄悄演变。与邻近的一些伊斯兰国家比，这里戴面纱的妇女显然要少；露天席地做祷告者也不多见；西方流行的一些乐曲似乎更受青年人的喜爱；妇女投身社会事务的已为数不少，而且办事干练，不让须眉者大有人在。物质条件的激变，人们的生活方式、思想观念、传统习惯，不可避免地要随之改变。在这里，来访者随处都能感到开放的气息。

位于海滨大道一侧的国民议会大厦，在科威特国庆（2 月 25 日）25 周年前夕由埃米尔（国家元首）正式揭幕启用。这座耗资 1 亿多美元的建筑宏伟壮观、富丽堂皇，似乎象征议会在这个国家中的重要地位。科威特实行君主立宪制，议会开会，居民可以列席旁听。除个别重大机密外，议会辩论记录，一般第二天就原原本本见诸报端。外界认为，这是科威特政局长期稳定的一个重要因素。

科威特城正生机勃勃地向国际性城市的目标迈进。从这里流出的近千亿美元的海外投资，活跃于世界经济领域；众多的国际经济、金融机构纷纷在此设立办事处；50 多个发展中国家每年从这里获得条件优惠的贷款和无偿援助；这个城市有 7 家报纸、30 余家杂志，大都重金从国外聘请高手。世界上发生的重大事件均能迅速报道，而且不乏有影响的独家新闻。

对于一个富国的首都来说，科威特城的绿化算不上出色。这里既没有非洲城市中那种遮天蔽日的夹道林荫，也罕见终年飞红点翠的花墙篱笆。某些街衢上下行车道间栽植的多是椰枣树及柽柳、桉树等普通树木。公园和住户庭院的树木、花卉也不见葳蕤之姿。然而，听听它们不凡的来历，对科威特人不惜财力绿化首都的雄心壮举，就不能不产生敬意了。每棵树下都有供水管道通过，浇树用的是海水蒸馏而成的淡化水。据说每棵树从栽植到撑开遮阴绿伞，平均花费 5000 美元！

矗立海边的水塔群是科威特城著名的一景，也是鸟瞰市容、特别是观赏夜景的理想之地。一天夜幕垂临，我们乘电梯登上大塔 120 米的高处，随着眺望室的自动旋转，脚下依次呈现出三个“海洋”：阿拉伯湾烟霭朦胧，柔波荡漾；满城人车喧闹、光色迷离，汇成欢腾跃动的海洋；紧连城廓，是夜色沉沉的大漠瀚海。这对比强烈的画幅，使我们不禁记起关于这座城市的历史传闻。三四十年前，它还是个萧索的渔村，巨大的石油财力、现代科学技术和科威特人民的奋进精神，使科威特城以惊人的速度从沙漠中崛起。

1986 年 3 月 20 日

内罗毕速写

将内罗毕誉为“非洲的伦敦”之说我早有所闻，对这座东非名城也因此格外神往。但当我身临其境后，发现上述类比并不确切。内罗毕有其独特的风韵。

就说市容。伦敦是以建筑物低矮和长久不改旧观为特色。内罗毕却是高楼林立，气派非凡，而城市的巨变主要发生在国家独立后的 20 年。随便问问当地人，他们会告诉你，18 层的希尔顿饭店建于 1968 年，28 层的肯雅塔会议中心 1972 年揭幕，18 层的东非保险公司大厦 1982 年竣工，24 层的政府办公大楼新近落成……独立前，四五层高的楼房就可称为“大厦”。如今，它们早已失去当年的威仪，谦恭地侍立于那些庞然大物之旁。市区内，不少大楼正在施工，以几天一层的速度节节升高。

就整体而言，内罗毕的高层建筑具有现代派风格。但式样却各个标新立异，争奇斗胜，无一雷同。它们或如耸立云表的古塔，或似刚破土而出的蘑菇；仿佛雕镂精细的圆柱笔筒，宛若光华灿灿的多棱明镜；有的作凌空欲飞之势，有的呈落地生根之态。色彩也有雪白、米黄、淡蓝、浅灰、橘红、褐黑之分。尽管它们各抱地势，高低错落，七彩纷呈，却给人以和谐统一的美感。

在马赛族语中，内罗毕是“凉爽之地”的意思。这里的气候确也名副其实。最热时气温超不过 27 摄氏度，最冷时不低于 12 度。外国旅游者似乎得知此时此地正值热季，大都短衫薄裙，衣着单薄。久居此间的人大概没有多少季节的概念，总也离不开深色的外套，早晚时分，有人还穿毛衣。晚饭后步上旅馆的楼顶阳台，不一会儿便觉寒气袭人。此地3月，相当于我国的仲夏。由此往北140公里便是赤道。内罗毕海拔1700米的地势，竟使赤道也失却了它独具的威力。“琼楼玉宇，高处不胜寒”，感受到高原气候的特色，使我领悟了这一千古名句的科学内涵。

内罗毕的商品是充盈的。然而，要在此地买把雨伞却非易事。据说因为这物件在该市毫无用武之地。内罗毕年降雨量在1000毫米左右，而且一年中有两个雨季，雨倾如注的景观并不罕见。但奇妙的是，这里的雨大都下在深夜。当夜幕隐去，黎明降临，迎接人们的是碧空丽日，清新爽润的空气和娇红嫩翠的花木。住在此地的人极少看到阴天，更没法想象昔日伦敦常见的沉沉阴霾和弥天大雾。

与许多非洲城市不同，内罗毕没有界限分明的白人区、亚洲人区和黑人区。市政建设的疾速脚步早已踏平了旧日殖民主义的烙印。然而，贫富差别是明显的。离市中心不远，可以看到一座座别墅式的花园洋房；再向外，是一幢幢公寓式的楼房住宅；在市郊，一排排低矮房舍的铁皮顶盖，在夕阳下闪闪刺目。金钱和地位，决定着谁是这些房屋的主人。

有这样一种说法：内罗毕不仅属于肯尼亚，也是属于世界的。内罗毕算得上是座国际性城市。联合国下属机关、许多国际组织和金融机构大都在这里设有办事处。在随处可见的街头书摊上，小贩们高声叫卖两三天前刚在伦敦、巴黎和纽约出版的刊物。数十条国际航线，载来了世界各国的游客，也带来了数目可观的外汇以及形形色色的文化风尚、生活方式和种种信息。

今日内罗毕，以其近百万的人口，690平方公里的面积和雄浑繁华，已跻身非洲和世界名城之列。但它还很年轻。1905年，当它被选为国家的首都时，还是个无名小镇。1963年肯尼亚独立之际，它也仅拥有25万人口。此地没有多少名胜古迹，也就很少历史重负。它在发展的过程中因此可以步履轻捷，一往直前。在过去短短的20年里，它已变成全国政治、经济和文化中心，以及国内外交通枢纽。在这里，可以触摸到肯尼亚强有力的脉搏，听到它稳步前进的足音。登高远眺，但见高楼、厂房、民宅、花树，高高低低，错错落落，一直伸延到蓝天白云深处。

我深知，只有用浓墨重彩、大笔挥洒，方能描绘出内罗毕的风貌和神韵。可惜我来去匆匆，又乏笔力，只能粗粗为它勾一幅速写，聊记此行。

1984年4月20日

铜都赋

铜都，是世人对赞比亚首都卢萨卡的喻称。这是由于赞比亚是名扬世界的产铜国，而这里的风物人事大都与铜有缘。

在卢萨卡国际机场一下飞机，立刻就能感受到铜都的气息。在机场候机大厅里，陈列着一块重约 16 吨的铜矿石，是很久以前在铜带省谦比西矿开掘出来的。它通体灰褐，绿锈斑斑，似乎带着历经沧桑的容颜，在无声地诉说赞比亚铜业生产悠久的历史。机场大楼光闪闪、亮晶晶的铜质门把、窗棂，给人以华贵敞亮之感。碰巧还会有人告诉你，许多年前，到机场迎送国宾的轿车的车身，也是铜制的。

卢萨卡是一座园林般的美丽城市。温热的气候，使它终年绿树繁花，生机盎然。时值此地初冬 6 月，正是“六月香雪”花事最盛期。银白细碎的花瓣，犹如轻柔绵软的雪被，严严密密地笼盖了枝叶，香气氤氲，沁人心脾。一到 10 月，满树满院的火焰树花，使整座城市到处像燃起了耀眼的火把。紫榕花怒放，带来了雨季即将开始的喜讯，因此被人们赋予“佳宾难得”的雅号。铜喇叭花也十分逗人喜爱，花朵大如碗口，状似唢呐，色像黄铜，从碧绿浓密的叶丛间高高挺起。倘若它生长在中国，兴许能奏出“百鸟朝凤”“喜庆丰收”等唢呐名曲呢。关于铜花，有着不少富于传奇色彩的故事。据说凡是开着铜花的地方，一定可以找到优质铜矿。可惜因时间所限，在卢市我未能觅得它们的踪迹。

不过在市区，我却看到了人造铜花——精美的铜制艺术品。该市有许多专售铜制品的商店。更多的商店，从超级市场、药房、书店到杂货铺，也都设有铜器专柜。逛铜制品商店，往往是初到此地的旅游者的第一个参观节目。每一家这样的商店，宛如一个小小的非洲雕刻绘画艺术的展览馆。那满墙、满架、满地的铜制浮雕版画，优雅别致的灯具、形形色色的首饰，以及碗、杯、叉、勺等日用品，熠熠灼灼，满室生辉，令人目眩神迷。圆茅顶的屋、梳成各式发型的妇女头像、面目怪异的图腾以及象、犀牛、羚羊等非洲珍奇动物，是这些艺术品的主要题材。其风格，也具有浓烈的黑非洲色彩。或浪漫，或写实，或二者合璧；作品有的逼真生动，有的作大胆变形的夸张，有的寓奇巧于拙朴。其间，也不乏印度教中的神像。赞比亚现有许多印度血统的居民，因此，印度文化也给此间的铜制品打上了鲜明的烙印。如果你表示兴趣，殷勤的店主会指点着实物热情讲述当地的信条：戴铜手镯能防治风湿病；新郎向新娘赠送一个铜梳妆台，管保婚事如意，双双白头偕老……

在赞比亚人民心目中，铜是财富和权力的标志，也是尊严、自由等崇高信念的具体体现。矗立于闹市区、高达23层的工业发展大楼，主体部分玻璃窗间的隔板，均由铜片镶嵌而成，酷似千面铜镜高悬。在晨光暮色或艳阳下，整座建筑如同一个变幻色彩和亮度的巨大发光体，无比辉煌瑰丽。在全国最高法院前街心公园里，有一座为纪念第三次不结盟国家首脑会议在卢萨卡召开而修建的纪念碑。三把铜铸巨剑直刺蓝天，象征着不结盟运动磅礴于世，势不可当。位于城市东郊的国民议会大厦，其顶盖、廊檐、墙壁，全由铜板包制而成，富丽堂皇，雄伟壮观。在全市主要街衢独立大街一侧，一尊自由战士铜像高高耸立。他高举挣断的锁链，昂首傲立，凝视远方，像是在欢呼来之不易的自由，又像是在追忆往昔艰辛的斗争岁月，缅怀为祖国独立而捐躯的战友，对未来充满激情的向往。

以物喻人，在卢萨卡街头漫步，可以发现许多人与铜之间的有趣联系。这里的男子一般都体健躯伟，肤色偏深，使人记起“铜腰铁臂”“面似古铜”一类的语句；女性大都性格爽朗，喜爱言笑，处处都响着她们铜铃般的音韵。人们热情礼貌，纯朴耿直，心地善良，乐于助人，恰似古铜宝镜般洁净明亮，光可鉴人。

卢萨卡，美丽的铜都，你使我得到美的享受、艺术的熏陶和力的感奋，虽历久而难以忘怀。

1985 年 6 月 30 日

见面胜似闻名

不知怎的，在亚的斯亚贝巴逗留期间，脑际总浮现出少小时从章回小说中读到的两句老话：闻名不如见面，见面胜似闻名。或许，对于我来说，这座城市的现实风貌，同关于它的传闻记述，有的是如此迥异，有的又那么相似。

当飞机飞越驰名于世的东非大裂谷抵临亚的斯亚贝巴上空时，我简直不忍心下望，以免目睹传闻中的它那过于寒碜的容颜。因为此刻我联想起美国著名记者约翰·根室35年前在《非洲内幕》一书中对它的如下描绘："看起来它好像是由一架携带垃圾的飞机上零零散散抛下来的垃圾堆砌起来的。它像是一个鞑靼人的营房，而不像是一个现代化城市。"35年，一个人可以从孩提步入中年，一个城市又能有多大变迁呢？

出我意料，呈现在面前的亚的斯不是简陋的军旅营寨，而是一个与3400万人口的国家相般配的都会。繁华的丘吉尔大街车水马龙，灯红酒绿，许多高大建筑物矗立两侧，颇有现代气派；人民大道笔直宽阔，有的街段足可容纳八辆汽车并驰而过；雄踞于山丘之上的市府大楼，据说是黑非洲最美最大的市政府建筑；革命广场上可排出20万人集会的壮阔场面。在驱车游览市容时，一位久居肯尼亚的朋友说，这里的高层建筑不少于有"非洲伦敦"之称的内罗毕，只是失之于星散，显不出气势罢了。对此，我有同感。

每到一座异国城市，我都喜欢徜徉街头，以便更多地领略当地的风物民情。在亚的斯却未能如愿。因为我怕那到处可见的擦皮鞋孩子的尾随不舍；更怕看见乞儿们的目光和一只只伸出的小手。他们正当人生的黄金岁月，活动的天地本应是校园课堂，猎取的原该是学识智能。但贫穷和近年来可怕的旱灾使他们与这类福分无缘，这支叫人看了心酸的队伍更扩大了。

市中心耸立着一座高约 10 米的青铜塑像。一位年长的武士顶盔披甲，手持长矛，座下一匹前蹄奋起的高头大马，透出一股血战强敌、身先士卒的气概。他是孟尼利克二世，1974 年被废黜的塞拉西一世皇帝的叔祖父。这个在位 24 年的国王，外御强敌，内理朝政，文治武功，颇多建树。他是新亚的斯市的奠基人，也是从国外引种尤加利树的倡导者。如今，这种兼有观赏和经济价值的高大乔木，不仅撑开万千绿伞，为山城增色添姿，也给该市百万居民提供了取之不尽的木柴。在他的塑像前我沉思默想：埃塞俄比亚人民和政府是尊重历史的。10 年前那场推翻封建王朝的风暴，或许过于猛烈、损及无辜，但无疑外界对它也有所渲染夸大。因为它并未荡涤一切，而是留下了国家历史的华章和民族的精英。

早就看到过一种充满偏见的描述：埃塞俄比亚人由于自以为是天下最漂亮的人种而傲慢自大，难与交往；他们不认为肤色黝黑是自己生就的颜色，而是太阳爱抚的结果。在希腊语中，埃塞俄比亚意为“晒黑了的脸孔”。

然而，在亚的斯我既看到了埃塞俄比亚人的美貌，也感受了他们的谦恭和热情。这里的人们确实生得标致：高鼻梁、薄嘴唇，身材健美颀长。男子爱留小胡子，显得机灵俊俏；妇女时兴将乌发盘成流线型、蘑菇状，越发娴雅娟秀。这里的人诚挚友善，乐于助人。我们在街上问路，行人无不悉心指点；有事找出租车，闻者准会主动帮忙；到政府机关办事，任何一个走进办公室的陌生人，都要握你双手，问候致意；与熟人相遇，少不了要受“亲面礼”，而且两次不够，须得一左一右连来4次。听常驻此地的中国同志说，要是与当地老朋友见面，对方除向你问好，还要连你的父母、兄弟、姐妹以及七大姑八大姨也问个遍，亲切感人之至。

我常想，要了解一座城市、一个国家，靠书本和传闻往往难以确切，有时得到的可能并非真情实况，无怪乎中英文中都有“眼见为实”的成语。亚的斯之行使我受益颇多，也更加深了我的上述感受。

1985年9月1日

塔那那利佛，有点陌生

对一般人来说，马达加斯加首都塔那那利佛这个名字是陌生的。然而，到岛国观光的游客，不论他们是来自亚非还是欧美，都可以在这里发现各自熟悉的风物民情。

30 多年前，美国记者约翰·根室在他的名著《非洲内幕》中，写下了初访塔那那利佛市的观感："城市给人的印象不是亚洲或非洲式的，而是欧洲式的，使人以为置身于欧洲小城市中。"如今，当我踏进这座山城，一种相似的感受油然而生。那高高耸立的教堂尖塔，那荡漾着光与影的挺拔的桉树，那用块石铺地的街巷，那窗户狭长、扶栏纤巧的红瓦小楼，那有着粗犷的圆锥形顶盖和上面饰以各式烟囱的房舍，无不使人想到一幅幅描绘 20 世纪欧洲小城风貌的油画和安徒生童话。

走在街上，却有一种身临亚洲城市的亲切感。大多数行人的体态、容貌、头发和肤色，都酷似东南亚人。友人相告，绝大部分马岛居民的祖先来自印度尼西亚和马来西亚等地。也有不少头发卷曲、皮肤黝黑的行人，表现出大陆非洲人的明显特征。市区还有上千名华侨和华裔马岛人。如果你来自我国岭南，可以在这里听到悦耳的乡音。

塔市的文物古迹，在撒哈拉以南非洲城市中是罕见的。雄踞于海拔 1400 米的阿杜拉鲁山巅的王宫，主体宫殿高达 40 米，内有一根 40 米高、两抱粗的檀香木支柱，据说是由 5000 名民工从数百里外的东海岸抬来的，运输途中，2000 人累病而死。可以说，这座宏丽的宫殿是广大无名劳动者的血汗筑成的。王宫院内有腊达马一世及其先王和后继者的陵墓。为了自身安全和便于统治臣民，非洲土王生前喜欢“占山为王”，死后也爱葬在高处，以祈永居于万民之上，表现出十足的贪欲和愚昧。不过对这位一世国王，马岛历史给予他相当的地位。因他执政期间，实行对外开放政策，从国外引进先进科学技术，组建了较正规的军队，还于1866年创办了非洲最早的报纸《美言报》，对国家的统一和发展有过不小的功绩。

市内的津巴巴札自然公园以饲养狐猴而闻名遐迩。狐猴是世上稀有的珍奇动物，目前只存在于马岛和科摩罗。马岛狐猴大约有40种，有的娇小得可以躲进香烟盒，有的胖乎乎的身躯长过半米。毛色有黄、褐、花斑之分。这些拖着长长尾巴的小动物，活泼顽皮，逗人喜爱。有时几只嬉戏打闹滚作一团，有时一只咬着一只的尾巴，列成长阵。公园附设的博物馆里陈列着一具叫作隆鸟的骨骼化石和一个鸟蛋。这种早已绝迹的鸟身高不下4米，蛋长33厘米，容量相当于鸡蛋的180倍。

阿努希湖一带是塔市著名的风景区。马达加斯加独立前，这里荒无人烟，如今已成为国家的政治中心。总统府及政府各部大楼环湖而立，湖畔花树葳蕤，嫣红娇绿，水光云影，使山城于雄浑苍劲中平添几分妩媚娟秀。

山城的晨雾与夜色更令人迷恋。晨光初露，山坳中常常有白雾升起，初如炊烟袅袅，继而似岚气蒸腾，最后弥漫全城，笼罩一切。只有山顶的王宫、高树、危楼，时隐时现，缥缥缈缈，迷迷蒙蒙，恍若海市蜃楼。这里的雾来也匆匆，去也匆匆，不消半个时辰，它们便泯散在澄碧深邃的晴空中。夜幕垂临，依山势而筑的各色建筑，都幻成一片灯火。灯光并不稠密，恰与满天星斗凝为和谐的一体。这时站在阳台，举目四望，但见头上脚下，前后左右，处处是闪烁的星星，顿生步入天庭、凌空御风的幻觉。

有许多赞颂山城的故事和诗歌流传。一位诗人这样写道：“塔那那利佛，有着诱人的魅力，只要看上一眼，你就不会把它忘记，在这里住上一夜，你一定还想回去。”在这座美丽的山城，我们度过了难忘的10天。我忘不了它的风姿神韵，它的宜人气候，更忘不了它质朴、热情、好客的人民。我期望有朝一日再去那里旧地重游。

1984年8月26日

人比花更美

如果你想领略热带城市的风光和体察撒哈拉以南非洲国家的民情，坦桑尼亚首都达累斯萨拉姆大概是最理想的地方了。

“四时草长绿，无树不着花”。这两句无名诗人的诗句是达市自然风貌的生动写照。这座滨海名城终年湿热，草木四时不衰。令初来者惊讶的是，这里的树，从丛丛簇簇的灌木到遮天蔽日的巨树，无不繁花压枝，姹紫嫣红。兴许由于吸足了非洲大地的乳汁和赤道骄阳的热能，此地的花似乎格外色彩浓艳，热情洋溢。一种叫作非洲红的大树，花盛时，红肥绿瘦，远看似流动的火焰；那挨挨挤挤、到处可见的鸡蛋花树，终年缀满白花，遥望如初冬晴雪。还有一种叫不出名字的高树，同时开着淡蓝、鹅黄、浅紫的小花，恍若亮度不同的繁星在夏夜的天际神秘地眨眼……处处花光树影，不仅为城市美容，而且能启迪人们的想象力。

非洲大自然暴烈的性格，赋予达市的花儿以不畏疾风骤雨兀自昂然怒放的刚健风骨。我国唐诗中的名句“夜来风雨声，花落知多少？”在这里是不适用的。

美的自然环境陶冶了人们爱美的习性。这里男青年时兴的打扮是裤脚扫地的筒裤和花色非洲衫。衬衫上端的三个纽扣全部解开，袒露出古铜般油光闪亮的宽厚胸膛。显然，在他们的概念中，健康、本色为最美。女郎们都喜欢打扮。土气点的爱着肥肥大大的民族服装康加，如花团锦簇；摩登些的乐意穿紧身连衣裙，衬出线条分明的腰身。她们的满头卷发被精心梳理成各种式样：乞力马扎罗山式，缨穗式，绣球式，梯田式……试想，满街争奇斗胜的发式，该给达市平添多少情趣和特色？

豪放而礼貌，热烈而文静，是达市人鲜明的性格特征。坦桑尼亚曾经是、现在仍然是许多非洲民族组织争取国家独立的基地。达市人以疾恶如仇和富于斗争精神而闻名。同时，他们却又那样文质彬彬，心平气和，从容不迫。公开场合，听不到有人吵吵嚷嚷，大声喧哗；公共汽车站里，人人自觉排队上车，秩序井然；大街上，即使暴雨骤至，也很少人惊叫奔跑。在这里，吵架斗殴事件极少。“不要计较与别人的分歧”，“吵架是傻瓜的事”，达市街头这类格言式的标语，看来已成为人们崇奉的生活信条和社会道德准则。

在达累斯萨拉姆，即使一个外乡人也很难迷路。倘若你走进店铺打听个地点，主人会放下手中的活计，走出店门，给你详尽地指点方向；在街上向人问路，热心者会特意伴送你一程。凡此种种，他们出自真心，落落大方，不求酬谢。有一次，一位素不相识的饮食协会的官员，为领我们去医院访问一个病人，整整花了三个小时。我们至今犹怀感激之情。

像对待任何一个城市一样，对于达市，人们自然也有种种非议，然而一说到该市的交通秩序，却无不交口称赞。达市人口逾百万，街衢交错，车水马龙。路口的交通平时全由电脑自动控制，无须警察值勤。但开车的人都自觉尊重这些无生命的信号的权威，即使急务在身也不撞红灯。而且谦虚礼让成风，那种争先恐后、夺路疾驰的现象，在这里是极其罕见的。尤其值得一提的是，严格遵守交通秩序似乎已成为达市人的习惯，虽然既无警察监督，也无罚款的威胁。这里汽车一般不鸣喇叭，但行人远远地就给汽车让路。上述诸种因素产生如下结果：在这个交通相对拥挤的偌大的城市里，交通事故却不多见，车毁人亡的惨象更少。一位久居此地的外国专家认为，“达累斯萨拉姆也许是世界上车祸最少的大城市之一。”

人们爱以花喻人。我们要说，达市的花可爱，达市人比花更可爱。

1983年5月23日

哈瓦那的沧桑感

在我们访问古巴的10天中6天被安排在首都。主人的用意是显然的：让来访者以更多的时间从哈瓦那了解古巴。哈瓦那拥有全国1/5的人口，集国家政治、经济、文化中枢于一身，从这里的确也不难触摸这个国家的脉搏。

哈瓦那是座极富色彩和个性的城市。满城高大繁茂的榕树，扇叶梳风的棕榈，绿云般涌动的芒果树，以及加勒比明丽的阳光和碧波，使它充满神韵。400多年的历史风雨，给哈瓦那打下了深深的印记。那高低错落的古堡要塞，雄伟嵯峨的宫殿教堂，陶立克式、巴洛克式、新古典主义式等形形色色的建筑，又使它颇具欧洲古城风貌，令游人遐思邈想。

古巴有"世界人种熔炉"之称，这个特点在哈瓦那尤为鲜明。在游览市容时，陪同利诺同志向我们介绍一位"有中国血统"的少女。这位十六七岁的姑娘，说不出一句中国话，但却在纸上用中文写下自己的名字：佑莉。她告诉我们，她的爷爷是非洲黑人，奶奶是华人，爸爸是混血的古巴人，妈妈是第4代日本人。这种国际社会般的家庭实不多见，利诺却说："这在古巴很平常。"人种高度融合的哈瓦那人，大都身材强壮健美，性格刚毅、乐观、幽默、豪爽。

豪爽的哈瓦那人似乎不习惯掩饰。在该市期间，我们每天都不止一次听到这样的话："古巴正处于特殊阶段"，"我们面临种种的困难"。

困难随处可见。在商店里，几乎所有日用品一律凭票购买；各类食品均按定量供应。不过，在小店里能买到炸肉饼之类的小吃，花上五六个比索（当地人均月收入200比索左右）也可在饭店吃上一盘盛有米饭、香蕉和鸡块的“高价份饭”。

在街道上，由于缺油，公共汽车减少了班次，私人汽车不得不“量油而行”，自行车则日渐成为人们重要的代步工具。目前古巴进口中国永久、凤凰和飞鸽自行车20万辆，准备再进口50万辆，还计划在两三年内建成年生产能力100万辆的自行车厂。越来越多的自行车轻盈飞驰，被戏称为“哈瓦那街头一景”。

纸张的短缺已严重影响到报刊的印刷发行，政府为此限制报纸的发行量和出刊期数，更注意发挥广播和电视的作用。

记得到达哈瓦那的当晚，东道主《格拉玛报》的一位同行对我们说：“你们将会看到我们国家面临的困难，也将看到我们的人民在共产党的领导下坚持社会主义、克服困难的决心和勇气。”在一次告别酒会上，我们谈了访问观感：“古巴人民以高涨的爱国热情、乐观主义精神和切实的行动对待困难，克服困难……”我们对主人说，这并非恭维之词，这些话的依据是我们在哈瓦那耳闻目睹的事实。

在埃雷拉技术学校附设的自行车装配厂，我们看到过学生用流水作业的方式紧张装配自行车的场面。该校师生日夜三班工作，他们的口号是：让更多的人早一天骑上自行车。

在哈瓦那生物遗传技术中心，科学家们紧张有序的创造性劳动留给我们深刻的印象。在这里，他们完成一个又一个高难度研究课题，使古巴在生物遗传技术领域处于世界领先地位。该中心许多科学家曾留学国外。据介绍，近年来古巴政府派出的留学生绝大部分都学成回国。

哈瓦那的社会治安之好远近闻名。人们夜间在街上行走可以不必担心，就连家庭失盗一类的案件也很少发生。据说小偷小摸的事近来有所增加，但与我们后来访问过的一些拉美国家城市中那种大白天公开抢劫、弄得人心惶惶的状况，简直不可同日而语。

为落实国家的“食品计划”，古巴各城市都在附近农村建立了劳动营地，组织居民定期去那里参加劳动。在哈瓦那省，我们参观了一个首都志愿人员劳动营地，几位接受我们采访的不同年龄和职业的人，无不精神愉快，言谈自若，都说对能为国家解决食品问题出力感到高兴。

听当地朋友说，近几个月来哈瓦那及古巴全国各地的蔬菜供应状况渐趋好转，蔬菜和饭蕉已敞开供应，价格也有所下调。这是古巴全民实施“食品计划”所取得的初步成果。根据这一计划，今后两三年各地政府将主要通过建设大型养猪、养鸡场使目前肉蛋供应紧缺状况有较大改观。

一个并非周末的夜晚，在哈瓦那革命广场举行了古巴共产主义青年联盟成立29周年和古巴少先队员联盟建队30年纪念活动。50万人的集会，口号阵阵，歌声高亢，洋溢着激情，回响着誓言，迸发出震撼人心的力量。一位久居哈瓦那的外交官认为，“古巴长期遭受西方殖民统治，1959年革命胜利后仍时时感到北方邻国的威胁。因而人民群众民族独立意识格外强烈，革命热情一直普遍高涨，这是一种无形的巨大力量，是观察古巴现实和展望它的未来不可忽视的重要因素。”在古巴10天的所见所闻告诉我们：这番话无疑是对的。

1991年5月

一河一湖靓了华盛顿

一条河一个湖，可以使一座城市温润靓丽、闻名遐迩，就像西湖之于杭州，塞纳河之于巴黎。美国首都华盛顿则两者兼得：波多马克河及两条支流穿城而过，潮汐湖宛如一个玉坠闪耀在城市中心。

波多马克河流程616公里，就算在美国的大江大河中也算不上壮阔，但却有着“楚河汉界”般的历史内涵。1789年，美国联邦政府成立，乔治·华盛顿当选首任总统，建都问题随即提上议程。当国会在纽约召开第一次会议时，与会者对首都选址事宜意见相左，吵作一团，都想把首都建在自己一方的境内。经过激辩，第二年，国会终于达成妥协，得到授权的华盛顿一锤定音：在南北方的天然分界线波多马克河畔长宽各为16公里的地区建立首都，邀请法国设计师皮埃尔·夏尔·朗方主持首都的总体设计。

华盛顿四季分明，夏天气温可高达摄氏30度以上，但不燥热，年均雨量不大，但好雨感时节，草木生长季节，十天半月来一场雨，因此草坪花木几乎不需要浇水。这当然主要是大洋暖流影响的结果，不过人们更愿意归功于那条河和那个湖。

当年被划定建都的河西岸，原是灌木丛生、人烟稀少的荒蛮之地，经过数代人的披荆斩棘，胼手胝足，早已成为华盛顿一条亮丽的风景带。初春，随风荡漾的万千柳条，在空中渲染嫩绿鹅黄，成片成片的郁金香则在大地上涂抹姹紫嫣红。深秋，缤纷的落叶铺成色彩斑斓的植被，松松的，暖暖的，让游人不由自主地想在上面躺躺坐坐，陶醉于大自然的怀抱。

潮汐湖湖面不大，但应了“山不在高，有仙则名；水不在深，有龙则灵”的名言佳句，其位置显赫，得天独厚。杰斐逊纪念堂临湖而建，主人是美国的第三任总统。有人形容，天气晴朗时，那座古希腊神殿式的圆顶白色大理石建筑可清晰倒映湖中。不远处是华盛顿纪念碑，碑高616米，为首都的建筑物设定了上限，此后市内任何建筑物都不得超过这个高度。从湖区去著名的景点如林肯纪念堂、罗斯福纪念公园等，大都在步行范围之内。

让潮汐湖扬名增色的，还有环湖栽植的数千株樱花树。这些树颇有些来历。1912年初，当时的东京市长尾崎行雄将300株樱花树作为礼物送给时任美国总统塔夫脱。这是日本拿樱花当外交工具的成功尝试。同年3月27日，举行了简单的植树仪式，由第一夫人海伦·塔夫脱和日本驻美大使夫人共同将其中的两棵樱花树，栽在靠近杰斐逊纪念堂的湖北岸。繁衍至今，已达3500多棵。说来也怪，经潮汐湖水土和气韵的滋润涵养，此处的樱花树竟比在故土日本高大粗壮，有些要两人才能合抱。这里的樱花多为吉野樱，花期长，花瓣密，浅粉色。历经风霜雨雪的磨砺，很多花树的树干黑褐苍劲，将樱花映衬得更多娇艳。有些长长的花枝伸向湖面，呈群龙戏水状，以多姿多彩骄人。

此处樱花绽放于4月，花事繁盛的十多天里，赏花者逾百万。游人如织，摩肩接踵，这在人口密度不高、平日里相对宁静的华盛顿，称得上是一个奇观。花海人海，应时而至，年复一年。

2018年5月21日

华盛顿 128 年没有自己的市长

美国首都华盛顿的全称是“华盛顿哥伦比亚特区”，这个特区还真有些特别。

最奇葩的一点是，曾经 174 年没有自己的民选市长，市长由总统兼任。美国于 1789 年立国，1800 年首都由费城迁至刚建成的华盛顿。在漫长的 174 年间，该市市长由总统兼任，直到 1974 年，华盛顿居民才有权选举自己的市长。但该市作为一个独立的政治个体，在众参两院却一直没有席位。对此，从市长到民众都很是不满，奋力抗争，市长带头游行示威的事时有发生。1993 年，市长凯利参加抗议游行，结果以“领头闹事”的罪行被逮捕。2011 年，市长格雷胆更大，率领市府全班人马举行街头抗议，也以同样的罪名被拘捕。市民也不含糊，喊出的口号是：“没代表，不纳税！”抗争总算有了结果，华盛顿特区终于有一位联邦众议员，但没有投票权。至于参议员，还是没影的事。

特区不受待见还弄出一个有意思的插曲。本来位于波多马克河南岸的亚历山大德里亚县也被划归特区，但该县民众不干，宁可在弗吉尼亚州当农民，也不愿到特区当市民。国会也经不住闹，终于在 1946 年通过法律，成全他们。

相比于各州，特区享有的政治权利最小，但得到的经济权益却最大。

这算是特区的又一个特别之处。以2016年为例，这年华盛顿特区GDP为1093亿美元，在各州排名第34位，人均却列各州之首，为76,108美元。这是因为，作为首都，中央政府每年要给财政拨款，外国驻美大使馆和众多国际机构总部都设在这里，它们要租房、消费和需要提供服务。此外，很多经济元素与政务需求相关，联邦政府有大量外包业务需要企业参与，这就带动了游说公司、法律服务、金融服务、科技服务、信息服务、国防科工服务等产业的发展。这些都会给特区提供滚滚财源。

自1974年特区居民有权选举市长以来，历届市长基本是非洲裔美国人。这与该市人口构成有关。以近些年为例，特区人口约68万，其中非裔约为50%–60%，白人35%左右，其余为亚裔和拉美裔。按一人一票选举，市长自然非非裔人士莫属，即使他们有污点也不碍事。1978年巴雷当选市长，1990年因吸毒被判刑6个月，但1994年，他再次成功当选。

非裔人士当市长，并不意味着非裔民众就享有比别处高些的经济地位和社会地位。实际上，华盛顿黑白之间格外界限分明。该市2/3的地面是非裔居民，也叫穷人区，那里住的几乎百分之百是非裔，即便有些人是在政府机构上班，也并不穷。白人都住在富人区，虽然有些人并不富有。白人与非裔混居的情况极其罕见。前些年发生过这么一个案件：有一家开发商在白人所在的地界上建了一个住宅区，因为预售了几套给非裔家庭，就引发白人的不满和抗议，房子尚未竣工就发生了纵火案。白人案犯直言不讳，他放火的理由就是不愿让白人与黑人住在一起。

我刚到华盛顿就有人告诫，非裔区治安极差，绝不能步行去，就是开车经过也不能停下，前几年有个中国记者在非裔区汽车抛锚，结果被人用枪顶着，洗劫一空。非裔区内不同团伙之间发生火拼也是家常便饭。我们就写过一篇《华盛顿一日8次枪战》的通讯，材料全是引自当地媒体的报道。

与之相比，白人区的治安状况可谓天壤之别。我们在那里住了两年多，别说杀人抢劫之类的大案，就连溜门撬锁的事也没听说过。从商店订购物品，包括贵重的相机之类，送货员都是一大早就放在我们住处的门口，连招呼也不打，但从未丢失过。

白人区与非裔区治安状况差别如此之大，形同两个世界，一个重要原因是，警察对白人区的安全很上心，措施也到位，白天黑夜，警察值守，警车巡逻，从不懈怠。而对非裔区的治安基本上是放任不管，爱咋样咋样。

谈到华盛顿的治安，有人斥之为“谋杀之都”，有人则啧啧称赞，虽有些夸张，但都符合事实，区别在于着眼于哪个世界。

2018 年 3 月 16 日

札幌，一年四季少了夏季

日本北海道首府札幌，是一座个性鲜明、容易被来访者记住的城市。不久前，我应北海道新闻社、札幌青年会议所和北太平洋地区研究中心之邀，出席了在那里举办的国际会议。短暂逗留，浮光掠影，该市的风貌人情却令我难忘。

有种说法：冰雪使札幌扬名。的确，一提到札幌，人们就会想到那里一年长达 5 个月的雪季，一年一度遐迩闻名的冰雪节，以及名目繁多的冰上活动。其实，札幌的夏季也颇具魅力。此地盛夏没有暑热。7 月末的一天，我汗流浃背地从东京登机，一个半小时后，一走出机舱禁不住打了个寒噤：迎接我的是霏霏细雨和 19 摄氏度的气温。当地朋友说，今天温度偏低，通常这个季节白天气温在 25 摄氏度左右。“一年四季少了夏季”，这句耳熟的空调推销广告词，用在这里倒很贴切。

札幌的绿化相当好，众多的公园和夹道的林木，使市区绿地率高达 70%。入诗入画的冷杉、古柏、虾夷松和紫丁香，使全城绿意荡漾，葳蕤生光，充满夏天特有的繁茂滋润、神奇梦幻和勃勃生机。

在日本大城市中，排行第 5 的札幌是历史最短、发展较快的一个。从某种意义上说，它是日本明治维新的产物。1868 年，即明治维新发端的当年，日本政府发布了作为维新变革纲领的“ 5 条誓文”，其中一条即为“求知识于世界”。此后，美国、俄国及中国等国的专家相继应聘来到北海道，为其发展献策出力。俄、美人士的到来，使北海道在日本最先饲养奶牛，生产牛奶和奶制品；中国农业专家带来当时相当先进的耕作技术；札幌市的城建蓝图则出自美国建筑设计师之手。一张札幌市区图就如同一幅围棋棋盘，街巷纵横，横平竖直。宽阔的路面、合理的布局，使这座167万人口的城市至今免受交通阻塞之苦。

一个云收雨霁的下午，主人安排我参观位于市内森林公园的北海道开拓纪念馆。在这座占地4000多平方米的纪念馆内，面对众多显示北海道自然变迁和艰难开发史的照片、图表和实物，人们不能不对北海道人民无畏的拓荒精神以及他们珍视历史、崇尚创造、激励奉献的举措油然而生敬意。这里有两件东西给我印象最深。一是展览大厅里那面动人心魄的“马蹄墙”。上面排列有序地嵌饰着1600只马蹄铁。主人说，马为北海道开发立下了名副其实的“汗马功劳”，设这面马蹄墙，既算是为它们立纪功碑，也为了以此激励今人和后人：日本无论怎么现代化了，仍需要一步一个脚印的“马蹄精神”。二是大厅另一面墙上的80余帧巨幅照片，他们是北海道百余年开拓历程中的功勋卓绝者。没有关于他们个人丰功伟绩的介绍，但参观者却会记下这样的潜台词：有功于国于民者，永垂青史。

作为近代拓荒者的后裔，札幌人热情、朴质、憨厚，中国客人对此感受尤深。我到达札幌的当天下午主人没安排正式活动，在游览市容时，热心的陪同早川淑人先生根据我的愿望，临时决定参观日本团体人寿保险公司北海道营业开发部。对我这位不速之客，坂上修一部长热情介绍情况，领我楼上楼下参观，对中国新兴的保险业表现出很大兴趣。我尚未离开日本，就收到一份有如下内容的电传：坂上先生计划于今年年底率七八人的代表团访华，希望能得到邀请。

会议结束后，带着众多送行者的友好话语和美好祝愿，我登上南去的列车。窗外，绿色原野辽阔寂静，但我的心情却难以平静。我取出早川先生送我的他与新娘身着和服的结婚照，仔细端详。我知道，在日本，这是新婚夫妇只送给亲朋好友的珍贵礼品。我又想到中国人民的老朋友、日中佛教文化交流中心会长国冈茂夫先生。他极尽主人之意，不仅设宴款待，还让北海道新闻社编委寺井敏先生和自己的儿子国冈睦史君陪我去日本著名的定山溪温泉洗浴，让我结识了好多位北海道著名记者和书画家，其中有照片挂进北海道开拓纪念馆的国登松先生。这位北海道画坛泰斗、85 岁的老人，精神矍铄、幽默健谈。他向我介绍日本画发展历史和现状。签名赠我别人为他写的传记，还离席从榻榻米上跪移到我身边，手把手教我两套小戏法，其情其景，令人感动。我对他们说，出国访问，我觉得在日本最没有陌生感。希望世代友好是中日两国人民的共同愿望，我从这种深广的意义上看待日本朋友对我的友情。

1992 年 8 月 30 日

广岛思旅

广岛，是我们此次日本之行最想访问和感触较多的城市之一。

从北京动身前，我们书面向主人提出问题，其中之一是：明年是二战结束 50 周年，对此广岛在想什么和打算做什么？实际上，这正是我们希望去广岛采访的主要目的。

广岛之所以有名，是因为它是人类历史上第一个遭受原子弹的轰击，又以顽强的精神在短时间内从废墟上崛起的城市。在这里，生与死，破坏与创造，毁灭与新生，在历史的瞬间形成了强烈的反差。目前，日本全国上下正就 50 年前的那场战争进行阶段性的反思、评价和总结。据说，各界人士已纷纷提出看法和对案，有的还送上首相的办公桌。对这个问题，从作为战争与和平缩影的广岛，能在多大程度上把摸日本的脉搏？

一抵达广岛，主人便安排我们去参观和平纪念资料馆。馆长原田浩先生说，资料馆分东西两部分。西馆是 1955 年为纪念广岛遭受原子弹轰炸 10 周年而建立的，平均每年接待 140 万参观者。走进馆内，每人发给一个录音机，听着那语调悲怆的中文解说词，看着那些遗物、照片、模型和资料影片，那场已为世人耳熟能详的历史大悲剧呈现眼前：1945 年 8 月 6 日 8 时 15 分，一颗原子弹在广岛市上空爆炸，顷刻间，广岛市区成了一堆瓦砾，约 14 万人当场死亡。到去年 8 月 6 日，直接和间接死于那场原子弹轰炸的人数已达 18.1 万人。

最引人注目的是东馆，今年 6 月 1 日才正式对外开放。据介绍，增建东馆，意在从“被害与加害”两个方面来审视那场战争，即日本不仅是战争的受害者，更是加害者，日本发动的侵略战争给亚洲人民带来空前深重的灾难。展览以大量史料揭示：长期以来广岛是日本军事工业的基地，是日本发动甲午战争和二次世界大战的桥头堡，有“军都广岛”之称；日本侵略亚洲国家，从中国、朝鲜等国抓来大批劳工，他们受尽煎熬，不少人成了广岛被轰炸的牺牲品。应该说，东馆突出“受害与加害”这一主题，是广岛人对50年前的那场战争认识上的深化和飞跃，无疑会得到亚洲国家和人民的赞许与掌声。

“广岛人的这种认识代表整个日本的观点吗？”原田馆长明确回答：“它表达的是广岛市民怎样看待历史，而不是国家的立场。”说话时，他神情严肃，语调坚决，看得出，他为上述情况而不无遗憾。

深受战争之害的广岛人酷爱和平。在广岛以和平命名和作为标志的场所、景物到处可见。该市的中心广场叫作和平广场；广场上的长明灯名曰和平之火；战争资料博物馆称为和平纪念馆。广岛人正以极大的热情迎接以和平友谊为主题的第12届亚运会，亚运会的吉祥物是一对可爱的和平鸽，雄的叫“泼泼”，雌的叫“库库”。

作为一个从废墟上重建的城市，广岛街道宽阔整齐，建筑新颖悦目，花草树木繁茂，生活环境舒适。如今，广岛已跻身于日本10大城市之列，具有雄厚的经济科技实力。这里设有著名马自达汽车公司的总部，许多高科技项目正在兴建，它甚至已成为仅次于东京的日本第二大旅游城市。在广岛，人们会深切感到，战争招致毁灭，和平带来发展。岂止是广岛，整个日本又何尝不是如此？若以1945年日本战败为限，前50年，日本穷兵黩武，到处抢掠，国民经济发展缓慢，人民生活水平低下。战后的50年，日本主要得益于和平的环境，经济曾长期高速增长，已赢得不少桂冠：经济大国，金融大国，债权大国……在东京，一位朋友对我们说：日本的前途是吸取历史教训，走和平发展的道路。

在从和平纪念馆到第12届亚运会会场途中，当地陪同告诉我们，美国所以选中广岛作为投原子弹目标一是因为广岛地处盆地底部，地势平坦，有利于原子弹充分发挥威力，而且广岛军工企业和军事设施多，有打击的价值；二是杜鲁门政府花巨款秘密研制原子弹，不让它露露脸没法向国内纳税人交代……

这些对当时美国心态的分析或许有道理，但我们想，假如日本不同德、意法西斯结盟发动给人类带来空前浩劫的第二次世界大战，假如日本哪怕是个中立国，会平白无故地遭到轰炸乃至原子弹的打击吗？当然，历史容不得“假如”，但历史的错误却可以避免重犯，如果能正确对待历史，认真总结教训的话。然而，在这方面，日本可远远比不上它昔日的盟友德国。二战后的德国历届政府都毫不含糊地承认纳粹德国对欧洲和全世界人民犯下滔天大罪，对纳粹战犯始终穷追不舍，哪怕他们逃到天涯海角。最近德国甚至通过法律，把否认纳粹屠杀犹太人的言论、涂写纳粹标志和行纳粹礼视为犯罪行为。日本又如何？在对待历史问题上，日本迄今给世人的感觉是缺乏勇气。例如，明明野蛮侵略了亚洲国家，一些人却长期死不认账；无视亚洲国家的感情，几乎年年都有内阁成员参拜供有战犯牌位的靖国神社；由于在“受害和加害”问题上只强调“受害”，不愿讲“加害”，以至于受其影响，直到去年还有 70%的日本中学生认为日本纯属第二次世界大战的受害者。就在不久前，一位日本前内阁大臣还大放“南京大屠杀是捏造的”、日本发动战争是“为了解放亚洲国家”之类的厥词。当然，这种人在日本仅是极少数，从某种意义上说是战争阴魂的回光返照。但在战争已结束快 50 年的今天还出现这种怪现象，令人深思。

广岛之行给人以启迪，令人难忘。但愿日本在就战争与和平问题进行反思时，广岛能成为一面镜子。

1994 年 7 月 31 日

“再也不坐法航了！”

6月底动身去欧洲访问前，《环球时报》的编辑约我写个“访欧杂记”一类的系列，匆忙中我居然答应了，大概我刚从一本书上读到的两句法国俗语在起作用：“只到过一次的地方，可以说上一辈子；生活了一辈子的地方，连一句话也说不上来。”当然，我还记得我们自己更为夸张的一句话：“一个地方，待上一天能写一本书，待上一个月只能写一篇文章，待上一年就什么也写不出来了。”这次出访为时半个月，要跑的地方大概不下十来个，就这点而言，倒具备以实践印证上述中西两种说法的条件。俗语不是现实，但怎么也没想到，开篇竟然是《“再也不坐法航了！”》。

这次欧洲之行，只有两小段路程是乘法航：从意大利的威尼斯到法国的马赛，从法国南方城市尼斯到首都巴黎。这两段行程本来总共用不了3小时，但却耗费了我们15个小时，而且其间经历曲曲折折，颇多戏剧色彩。

6月26日下午6时许，我们从威尼斯启程，因未订到直达票，必须在巴黎转机，将一条直线飞成了个三角形。飞机起飞就晚了1小时，于8点10分抵达戴高乐机场。整个转机时间只剩下55分钟，时间紧迫。大约过了半个时辰，去签票的同志带回一个坏消息：今晚这里所有的班机都取消。法航的人要我们明天一早到奥利机场上飞机，还说班机取消不是法航的责任，因此食宿问题由我们自理。

大家一听就不高兴，因班机取消由航空公司安排旅客食宿是国际惯例，法航有什么理由搞例外？我们又回到转机签票处，问一位刚来换班的人：我们来巴黎和离开巴黎都是乘法航，现在班机取消，我们的食宿法航该不该负责？他无言以对，答应为我们安排旅馆，但吃饭问题他表示无能为力，因为机场里连本该昼夜服务的咖啡馆也早关了门。他说目前巴黎旅馆紧张，住房只能两个人一间，我们坚持每人一间。他开始通过电脑联系旅馆，经一再催问，快 12 点了才说找到了一家离机场不远的旅馆，并告诉我们明天清晨 6 点以前可以回到这里搭乘法航的班车去奥利机场上飞机。

我们被安置进一家供青年旅游者用的简易小旅馆，房间很小，盥洗室里连手纸肥皂也没有。已是凌晨 1 点多了，旅馆前厅里依然人声嘈杂，他们大都是与我们遭遇相同的外国游客。我难以入睡，脑际映出 20 多年前一次乘巴基斯坦航空公司的经历：因飞机故障，我们被滞留在卡拉奇机场近 11 个小时，其间巴航两次用班车送这批旅客到当地最豪华的希尔顿饭店用餐，并在那里开客房让大家休息。原因相同，时空转换，没想到 20 年后在巴黎受到法航如此待遇。

第二天，我们早上 5 点起床，匆匆赶往机场。不断有大巴驶来，停在不同的地点，我们是有车必问，拖着行李来回奔跑，但半个小时也没见到法航班车的影子。看看 6 点已过，怕误了飞机，只好花 660 多法郎分乘两辆出租车直奔奥利机场。这笔钱照理应由法航出，但到哪里去说理？

飞机准时抵达马赛机场，就要访问这座诞生《马赛曲》的名城，心情很兴奋。然而，一瓢冷水又当头浇了下来。全团托运的6件行李丢了两件，其中有我的一件。同伴们说：“这是报应，谁叫你登机前讲不吉利的话？”原来，我有感于在戴高乐机场的经历，曾发过预言式的感慨：我们的行李不丢它两件才怪呢！

访问活动按计划进行，丢失的行李只能晚上去机场找。晚饭后，我们的同志去机场，但只领回一件行李，我的那件尚无下落。中国驻马赛总领馆的小李同志将自己的呼机号留给机场，行李一到，请他们立即通知。

虽时近7月，但这里室外最低气温只有11摄氏度，而我的衣服全在箱子里，只有短袖衣可穿。有人建议我向法航提出索赔，我不同意。我想起了两件往事。一件是，我的前领导一次出访时乘巴航飞机，在卡拉奇转机时，托运的箱子找不到了，巴航当即出钱让他买替换的衣裤，并再三向失主表示歉意。另一件是，我的一位同事几年前在瑞典访问时也发生了相似的事。瑞航一面道歉，一面出300美元让他购置必需的衣服。当然，他们的行李箱很快就被找回，物归原主。现如今飞机满世界飞，错运或丢失行李的事恐怕哪家航空公司都难免遇到，作为一个负责任、有声望、想继续开拓业务的航空公司，对这种事通常都给予妥善处理，就像巴航和瑞航所做的那样，哪会等到让旅客提出索赔？所以我不想提出让法航难堪的索赔要求，只希望法航能说句道歉的话，但这样的话始终也没等到。

28日，我们在戛纳、尼斯等地访问，一直未盼到机场打来的电话。晚7点半，我们将从尼斯飞巴黎，只好拜托总领馆的小李再跑趟机场，经验告诉我们，法航的服务是靠不住的，如果自己人不亲到现场，行李最后不知会给运到哪里去。

飞机起飞不久，即开始供应饮料。当时我正随手翻阅机上的杂志，航空小姐没问我喝点什么就去招呼前排的乘客。这是一种不应有的疏忽。这时，飞机突然发生我从未经历过的剧烈颠簸颤抖。我闭上眼睛，心想：看来法航要让我们尝尝最厉害的。好在飞机很快就恢复平稳，并安全着陆。不久又接到小李的电话：行李找到了，他已确认装上了飞巴黎的飞机。他还说，法航已答应将行李送到我们下榻的旅馆。还是赶快去取吧，我们不存让人家送上门的奢望 。行李取回旅馆时，已是凌晨1点半。

“再也不乘法航了！”这是代表团成员经历上述磨难后的共同感叹，也算是对法航服务的一致评价。

1997年8月10日

踏访庞贝古城

我们对意大利的访问，是从参观庞贝古城遗址开始的。这种安排颇有深意。要认识一个历史悠久的国家，最佳方法是从它最古老的地方看起，所谓探本溯源。全世界中学历史课程都按古代——近代——现代的序列安排，或许认的就是这个理。

就整体保持原貌而言，庞贝可说是意大利最古老的城市。当然，意大利的某些城市像罗马，建城年代要比庞贝久远，但这些城市是逐渐发展起来的，真正经得住千年历史风雨侵蚀的建筑物已所剩无几。庞贝则不然，它基本保持 2000 年前的风貌。然而，它的这点辉煌是以瞬间的毁灭为代价的。公元 79 年 8 月 24 日，维苏威火山突然爆发，直薄云天的碎石岩片、火山灰烬，将庞贝城连同两万多居民，活活埋在六七米深的地下。这一埋就是 1600 多年，直到 1748 年它才被无意中发现，1860 年开始系统挖掘，20 世纪 60 年代它的全貌才呈现世人面前。

纵三横二五条主要大街垂直交叉，将城市分成若干个区，更多的街巷又将它们切割成无数小块，表现出古罗马人从整齐划一中见伟大的长处。在丰足大街和斯塔比亚大街等主要街道两边，是密密匝匝的酒馆、剧场、面包房、漂洗店、铁匠铺和公共澡堂，五行八作，林林总总。在一些店铺和宅第的墙上，写满了商业广告和竞选标语，自然不乏自卖自夸和廉价许诺。小巷深处有一家妓院，共 10 个房间，墙上多有彩绘的春宫图，令人惊讶的是，这里竟然还兴同性恋。这一切表明，庞贝当时的经济、政治和社会生活已发展到相当高的阶段。

民居多为中庭式结构，即一处住宅的核心结构是中庭，其余部分都围绕中庭而建。中庭有两大作用：采光和承雨。光线从开在正中的大天窗射进屋内，雨水从这里流入室内的水池，再淌进蓄水库以供一家人使用。我的一位同行者说，这种建筑很像他们客家人的土楼，只不过后者的规模要大。受希腊文化的影响，大户人家建起了花园柱廊式庭院：花园居中，四周环以柱廊，各厅室的门一律对着柱廊。穿堂入室，十分讲究的室内装饰简直令我惊诧。地上多有用彩色碎石、陶瓷片和水泥拼铺成的镶嵌画。最生动的要数剧作家宅里写有“当心家犬”字样的那一幅。一进门，一条以假乱真的烈犬迎面扑来，冷不防，有人被吓得叫出声来。许多墙上则绘有多种风格的壁画。建筑结构式绘画风格独特：在室内墙上用透视法绘以建筑结构，给人造成墙壁那边还有空间的错觉，收到扩大室内空间感的效果。威提乌斯的室内壁画《阿波罗斩巨蟒》，是装饰绘画式的代表作。画家对构图、光线、色彩技巧的运用已相当娴熟。我想，这幅画即便被列入世界名画展，也毫不逊色。

与现今欧洲城市最大的不同是，庞贝没有教堂，因为当它从地面上消失之日，基督教则刚在巴勒斯坦地区兴起不久，远未传播到欧洲。但庞贝有多处规模宏大的神庙。阿波罗神庙就是一个庞大的建筑群。可惜其主要建筑在公元 62 年的地震中倒塌，未及修复，79 年的火山爆发便接踵而至。但从现存的残垣断壁和高耸的科林斯式列柱，人们也不难想见它当年的宏伟和神圣。

保存最完整的是圆剧场。所谓剧场，实际上是进行“人兽搏”和“人搏”的竞技场。阶梯状的看台可容两万观众。角斗士们或是想以这种卖命方式争取自由的奴隶和战俘，或是想以此赎罪的重囚犯。这种竞技活动已带有商业性，在庞贝街道的街壁上可以看到竞技节目预告。圆剧场始建于公元前 80 年，是世界上现存的最古老的同类建筑，比闻名于世的古罗马斗兽场还要老资格。我看到它的第一感觉是，任何现代体育场都是它的拷贝，最多不过在上面加个观众席的顶盖，附设些现代化设施而已。在这里，古今 2000 多年的时空几乎重叠，我不由得猛生奇想：历史的时钟是不是停过摆？

博物馆里陈列的遇难者的尸骸都保持死亡瞬间的状态。有的仰面朝天，可能被什么硬物击中倒地而毙；有的两手抓地，显出窒息前的极度痛苦；有一位赶骡人，身子蜷缩，双手捂脸，惊恐绝望之状令人心悸。这些庞贝城的建设者、见证人，与庞贝一起被毁灭，又一起获得长存，向后世作着无声无尽的诉说。

走在用石块铺就的街道上，我一直在想：庞贝古城的挖掘历时 3 个世纪，要从方圆 400 平方公里的城区清除掉厚达六七米的土石灰砂，要使数以千计的建筑物恢复原貌，要小心翼翼地让珍贵的绘画雕饰重现光彩，该付出多大的人力、物力和财力？该有着何等的眼光、恒心和毅力？反观我们自己，就因为缺乏经费和科技手段，有多少足以让世界震惊的文物古迹至今沉睡地下，与此同时，耗费巨资的这宫那园却遍地出现。这岂止是劳民伤财，而是在玷污、糟蹋优秀的文化遗产，助长肤浅、平庸、蒙昧和迷信。当我作为每年 200 万游客中的一员，来到庞贝古城参观、凭吊时，古代、近代和现代意大利人的创造力、对待历史和文化的气魄胸襟及锲而不舍的精神，令我深怀敬意。

庞贝被誉为历史博物馆。倘若作这样的比喻，那么它应该是天底下珍藏最丰富、最生动的博物馆。它不仅真实记录了意大利的一页历史，也记录了人类发展的历史进程。它是世界文明的瑰宝，珍贵的历史遗产。如果要评选世界第九大奇迹，我将投庞贝一票。

1997 年 8 月 17 日

夜逛巴黎香榭丽舍大街

巴黎的香榭丽舍大街有西方生活橱窗之称，有的书里形容它是“一切西方世界的电影和新旧汽车的展览会及各民族散步的场所”。

这里的确是散步的好所在。街不长，只有1880米，即使慢慢逛，一小时走个来回也很松快；街很宽，足有120米，除去街当中的十条车道，其余的全留给行人。走在这翠绿华盖的林荫道上，该有说不出的惬意。然而，外国旅游者来此可不是为了散步。这条街上集中了世界闻名的服装店、百货店、首饰店、大银行、航空公司办事处、电影院和夜总会。有许许多多别处没有又值得一看的东西。在这里，可以领略什么是豪华、高档、气派和经济实力。

我们走进维京音响商店，也可以说是慕名而来。在参观卢浮宫时曾见到这家商店开在那里的分店，并听到一个很有意思的故事。法国历来规定任何商店星期日不许营业，否则要受重罚。这是以强制方式维持商家平等的竞争。然而，这家1988年由英国人开的商店却与当局的规定拧着干，宁可接受重罚，也要周日营业。结果据说以数百万法郎的代价换取了星期天也可开业到夜里12点的特权，当然也换取了一个大名声。店面很大，加上货架排列的不规则和货物摆放的高低错落，给人以进去后找不到出口的感觉。店里备有上百个立体声耳机，每个耳机有14个频道，每个频道能听一个唱盘。顾客可随手取用耳机，选中磁带、光盘后到服务台付款，店里工作人员按编号把东西送到顾客手中。我不连贯地听了几支歌曲，其中有美国黑人歌手迈克尔・杰克逊刚录制的唱片。听说有些喜爱音乐但无力购买唱片的青年人常到这里白听。这我相信，因为只要商店开门，任何人都可以抄起耳机就听，听多长时间也没人过问。

后来我才知道，这家店是世界上同类店中的天字第一号，目前有光盘录音带 50 万种，磁带十几万种，音乐书籍 6 万多种，年营业额超过 6 亿法郎。更不得了的是，该店每年接待顾客 700 多万，人数之多，在巴黎仅次于卢浮宫和蓬皮杜中心。一家商店开成了巴黎的主要观光点，店主在鼓了自己腰包的同时又为国家开发了旅游资源，这大概是谁都始料未及的，给人的启示也应该是多方面的。

一家名叫希腊女王的香水店留住了我们的脚步。说来也巧，这家也是同类店中世界最大的，有香水 3500 种，其他化妆品上万种。巴黎人的喜标新立异、厌雷同划一是出了名的。不难想象，这里的香水和化妆品的装潢会何等千姿百态、五花八门。有的取象于山川、动物、建筑、衣饰，有的极尽艺术的夸张、变形、抽象、空灵。可以说，一般人能够想得出的形态状貌，在这里都能看到。有几个香水瓶模型高约两米，灯光映照，异彩闪射，商店更添高雅、华贵的氛围。货架上，香水按男用女用、浓香淡香分类摆放，至于不同香型，顾客可自行选择：从柜台上取一张吸附力很强的硬纸片，喷上香水，闻着中意的，便一一写上编号，最后一起交款取货。我也试了几种，并不想买，只是凑凑热闹，找点感觉。我当时就想，不知巴黎香水的广告怎么个做法？说“巴黎香水誉满全球”也绝不浮夸，不过我料定人家不会这样做。

离香水店不远是史泰龙和另一电影明星开的好莱坞明星店，专卖印有明星照片的T恤衫，还附设一个餐饮厅，不同档次的明星多来此欢聚，该店生意之红火也就可想而知。各国的追星族和名人崇拜者在这里可以既饱口福又饱眼福，岂能过店门而不入？看来史泰龙不光会演电影，经营头脑也不差。

巴黎的7月，晚上10点天还没黑透，灯火则早已通明，人潮也正上涨。走在人行道上，不多远就看到10岁上下的小孩单独或两三人一起，用小小的手风琴演奏歌曲，有的神情专注，有的则心不在焉。我在巴黎工作的同事说，这些孩子多数来自东欧国家，随家人到了巴黎，大人们外出找活干，他们上不成学，便放浪街头，偷、抢、骗什么事都敢干，能以拉琴方式讨钱算是最规矩的。这类儿童加上别的移民，给巴黎的治安、市容和城市文明带来诸多问题，当地人上上下下为此很感头痛，但又苦无良策，有人甚至发出“早知今日，何必当初”的慨叹。这当然是指八九年前的东欧剧变。历史就是这样。一个大的事变所产生的影响和后果，有时往往要多年之后才见分晓，且以喜剧开始以悲剧结尾的也不少见。

依我看，香榭丽舍大街的出名还得益于街道两头是巴黎的两处胜迹。它的西端是星形广场，也叫戴高乐广场。位于广场中央的是赫赫有名的凯旋门，它是拿破仑一世为炫耀武功于1806年下令始建的。巍峨的凯旋门没迎到拿破仑的凯旋，却为巴黎添了一座世界级的建筑物。12条大街由这里辐射城市的四面八方，夜幕下，车流灯影，酷似星光四射，星形广场真个名副其实。街道的东端紧接协和广场。就在这个地方曾上演过在法国历史乃至世界历史上重要的一幕。1789年法国资产阶级大革命爆发，随后，路易十六国王及王后在这里被送上了断头台，大革命的领袖人物丹东、罗伯斯庇尔等也在同一个断头台上结束了生命。如今，这里是巴黎的重要名胜，尤其在夜晚，是巴黎人流灯火最密集的去处之一。

1997年8月24日

温州人在欧洲

在这次访问法国和意大利的日程中，没有采访温州人的安排。我之所以能碰这个题目，主要得益于下述两点。其一，这两个国家是海外温州人最多的地方，无论在旅途中、街道上还是餐馆里，经常与温州人不期而遇；其二，我们代表团团长是温州人，而且被列为温州名人，访问日程再紧，当地温州人也总要见缝插针地表同乡之情，尽地主之谊，这使我们有更多接触和了解温州人的机会。

温州人旅居欧洲的历史并不长。首批温州人是第一次世界大战期间到的法国。二次大战时，许多温州人参加了反法西斯战争，十几个人还荣获法国总统颁发的最高荣誉勋章。温州人到意大利就更晚些，最早的记载是 1924 年。老一辈温州人基本已经故去，他们的后裔人数也不多，现在在法、意的温州人是 70 年代后期我国实行改革开放政策以后陆续到达的。

在巴黎第三区离市政府不远处有一条寺院街。这条古老的街道一向是犹太人的地盘，他们开设的商店长期垄断巴黎的皮货、服装批发市场。30 多年前，有一个温州人在这条街的一端开了一个小店，随后，第二家，第三家，越来越多的温州人商店在这条街上开张。它们以商品款式新潮和价格低廉，使精于经营的犹太人在竞争中感到了威胁、压力和抵挡不住，不得不撤店关门，黯然离开寺院街。想来他们大概最终也没弄明白：怎么就败给了这些来时两手空空、人生地疏、土里土气的温州人？现在走在这条街上，满眼是温州人开的皮货店、服装店、旅游品店，到处能见到温州人。

因此，寺院街也被称为“温州街”。

这些年，意大利的中餐馆增加很多，以至没有人说得出全意大利究竟有多少家。在我们访问过的城市中，罗马有中餐馆 400 家，佛罗伦萨 60 家，12 万人的小城比萨也有 6 家。开餐馆仍是温州人从事的主要行业之一。这些餐馆老板是温州人，厨师和服务员是温州人，烧的是温州菜，但店名没有一家是与温州沾边的，全是什么“京都大酒楼”“东方酒楼”“杭州酒楼”“大上海酒家”。他们这样做当然是为了让顾客一眼就看出自己店的中国特色和使餐馆有更大名气。温州的名声毕竟比不上“京都”和“大上海”。另外一点，有些店是连店带名一起从别人手中盘过来的。在意大利华人社会中，温州人的势力占了 95%，几近一统天下。

要说温州人在国外经营成功的秘诀，公认的一点是他们有异乎寻常的吃苦耐劳和艰苦创业精神。比萨市的金先生向我们谈起自己在国外十几年的奋斗经历。他是 1979 年到该市的，先在妻子哥哥的领带厂工作一年，第二年就自己开办“东方酒楼”。妻子掌勺，他采购兼跑堂，14 岁的儿子下学后也来帮忙。他们的店从早茶、午餐到晚点全都供应，一天睡不了几小时，有时累得饭都不想吃。他总算熬过来了。除了“东方酒楼”，他还在比萨市的主要地段买下一家饭店和一家啤酒屋，资产已相当可观。他目前正计划开展房地产业务，建造适合中国人用的房子：楼上住人，底层开店。我们也听说，有的温州人在巴黎一住十几年，连巴黎是什么样子都不知道。他们每周工作 7 天，每天十几个小时，目标简单明确：赚钱，开店当老板。专家们分析，增进自己的财富和影响，提高自己的地位和荣誉，是温州人创业精神的显著特点和他们吃苦耐劳的动力。

互助精神和社团意识使温州人在异国他乡具有很强的适应能力和生存能力。任何温州人在国外只要稍稍站住脚，就要想方设法把自己的亲朋好友乃至邻里同乡接到国外。谁没有个三亲六故、七姑八姨？于是，温州人人数和社团势力迅速增加、扩展。初来乍到的温州人通常在温州人开的工厂和商店里做工，工作不用说是辛苦的，报酬也是不高的，但无食宿之虞，只要一心干活就行了。三五年也许一两年后，有人便想自己开业。资金的筹措，一是向政府贷，二是向亲友借，另一重要来源是“起会”。所谓“起会”，是一些人等额出资，凑成一笔互济金，一年一次。这笔钱谁先用，有的按某种顺序排队，有的靠抓阄决定。

上述形式体现了温州人互济互助的美德，也在他们中间形成了一种强大的亲和力和凝聚力。所以在温州人社团中尽管也存在这样那样的芥蒂和纠纷，但作为一个整体，对外有着很大的抵抗力和排他性。我们在法国、意大利都听到过这样的说法：“谁也斗不过温州人”，“拿居留证容易，打入温州人圈子难”。关于后一种说法，当然涉及语言问题。目前在欧洲的温州人大都文化程度不高，没几个人会外语，许多人连普通话都听不懂，如果不会说温州话，就没法与他们交往，进入他们的圈子就更无从说起。

凡有人群的地方都有善恶之分，良莠不齐。在法、意温州人中已存在黑社会势力。他们专吃温州人，时常演出“煮豆燃豆萁”的悲剧。这些人有的在国内即非善良之辈，有的在国外混得不好，发财心切，遂起歹念。他们常纠集一起，干卑劣勾当。我们在意大利期间，当地温州人开的服装工厂遭到 14 个蒙面大汉的劫掠，损失达数十万美元。明知作案歹徒是从法国过来的温州人，但考虑到这是中国人之间的事，又是跨国作案，再加上有些事情不便公开，被抢者只好自认晦气，没有报案。在巴黎做家具生意的朱先生告诉我们，在法国的温州人没被“吃”的大概只有他一家。因为他的公司专为法国部长等上层人物做家具，主要与上流社会打交道，已基本脱离华人圈。像朱先生这样的温州人，目前在法国、意大利乃至在欧洲，可说是凤毛麟角。

1997 年 8 月 31 日

吉尼斯纪录，送给世界惊喜

在伦敦谢弗斯布里街的综合大厦里，吉尼斯世界纪录大全展览厅可以说仅占一席之地，但到这里参观的人却几乎一年到头络绎不绝。其中有当地人，更多的则是来自世界各地的旅游者。一天上午，我们也慕名前往，加入了参观者的行列。

展览厅的展品全部取材于《吉尼斯世界纪录大全》一书，展出的形式则多种多样，有雕塑、绘画、照片、录像以及声光表演。呈现在观众面前的全是五花八门的“世界之最”：从自然万物到社会世态，大至宇宙天体，小到虫草藻菌。那身高 2.72 米的巨人和体长仅 59 厘米的侏儒，年产奶量最高的羊和每个重 5 斤半的西红柿，世界最高峰的绚丽雄姿和登月火箭升空时的壮丽场面，还有那纹身占身体面积 85% 的“女杰”，一次吞剑 5 把的“好汉”……无不表现得有声有色，生动逼真。在这里，人们可以领略大自然的无穷奥妙，惊叹人类无限的创造力，具体看到当今世界的无奇不有。在一个电子计数器荧屏上，闪动着有关中国的两项纪录：那上面的红色 10 位数表示的是中国人口的总数；不断变幻的尾数告诉人们，中国每分钟出生 26.8 人。

在我们正看得入神时，《大全》主编阿兰·罗塞尔先生派人请我们“共进工作午餐”。这顿午餐相当丰盛，味道却有些不敢恭维，但罗塞尔先生关于《大全》及有关情况的介绍则丰富生动、引人入胜。

“该书初版于 1955 年，此后每年修订一次，用 20 多种语言印刷，目前的发行量为 400 万册。”

“在同类书中，《大全》是出版最早、印数最多的吧？”对我们的询问，罗塞尔点头称是。

“出版此书的主要目的是为了传播知识，传递信息，启迪人的创造力。”他继续解释说，知识是人类智慧的酵母。人所共知的一个事实是，动物的特异行为和本领启发人搞了许多重大的发明创造，出现了“仿生学”。在这本书中，读者可以看到，人创造了怎样的奇迹和人的智慧达到怎样的高度。而超过前人，打破前人创造的纪录，是人的本性。“因此，我敢说，读过这本书的人总会从中得到激励。”

当我们问他认为《大全》中哪项纪录最有意义时，罗塞尔举出了美国“先驱者 10 号”的事例。“先驱者 10 号”是 1972 年 3 月向木星发射的，预计寿命为 21 个月，不料它却正常工作 10 多年，发回对探索天体奥秘极有价值的 1000 多亿个数据，并且已脱离太阳系，实现了人造物体飞出太阳系的创举。罗塞尔认为“这是人类在征服宇宙方面迈出的最重要的一步”。

罗塞尔先生以一个编辑的敏感，主动回答了我们不便提出的另一个问题。“书中记录的有些行为看起来是无意义的，甚至是无聊的，但我们并不提倡读者去效法他人的某种具体行为，而是激发人们标新立异，不同凡响，敢于冒险。”罗塞尔是真诚的。他说的这些在很多国家无疑是需要的，因而也就能迎合读者心理。

《大全》内容包罗万象，又需不断更新，而该书编辑部只有 6 人，他们从哪里获得资料，又怎样进行核实？罗塞尔说，他们从各国的电台、电视、报刊及已经建立的广泛的国际渠道得到材料或线索，然后请有关的权威机构加以鉴定、认可，有时编辑部也聘请外国记者进行调查。《大全》的编辑方针是：凡收入书中的事实必须确凿无误，以维护其权威性。

数十年来，《大全》以内容丰富和修订及时在世界上赢得了读者，受到好评。但罗塞尔觉得它未全面收录中国方面的纪录是很大欠缺。因此他对中国的“世界之最”格外感兴趣：“听说中国笔划最多的字是28划，中国姓张的人最多。”我们告诉他，根据最新的抽样调查，中国人数最多的是“李”不是“张”；中国字有不少超过28划的。他听后眼睛一亮，“啊”了一声，像是有了什么重大发现，让我们一定尽快告诉他这一信息的确切来源，并希望我们多给他们提供一些关于中国的“世界之最”。

谈话间，我信手翻阅他们赠送的图文并茂、装帧精美、厚达300余页的《大全》，不能不对罗塞尔及他的同事们表示敬意。他们以艰辛的劳动编写出一本修订不完的书，记录着自然界的神奇变化和人类勇于探索、不断前行的光辉足迹。

后记：此文是我多年前的旧作，原题为：一本修订不完的书——《吉尼斯世界纪录大全》主编访问记。《大全》虽被称为“修订不完的书”，但每年的变动也只是增添千奇百怪、五花八门的“世界之最”，其办刊宗旨和编辑方针始终如一。因此，希望这篇旧文仍可以有助于读者了解“大全”，认识吉尼斯世界纪录。

2015年10月21日

“民族拼盘”澳大利亚

去澳大利亚之前，在一本书中读到这么一句话：“你不要问‘澳大利亚人来自世界上哪些国家’，而应该问‘这里没有哪个国家的人’。”这有些拗口，但它对澳大利亚这个多元民族国家的勾画却是相当形象的。

澳大利亚是个典型的移民国家。来自约 120 个国家、140 个民族的人生活在这里，他们使用 90 多种语言。其中，英裔居民占全国人口的 77%，较大的移民集团还有意大利人、德意志人和希腊人，分别占人口总数的百分之三四左右。亚洲移民中，华人较多，其次还有日本人、印度人、巴基斯坦人、泰国人等。1978 年后的几年，亚洲移民增加较快，约占移民总数的 23%。

近几年，移民大致由三部分人构成。一是难民，印支难民居多；二是澳国居民在海外的直系亲属；三是经济移民：带进 50 万澳元或有特殊技能者。由此可见，澳大利亚的移民政策体现了下述原则：既出于人道主义的考虑，又有利于国家经济的发展。按照上述条件，移民实行“积分制”，移民局官员幽默地说：“不论国别、种族、肤色、信仰，分数面前人人平等。”

与美国、加拿大等国相比，澳大利亚这个移民国家有其独特性。美国被称为“民族的熔炉”，而澳大利亚被社会学家喻为“民族的拼盘”。拼盘者，即各民族都有其相对的独立性。正是在多元民族多元文化政策的社会背景下，澳大利亚实行所谓“多元文化”政策，说得明白一些，就是允许各民族保留自己的文化、语言、风俗习惯和生活方式。

在这里，来访者随时都会有明显的感受：这是个多元民族、多元文化的国家。在首都堪培拉和悉尼、墨尔本等大城市，都有不同民族的聚居区。在阿拉伯人区，空气中飘荡着羊肉串的香醇；在印度人区，可以看到身披鲜艳沙丽妇女的婀娜身影；除雅典外，墨尔本是聚居希腊人最多的城市；腾蛟起凤、画梁雕栋的唐人街，洋溢着中国传统文化气息。

多元文化还有更深层的表现：教育。联邦政府设有“多元文化教育委员会”。各州也都设立了“州多元文化教育协调委员会”。各级政府还建立了多元文化基金。越来越多的中小学开设了民族语言课，鼓励学生学习和掌握本民族语言。在我们访问的新南威尔士州，不同民族语言的中小学课本多达 20 余种。

宗教。除了非洲的原始宗教，几乎世界所有宗教都在这里拥有信徒。在政府提供的关于居民宗教信仰情况的材料中，除了基督教、伊斯兰教、佛教、犹太教、印度教等几大宗教外，还有许多鲜为人知的宗教，如美以美教、长老会教、浸信会等。宗教节日也五花八门：圣诞节、复活节、众灵魂节、开斋节、涅槃节、盂兰盆会、逾越节、灯节、罗摩诞辰节，等等。

广播。多元化的特点在这里体现得尤为鲜明。全国的电台用七八十种语言播音，在悉尼和墨尔本，各设有一个民族广播电台，专门播放民族节目。据说，前几年澳大利亚广播公司因没有安排多元文化的广播节目而受到批评，目前它用近十种语言播音。各种语言节目的主持人都各显神通，想方设法让听众对自己的节目满意。

目前在澳大利亚的华人约有 18 万，祖籍大部分是福建和广东。一位当地的华裔对华人社会的情况作了如下概括：“华人占全澳人口的 1.1%，文化影响远远超过这比例，政治影响则明显低于这个比例。”一般说，华人的职业地位较高，在大学、科研机构从业的较多，不少人在文化、艺术、教育、医学和科学等领域卓有建树。心脏移植专家张任谦先生被《澳大利亚人报》评为 1984 年“最杰出的澳大利亚人”。这里的华人从政意识较弱，在政府部门任要职者凤毛麟角。就我们所知，只有一个人任北部领地首府达尔文市的市长。迄今，在参众两院 260 名议员的联邦议会中，还没有华人议员，而人口两倍于华人的希腊人，却有 14 名议员。

与其他国家一样，这里华人的主要职业也是开饭馆。遍布城镇的华人饭馆简直难以计数，仅在悉尼市，据说就有上千家，在 30 万人口的堪培拉，华人饭馆多达 125 家。总的说，华人饭馆生意较好，但因为饭馆日趋增多，竞争激烈，致使有的饭馆生意开始萧条。不少老板向我们叹息：“现在中国菜馆太多，生意难做啦。”我们接触的澳大利亚人几乎都能比较熟练地使用筷子，这大概是他们常下中国馆子，熟能生巧的缘故吧。烹饪是一种文化，中餐如此受人喜爱，可算是中国文化在澳大利亚产生巨大影响的一个表现。

在中国饭馆吃饭，我们常见到一些端盘洗碟的黄皮肤男女青年。一打听，有不少是中国留学生，他们利用业余时间来这里打工。在澳大利亚的中国留学生据说已达数千人或上万人，自费者居多。目前，澳大利亚正规大学的学费每年约七八千澳元。留学生打工收入低微，每小时 4 至 7 元不等。即使不算食宿费用，要挣足学费，他们每天要干多少小时？而政府又要求留学生每学期必须上足规定的课时，否则就吊销护照，遣送回国。又打工、又上课，实在辛苦。此外，由于留学生太多，工作已不太好找。听说有的学生报考“功夫学校”，只是因为这类学校收费低。否则，文弱书生学什么功夫，学功夫又何苦要万里迢迢跑到澳大利亚？在悉尼一些游人多的地方，经常有几个中国留学生为他人画像。同在饭馆打工的人相比，他们的收入要多一些。但听说，不知何故，警察总来阻止他们画像。有的人甚至被警察局传讯，并被警告：再违反“规定”，就送你回国。在飞机上，一个回国的留学生告诉我，有些学生面临两难处境：留吧，难酬此行之志；回吧，怎么去见为自己破费不小而又寄予厚望的亲友？因此不少人对她的回国很羡慕。

为纪念建国 200 周年，澳大利亚人对历史进行反思，土著人问题受到举国上下的关注。四万年前，土著人就生活在这块土地上。1788 年，欧洲人开始向这里移民时，土著人被迫离乡背井，迁徙到贫瘠的地区。他们不仅被夺走了沃野良田，也被剥夺了起码的人权，长期处于遭杀戮、受奴役的地位。因此，大多数土著人对欧洲移民始终持敌视态度。他们宣布今年是“悲痛和反抗的一年”。当 200 万人在悉尼举行澳大利亚建国 200 周年庆典时，来自全国各地的万余名土著人也在那里游行示威，抗议白人对他们的不公正对待。现在，土著人约 16 万，60%聚居城市。他们当中因酗酒而导致偷窃、抢劫等犯罪现象相当严重。据 1976 年至 1981 年的统计，土著人的犯罪率高于全国犯罪率的 12 倍。一位中国社会学家认为，土著人酗酒是因为“所有 16 岁以上的居民都有心理上的创伤，他们的土地被剥夺，没有自决权，感到在现存的社会里没有出路，没有前途，处处有受压迫之感，因而饮酒解愁。”在我们接触的澳大利亚人中，都对历届政府的土著人政策表示异议。

1988 年 12 月

桑葚的思念

一个初秋丽日，当地一位朋友阿杜拉先生邀我们去观赏喀布尔市郊卡尔卡水库的景色。路上，他笑着说："今天请大家吃一种我国的特产，希望诸位会喜欢。"我不禁一怔，心想，到阿富汗后，承蒙当地朋友的盛情，我们已尝了不少饮誉海外的当地瓜果：翡翠般甘美清香的西域瓜，碧玉似的多汁无核的马奶葡萄，重五六十斤、薄皮沙瓤的西瓜，都给人留下难忘的印象。还有什么更好吃的东西促使他特意相邀呢？

正想着，卡尔卡水库到了。车子刚停，几个手提荆条篮子出售果品的小孩一拥而上。阿杜拉先生买下了一篮。他边付钱边对我们说："这就是今天想请诸位品尝的，我国的特产大桑葚。"简直不敢相信这就是我们常吃的桑葚！个儿真大得出奇，一颗颗比大拇指还粗。颜色也鲜亮，嫣红的，绛紫的，都像是着了油彩似的。捡一颗放进嘴里，似草莓，又有荔枝的味儿，甜里透着股清香。

我忙问："这么好的东西为什么不摆在水果店里？"

"有谁要呢，在阿富汗，桑葚是太多、太容易得到了！"

阿杜拉的话第二天就得到了印证。那天，我们驱车前往距喀布尔 200 多公里的古城巴米扬。一出城，车子就疾驰在林荫道上。令人惊异的是，两旁的树木不是常见的白杨、垂柳或阔叶梧桐，而是一株株合抱的桑树。这些桑梓科中的巨人，枝繁叶茂，果实累累，交织成遮天蔽日、绚丽多姿的华盖，渲染着这高原古国独具风韵的秋色。置身其间，很容易让人想起唐朝诗人王昌龄描写塞上风光的名句：蝉鸣空桑林，八月萧关道。

中午时分，我们在路边歇脚用餐。不远处的树下坐着一位当地农民打扮的老人。他向我们打量一会，问道：“秦尼(中国)？”同行的小赵用波斯语告诉他，我们是从北京来的。老人连忙起身，笑盈盈地一面说“秦尼，拉菲克(中国，朋友)!”一面把右手放在胸前向我们打拱施礼。随后回身摘了一捧桑葚，恭恭敬敬地送到我们面前。老人爽朗而健谈，他告诉我们，阿富汗主要公路的两旁都栽着桑树，有的地方还有大片的桑林。就像土地都有主人一样，道旁的桑树也都分属各家各户。拥有桑树的多少，往往是衡量一个家庭富足程度的标志。老人有 13 棵桑树，其时他正在作护桑工作。

“是防人偷摘吗？”

“不，过路人饿了，渴了，尽可以摘着吃。怕的是野兽糟蹋熟透落地的桑葚，当然也防贪心人。”

我不禁“噢”了一声。一路上不时看到道旁树下有人在忙些什么，原来他们是在护卫自己的劳动果实。老人以为我不明白他的意思，忙解释说，这一带耕田少，粮食不足，本地人把落在地上晒干的桑葚收藏起来，作为过冬的口粮。小赵从旁补充：“当地老百姓用桑葚粉做成类似我国山西、河北一带的枣窝窝、栗子窝窝，既好吃又有营养，据说有些吃这种食物长大的年轻人，火力壮得可以在隆冬腊月不穿棉衣。”

小赵把这段话又用波斯语说了一遍，老人听了十分高兴，执意邀我们到他家做客。因为急着赶路，我们只好婉言谢绝，答应以后有机会一定去。老人这才笑道：“下次路过荒村，一定要到我家坐坐，也好尝尝我们的桑葚窝窝。我就住在那边。”

顺着老人指点的方向望去，只见不远的山脚下，有一座不大的村落，绿桑环绕，很是僻静，那里有老人的家。

1980 年 9 月 29 日

帐篷旅馆之忆

日丽风轻，我们从喀布尔驱车前往阿富汗著名古城巴米扬。行前，当地朋友阿杜拉先生再三叮咛：一定要设法住进那里的帐篷旅馆。他说，巴米扬近些年来所以游客如云，除了它作为佛教圣地，有大量的文物古迹外，实在与那里的帐篷旅馆有关。凡是在帐篷旅馆住宿过的外国人，无不对它那浓郁的异国情调和仿古返朴的巧意布置交口称赞。

带着种种美好的想象，我们一到巴米扬，就径直奔向这家远近闻名的旅馆。旅馆坐落在景色奇丽的山间草甸上，三面峰峦巍峙，山头白雪皑皑，晴空深邃澄碧，白云倏忽变幻。数十顶帆布帐篷，错落有致地散布在野花遍开的草地上，像是逐水草而居的牧民赶来这里避寒过冬，又仿佛一标人马在此扎下营盘。这些就是帐篷旅馆的客房。

帐篷的内壁和篷顶用芦苇粗粗编成，壁上挂着雕弓、钢矛和羊皮等物。夯实了的泥土地上铺着一块质地粗糙的地毯。一张椭圆形的桌子，桌腿是没去皮的弯曲树桩。未经油漆的椅子和矮凳，裸露出天然的木纹。帐篷内外，处处透着一股原始粗犷的气息，散发着大自然的幽香。在帐内的一端，有一间用木板隔成的盥洗室，里面设有抽水马桶、梳洗器具和自动调温的电热洗澡设备。经过旅途劳顿和一天游览奔波的旅客，可以在此冲个淋浴，消疲解乏。

夜幕垂临，头缠花巾、身着白袍的旅馆侍者前来点燃了松子油灯盏。火苗闪动，物影摇曳，一片神秘的气氛，恍若把人们带回到遥远的年代。

1000 多年前，我国唐代高僧玄奘跋山涉水，到过巴米扬一带，在这西亚古国的土地上，印下了中阿两国人民友好交往的足迹。不难想象，就在这样的帐下灯前，这位跋涉万里、胸怀宏愿的高僧，仍然伏案研读佛教经典，也许还要握笔书写所见所闻，直到月落星沉吧！敲门声把我从遐想中唤回，侍者特地来叮嘱我们，晚上务必留心门户，千万不可单身外出，因为夜间常有野兽出没。我边听边下意识地瞟了一眼挂在苇墙上的弓矛。夜，黑得出奇，仅从帐顶巴掌大的气窗透进一点朦胧的星光。夜，也静得瘆人，真可谓万籁俱寂。远处偶尔隐隐传来的一两声狼嗥，更显出周围的寂静。

我躺在用树枝和麻绳捆扎成的软床上，思绪万千。探幽揽胜，涉险猎奇，大概是人之常情。过腻了灯红酒绿、繁华喧嚣生活的西方游客，更渴望领略幽雅淡泊或原始粗犷的生活，这就是为什么西方“复古热”方兴未艾的一个原因。这家旅馆的设计者和经营者，正是掌握并利用了旅游者的这一心理。因此，尽管这个旅馆设备简陋，房租与喀布尔最豪华的宾馆不相上下，旅客们不仅毫无怨言，反而有不虚此行之感。“经营有方，生财有道”，此之谓也。

一觉醒来，已是日上竿头。当地的牧童三三两两赶着牛、羊、驴等在帐篷间的草地上放牧。好奇的游客出几个小钱，征得孩子的同意，或搂着牛脖子，或骑上驴背，在帐篷前摄影留念。桀骜不驯的小叫驴撒野尥蹶，把有的骑者摔个仰面朝天，引得旁观者哄然大笑。不知这些孩子是受旅馆雇用还是自动来的，这情趣盎然的“晨牧图”，已成了帐篷旅馆不可分割的组成部分。

离旅馆不远处的山岩下，有两座巍然耸立的巨佛。一座高 53 米，一座高 37 米，规模宏伟，气势轩昂。立佛周围及其附近的山崖上，遍布雕有各式佛像的大小洞穴 6000 多个，巴米扬因此成为驰名于世的佛教圣地。慕名而来的旅游者为帐篷旅馆带来兴隆的生意，而这家独具特色的旅馆不仅为游客提供食宿之便，而且给旅游者的高原古城之行增添无穷韵味。

1982 年 1 月 31 日

首次出国，闯下“弥天大祸”

经中央批准，人民日报决定在巴基斯坦建立“文革”开始后第一个驻外记者站。1974 年 3 月，老杨和我动身赴任。出关时，因携带政治违禁品，制造了据称是“建国以来海关碰到的最大政治事件”。知道此事的同志要我讲讲这个如今听起来像天方夜谭的故事，让更多人知道和记住我们曾经有过如此荒唐的年代，如此荒唐的事。

那时的海关对进出的人和物检查都很严，尤其是对文字之类的东西。人民日报国际部为了我们过海关时方便，写了封盖着人民日报社大印的介绍信，大意是：这两位同志要去巴基斯坦建记者站，随身携带必要的资料，请给予关照。在海关看来，这无异于此地无银三百两，或曰不打自招。结果，“关照”成了严查，箱子里的物品一件件查，书一本本翻。我带的十几本有关新闻写作和通讯散文集全属违禁品，说法是书中文章的作者差不多都在被打倒和批判之列，内容多是“封资修”。更要命的是，我带的《九颗红心向祖国》一书中有一幅刘少奇与众人的合影。刘少奇同志当时头戴三顶帽子：“叛徒”“内奸”“工贼”，不管是直接间接，也不问青红皂白，谁跟他沾边谁倒霉。老杨没带什么书，但他的手提包里装着本毛主席语录，扉页上就是林彪与他在天安门城楼的合影，还有林彪的题词：伟大的领袖，伟大的导师，伟大的统帅，伟大的舵手！林彪的罪名是阴谋杀害伟大领袖，企图叛国投敌，是全党共诛之、全民共伐之的头号敌人，当时批林批孔运动正在全国展开。因此，老杨的问题一点不比我小。后来他曾自我调侃："我那一小本，顶你那一大捆。"

出了这么大的事，海关领导紧急开会，我们则焦急等待，前来送行的巴基斯坦驻华使馆外交官三番两次地问：有什么问题需要我们解决吗？因为我们搭乘的是巴航的飞机。决定终于出来了：人可以走，但书全部扣下。

飞机是波音707，当时是最先进的，乘客多半是老外，入耳的多是洋话。面带微笑的漂亮空姐推着食品车来回走动，不断地问乘客喝点什么，那车上五花八门的饮料是我从未见过的。但我丝毫没有第一次出国的兴奋和新奇感，只感到懊丧，尤其后悔看也不看地就带上那本《九颗红心向祖国》。

那是一本只有96页的小书，但曾经轰动一时，讲的是1964年4月1日，巴西反动军人发动政变，推翻了吉拉特合法政府，实行极端的反共反华政策。政变第二天，就在美蒋特务的怂恿支持下，逮捕了正在巴西的中国贸易谈判代表团成员和新华社驻巴西分社记者共9人，非法关押一年多，严刑拷打，利诱策反。我们9位同志忠于祖国，宁死不屈，大义凛然，在狱中跟敌人进行英勇机智的斗争。在中国的坚决抗争和世界人民的声援下，巴西反动政府的阴谋最终失败，只得无罪释放我9位同志。当他们辗转回到祖国时，受到英雄凯旋般的欢迎。周恩来总理和国家主席刘少奇先后接见并与他们合影，同刘少奇的一张就收在《九颗红心向祖国》一书中。

长期的政治运动，这样一种观念可以说当时已在头脑中扎下了根：阶级斗争无处不在。国内尚且如此，何况国外。带上这本书，无非是想万一也遇上那种情况，一定要以他们为榜样。今天看来似乎可笑，但那的确是历史的真实。

飞机进入夜间飞行时间，我的心绪也像转暗的灯光一样黯淡，且有一种无可名状的不祥预感。

巴方非常重视人民日报第一个记者站设在他们那里。我们抵达的第三天，巴外交部常务秘书（相当于副部长，而且是唯一的，部长由总理布托兼任）阿格·夏希便接见我们。第五天，我驻巴使馆政务参赞举行招待酒会，巴方 300 余人出席。当地一家大报的标题是：《中国视巴基斯坦为一号朋友》。

但我不祥的预感真的成了现实。大约过了 10 天，大使秘书打电话让我们去使馆一趟。张大使一改第一次见面时的和蔼可亲，表情严肃地说，国内来报了，你们出国时带了不该带的东西，错误是严重的，要你们认真反省错误，尽快写出书面检讨。

回到记者站，我问老杨检查怎么写，他说不要把问题说得太重，材料要入档，可能要跟我们一辈子。老杨检讨的基调是组织纪律性不强，我也试着这么写，但总觉得难圆其说，最后上纲到自己政治学习不够，阶级斗争观念不强。

检查交上去的第二天，张大使又把我们找去。他比上次还严厉，把老杨狠狠训了一顿，说老杨作为一个曾在国外工作多年的老同志，检讨太不像样子，要推倒重写，我写的也太空泛，需要补充。张大使如此不留情面，原来是奉命行事，有难言的苦衷。后来回国休假时才知道，海关把我们的事定性为“建国以来海关遇到的最大政治事件”。当时人民日报主要负责人提出要将我们调回，但上面没同意。不同意的理由是：巴方的高官已接见了，欢迎酒会也开过了，消息也见报了，人刚去就调回，巴方会怎么看？我们怎么向人家解释？

我们重写的检讨交上去，不见下文，大概是通过了。就这件事，新华分社的同志开玩笑说，你们第一篇稿子就是检讨，新鲜，可惜捞不着拜读。

受我们的牵连，原本一周后就要去法国建站的老林夫妇被拦下，驻日本、朝鲜、英国等几个记者站的筹建工作也被暂停，大家集体进行政治学习，颇有“亡羊补牢”的味道。至于老杨，任期不到一半就被调回国，他心情不好，我总觉得这与海关事件有关联。后来他去突尼斯和土耳其当记者，在土耳其任上，被诊断患了白血症，回国一周后病逝于北京某医院。我当时正在非洲驻站，未能与他见上最后一面，连他去世的消息也是过了很久才知道。这么多年来，每当想起老杨，心里便泛起怅惘和怀念之情。

2016 年 12 月 9 日

在巴当记者，体验啥叫“铁哥们”

1973 年底，人民日报决定在巴基斯坦建立“文化大革命”开始后的第一个驻外记者站，同时负责阿富汗、伊朗、孟加拉国、斯里兰卡等国的报道。经过匆忙的准备，第二年 3 月 4 日，老杨和我动身赴任。

我国驻巴使馆和巴方对这个“第一”都很看重。几天后，使馆二把手政务参赞便出面为记者站的开启举行记者招待会。老杨和我跟着朱参赞站在使馆大门口迎接客人，巴方 300 多人出席，使馆大厅和院子里都挤满了人。第二天，当地一家大报在头版刊发的消息中，有一句话我至今清晰记得：人民日报第一个记者站建在巴基斯坦，说明巴基斯坦是中国的第一号朋友。

对我们的采访活动巴方毫无限制，可以不通过新闻局，愿去哪里去哪里，也可以请新闻局帮着安排。如果是后者，通常是新闻局长一边请我们喝奶茶，一边叫来一位书记员，记录他口授的电文，内容甚是具体：人民日报的代表某某先生要去你市（地区）采访，请谁谁机场迎送，谁谁陪同采访，被指名道姓的大都是地方新闻局的一二把手。这里要插一句，称我们为“代表”不是局长口误，当时巴基斯坦上下都这么称呼，或许觉得“代表”更具有他们所期望的政治色彩。

凡这种情况，我们一下飞机就会有两三个人迎上前来，热情欢迎，连手提行李都抢着拎。有时还有摄影记者跟着，离开时送上一大沓照片。

要见时任总理布托很容易，因为他差不多两三个月就要举行一次记者招待会，会后照例有茶点招待。这时获准近距离采访的记者便喝着咖啡，吃着点心，把他围起来，提问多半不那么严肃，回答也相当随便。这样的机会每次都少不了中国记者。

在我们驻巴期间，我国不断发生令人哀伤的大事：周恩来总理、朱德委员长和毛泽东主席相继逝世，还发生了唐山地震。巴基斯坦也因此一次次被悲痛的气氛笼罩。在使馆设灵堂的那些天，前来吊唁的各界人士排成长队，在低沉哀婉的哀乐声中，有低头啜泣的，有放声痛哭的，有匍匐在地磕头不止的。与中国人民共悲的真挚情怀，在任何一个外国都不可能看到。使馆人手少，我们也被排班陪祭，一站两三个小时，气氛悲怆，令人刻骨铭心，以致日后好多年，我就怕听到哀乐，不敢参加任何追悼会。

在周总理逝世时，巴方出了一本大型纪念画册，历数他对中国革命的丰功伟绩和对巴中友谊做出的卓越贡献。毛主席逝世后，布托总理在当地最大的报纸上发表一篇纪念文章，文中写道：相继辞世的三位中国伟人，是上天派给中国的，他们已使中国有了惊天动地的变化。如今使命结束，上天召回他们，伴随的也是地动山摇。

巴基斯坦对中国友好可谓举国一致，发自内心，不受国内政权更迭和国际政治风云变幻影响。何以至此？两大因素使然。一，在巴基斯坦人心中，大块头的友好邻邦中国是他们国家的安全保障。二，中国给予巴基斯坦慷慨有效的援助。我们在的那些年，许多中国援建的军工和民用项目正相继竣工或正在施工，其中最大的一项工程是帮巴方修建喀喇昆仑公路。

这条公路全长1224公里，其中在中国境内415公里，巴基斯坦境内809公里，穿越喀喇昆仑山脉、兴都库什山脉和帕米尔高原，最高处海拔4600米，是世界上最高的跨境公路。沿途地质结构极其复杂，山体滑坡、塌方、雪崩、落石，随时会造成惨剧，无情地夺去了数百名中国筑路员工的性命。

1978年春节时，陆大使奉命代表国务院赴修路现场慰问中国员工，我随同前往。当时中国人员近万，大都来自新疆建设兵团。在这里，听到不少令人落泪的真实故事，理解了什么叫千难万险。有些地段机器没法运转，爆破后的碎石只能靠手搬肩扛，布衣不经磨，每个人便垫个牛皮护肩、胸前挂张牛皮。有人告诉我，当地一位牧羊老人，每逢傍晚看到这支衣衫褴褛、疲惫不堪的收工队伍，都忍不住难过地流泪，“只有中国拉菲克（朋友）才这样帮助我们。”老人的这番话，大概每个巴基斯坦人都无数次地说过。

2015年4月20日

开城一日

在朝鲜北方的名城中，平壤之下，当数开城。作为千年古都和高丽参的故乡，开城早已声名远播，而包含政治军事色彩的三八线、板门店，更使它成为当今世界令人瞩目的地方。

我们对开城一天的访问是从参观板门店开始的。清晨，汽车从饭店出发，不一会便抵达离市区 12 公里的板门店。真没想到，这个举世闻名的所在，竟是一个长 800 米、宽 700 米的弹丸之地。朝鲜人民军的同志先让我们在停战谈判大厅和电影放映室对朝鲜战争和谈判作了番历史的回顾，随后陪我们去朝鲜军事停战委员会会场。从 1953 年 7 月至今，围绕朝鲜停战协定的实施和朝鲜北南统一问题等谈判，都是在这里进行。

代表着两种制度、两种意识形态的“统一阁”和“自由之家”北南相对，中间是将朝鲜半岛拦腰斩断的军事分界线。5 幢蓝白两色的木屋骑在分界线上，交战双方各据两幢，中间的一幢是归中立国委员会管辖的军事停战委员会会场。当我们从“统一阁”循级而下，向分界线走去时，对面的三个美国兵和两个南朝鲜（韩国）兵一齐对着我们举起了照相机和摄像机。对我们的拍照，他们也不介意，头戴钢盔、脚蹬大皮靴的美国兵，摆出一副卡腰叉腿的架势。从南部来的参观者也不少，但一概不许拍照，据说是因为美国“不愿让更多人知道美军驻在南朝鲜的事实。”这也难怪，几万军队长期赖在别国不走，这是不那么光彩的。

在停战委员会会场里，一排谈判桌横摆正中，桌上的麦克风线成为军事分界线，延长到室外为高不盈尺的水泥台所替代。在室内，谁都可以越线走动，但室外的水泥台则绝对不许逾越。“去年赴平壤参加世界青年联欢节的林秀卿，就是从这里迈过水泥台返汉城（首尔）被南朝鲜当局逮捕的。”朝鲜陪同的同志指着窗外说。这时，窗玻璃上突然出现两张美国大兵的脸。不知他们是好奇，还是窥探？

“这里的气氛怎么样？”朝鲜人民军的一位少校回答我们的提问：“美国兵什么都干，向我们举枪恫吓，向我们摇晃裸体照片，做很不体面的动作……”

下午，我们来到大德山附近的无名高地。山沟对面是黑石突兀、杂树丛生的山峦，虽是暮春季节，仍透着股萧森之气。英俊的朝鲜人民军姜浩石中校在厚实的水泥掩体后面热情地接待了我们。“那高些的是碉堡，黑色的是铁门，长长的是水泥墙……”，我们边从望远镜里观察对面的山头，边听他指点。其实，在晴天里，这一切肉眼即可看清，尤其是边界上那些高 5 到 8 米，上宽 3 到 5 米、下宽 10 到 19 米的水泥墙，更是灰蛇般蜿蜒山脊，清晰可辨。

一提到水泥墙，中校便情绪激愤：对这么个庞然大物，南朝鲜当局以前硬说没有，现在虽然不否认它的存在，但说它是防坦克的障碍物。这是不高明的谎言。凡有军事常识的人都懂得，要挡坦克，只要一米半高的障碍就行了，建那么高的墙干什么？坦克的最大爬坡度不超过 30 度，而这一带很多山的坡度在 70 度以上，又何必在它们上面筑水泥墙？“很明显，南朝鲜当局修水泥墙的目的是为了长期分裂朝鲜。这道水泥墙不仅使北南方的亲人不能相见，就连动物也难以南来北往！”

从板门店回到饭店，离散亲属姜光羲先生和孙洪村女士已应约等候。两人悲切的述说，使我们的心情更加沉重。两家的遭遇相似而又有代表性：战前，他们都有两个哥哥在南方做工、学习，战争一爆发，全家人便从此咫尺天涯，不能相聚。他们的老母都在临终前念叨自己儿子的名字，死不瞑目。在开城 40 万人中，有离散亲属在南方的竟占 70%。一条军事分界线，一道水泥墙，割裂了多少人间亲情，造成了多少家庭悲剧！

战争也给开城带来严重破坏。从公元 918 年到 1392 年，开城曾是高丽王朝的首都，极为繁华。但在朝鲜战争停战前夕，美国飞机的狂轰滥炸，使该市许多古建筑毁于战火。不过，幸存的恭愍王墓、南大门、善竹桥等遗迹文物，依然使开城犹存古城风姿。我们问开城市委宣传书记李炳龙同志："开城为什么能成为朝鲜古今重要城市？"对这个问题，他列举两点理由：其一，开城位于朝鲜中央地带，与各大城市水陆相通，具有建都的重要条件；其二，它四面环山，易守难攻，有着得天独厚的军事战略地位。

这不失为精到的分析。当然，开城地区经济开发较早也是高丽王朝在此建都的不可忽视的因素。别的不说，早在 413 年，开城地区就开始种植人参，高丽参不久便饮誉海外，经久不衰。在我们去板门店的路上，车窗外不时掠过为参苗遮阴的草棚。从李炳龙风趣的谈话中我们知道，今天开城地区是高丽参唯一的产地，这里不仅生产远销国外的高丽仙丽参、蜜参、人参精汤等滋补药品，也孕育出许多有关人参神奇妙用的美丽故事和传说。

像朝鲜其他城市一样，30 多年来，开城发展很快，已由一个商业消费型城市转变为生产文化型城市。市区街衢纵横，工厂林立，花木繁茂，建筑颇具特色。20 年前修建的民俗街上，朝鲜传统的歇山式民宅，屋檐高挑，灰瓦红墙，街旁屋后遍植杨柳、松柏，使游人有置身千余年前的古都之感。

傍晚时分，我们走进民俗街一家院落，小小的天井，木质结构的住房，铺着草席的暖炕，很有些农家气息。"林秀卿回汉城前曾在这里住过。"陪同指着正房对我们说。又一次听到林秀卿的名字，大家不禁想到朝鲜和平统一大业。这位正直刚强的女青年，不顾南朝鲜当局的威胁阻挠，辗转万里赶赴平壤参加世界青年联欢节，为祖国统一事业风尘仆仆，奔走呼号。她的言行，表达了南朝鲜人民的心声，表明朝鲜劳动党、政府和金日成主席提出的实现北南自主和平统一的主张深得人心。朝鲜南北骨肉分离几十年的局面必须早日结束，朝鲜三千里江山应该统一也一定会统一，这是此刻也是我们在开城一天采访的深切感受。

1990 年 6 月 5 日

1976 年，在国外经历国内大事

1976 年，中国大事频发引世界瞩目。从 1 月到 9 月，三位开国元勋周恩来、朱德和毛泽东相继逝世；10 月，作恶多端的“四人帮”垮台；7 月 28 日的唐山大地震夺走 24 万人生命。这一年，我在巴基斯坦等国任常驻记者，耳闻目睹了这些大事在友邻的反响，感受深刻，历久难忘。

总理去世的消息，令人悲痛又惊愕

1 月 8 日，从广播里得知周恩来总理去世的消息，我们既悲痛又惊愕。从 1975 年下半年起，在巴基斯坦就有周总理要访巴的传闻，传得多了，我们信以为真有其事，哪想到这只是巴基斯坦的一个愿望。

周总理曾 4 次访问巴基斯坦，在这个国家威望非常高。1956 年 12 月第一次访问时，达卡举行盛大欢迎集会，20 万人到场，相当于该市人口的 1/3。

在巴基斯坦国父真纳陵墓纪念堂中唯一的一件外国赠品，是周恩来总理赠送的礼品，一个巨大的镏金花枝形吊灯。

周总理去世不久，巴方就出了一本大型纪念画册，历数他对中国革命和建设的丰功伟绩以及对世界和平和中巴友谊的卓越贡献。为悼念一个外国政府首脑而出画册，巴基斯坦没有先例。

布托总理，是毛主席会见的最后一位外宾

巴基斯坦以最高规格悼念 9 月 9 日去世的毛泽东主席。时任总理布托第一时间发出唁电，称毛主席“了解巴基斯坦人民的希望和愿望，并在他们危难的时刻坚定地站在他们一边……他的伟大的人格将永远是我们力量的源泉。”

这无疑是由衷之言。布托总理是毛主席会见的最后一位外宾。1976年5月下旬布托访华，因毛主席身体状况不允许，他来了好几天也未安排会见。在离开中国前他又一次提出希望见到毛泽东主席。得到秘书的报告，毛主席点头同意。他坐着和布托握手，对客人说：“我不大好，腿不大好，讲话也不大好。”布托说：“主席创造了伟大的历史。”毛主席回答道：“没有做出多少成绩。”

毛主席逝世后，布托以总理的名义在当地最大的报纸上发表长篇纪念文章，文中说：相继辞世的三位中国伟人，是上天派给中国的，他们已使中国有惊天动地的变化。如今使命结束，上天召回他们，伴随的也是地动山摇。

中国领导人的相继去世，巴基斯坦一次次被悲痛气氛笼罩。在一篇文章中我曾写道：在使馆设灵堂的那些天，前来吊唁的各界人士排成长队，在低沉哀婉的哀乐声中，有低头啜泣的，有放声痛哭的，有匍匐在地磕头不止的。使馆人手少，我们也被排班陪祭，一站两三个小时，气氛悲怆，令人刻骨铭心，以致日后好多年，我就怕听到哀乐，不敢参加任何追悼会。

唐山大地震，悲剧色彩的信息让人揪心

对唐山大地震，巴基斯坦举国上下表现出亲友般的关切和同情。巴政府提出，愿向中国提供任何帮助，媒体称：中国的灾难就是巴基斯坦的灾难。巴没有自己的常驻中国记者，有关地震的消息全都源自西方媒体，而西方记者报道灾害向来是夸大其词。在他们的笔下：唐山已被夷为平地，立着的建筑物寥寥无几；受强震波及，天津损伤严重；北京也有房屋倒塌……这些充满悲剧色彩的信息，让家在这些城市的同志格外痛苦揪心。当时，中国正在为巴国新首都建一个大型建筑，由天津市承建，上百名中国施工人员大都家在天津。不断传来的坏消息，使他们心急如焚，很多人吃不下睡不着，有的甚至当众失声痛哭。

在煎熬中终于盼来喜讯：一封封国内派出单位的电报发到使馆，电文很简单，但字字千金：某某同志，你全家平安，勿念。那些日子，有过这番经历的，对家和家人意味着什么，有着一般人不会有的深切体验。

孟加拉国媒体报道，“北京逮捕了‘四人帮’”

粉碎“四人帮”的消息，我们是在孟加拉国第二大城市吉大港采访时得知的。那天，当地记者协会为我们举行欢迎酒会，期间，一位当地记者走到我身边，示意让我跟他出去。在厅外，他递给我一张报纸，头版一条消息的标题赫然在目：《北京逮捕了“四人帮”》，文中说到4个人的名字。

回到住所，老袁问我对消息真实性的看法，因为我前两个月刚回国休假。我说应该是真的，我在北京时，尽管正在“追查谣言”，但很多人在言谈话语间公开流露对那几个人的痛恨。何况，一些世界主要媒体都报道了此事，它们不会把这当儿戏。

当时使馆尚未得到国内的通报，对这一重大敏感问题如何回答外国人的询问，必须有所准备，我们两人的一致意见是，含糊其词，来外交辞令。在孟采访，我们被当成“总统的客人”接待，受到与身份不符的过高礼遇，大概是出于对“国宾”的尊重，始终没人问这个问题。

不过，有件与此相关的事，值得一说。那时有几位中国留学生在达卡大学学习孟加拉语，他们从学校紧急赶到使馆，向主管单位文化处领导请示：外国同学对此事很有兴趣，问这问那，该怎么回答？该处一位领导不假思索地说：告诉他们，是谣言！不久，北京将“四人帮”倒台的消息公之于世，那位领导和留学生一起陷入尴尬，随之而来的批评、嘲讽、悔恨、埋怨，可想而知。这件事听说成为警示外交人员的一个案例：对重大问题不能感情用事，信口开河，妄加评论。我等虽非外交官，同样受益。

2017年4月21日

在秘鲁采访享受“副总统”待遇

1991年春，人民日报决定派记者组赴拉美访问，采访对象国和行程也很快拟定：巴西、玻利维亚、古巴和智利。就在记者动身之际，外交部突然提出，希望加访秘鲁。后来知道，当时中秘关系出现严重情况，时任总统藤森不知出于何种考虑，打算同中华人民共和国断交，转而承认台湾，已派自己的日裔妻子苏珊娜秘密访台。中国正想方设法让他回心转意，派记者访问秘鲁和藤森本人，也在考虑范围之内。

囿于一次出访不超过4个国家的规定，我们只好用秘鲁取代智利。就在我们按计划访问行程中，事情出现戏剧性变化，藤森对北京进行了闪电式访问。在我们抵达秘鲁首都利马的第二天，刚访华归来的藤森便答应接受采访。使馆王参赞提醒我们，藤森这个人寡言少语，对记者的提问经常是三言两语作答，必须多准备些问题，免得冷场。

采访安排在总统府一个会议室。我们刚坐定，藤森便从会议室另一个门口走进来。没有寒暄，没有客套话，坐下来就等着提问。见他右手打着绷带，虽然已听说这是他在北京访问中下台阶不慎摔倒时受的伤，但我们还是没话找话地问他伤势情况，作为采访的开场。一切比预想的要好。有关秘鲁经济、社会状况，拉美地区局势，他都有问必答，还引用数据。不过，尽管我们变着法儿提问，希望他能讲出诸如秘鲁将遵守1971年两国建交公报的原则、承认中华人民共和国是中国唯一合法政府之类的话，但他始终不出口。但可以感觉到，他打算进一步发展同中国关系的决心已定。

这从渔业部长对记者组的破格接待可以得到印证。那天，我们被安排访问港口城市卡亚俄。我们乘汽车，部长出于安全考虑乘直升机，先我们到达。来的记者不少。部长站起来，对着随访记者的摄像机大口吃鱼，我也站起来效仿。他说："秘鲁的海产品是干净的、安全的，可以放心食用。"当时，空前严重的霍乱正在秘鲁肆虐，许多国家出于安全考虑拒绝进口秘鲁鱼类产品，本国居民也望鱼生畏，因此国家经济受到不小的损失。不用说，部长此举意在打消国内外消费者对秘鲁海产品的畏惧和抵制心理。

午餐后参观秘鲁一所大型鱼粉加工厂。我们得知，该国 70% 以上的鱼粉卖给中国，主要从卡亚俄港启运，他们希望中国不要因秘鲁霍乱疫情而中断交易。

从卡亚俄回到利马已是傍晚时分，陪同告知，渔业部长要设晚宴招待中国记者，还要陪着看演出。饭菜极其丰盛，每个人面前有个脸盆大的盘子，盛满牛排、土豆、胡萝卜和西红柿等菜蔬。不夸张地说，以我们的胃口，足够 4 人分享。演出是极具民族风情的桑巴舞和震耳欲聋的当地乐曲，直到夜里 11 点多，宾主才互致谢意，互道"晚安"。

第二天，秘鲁副总统又宴请我们。与日裔的藤森总统不同，这位有当地族裔血统的副总统热情豪爽，说话高声大嗓。晚餐也极具当地特色：大块带骨头的肉，水煮大个玉米，就放在木桶里，任客人自取自享。他还送我一件珍贵礼物：十多个妖魔鬼怪状的雕塑固定在一个饰有采绘的木盒内，据说有驱鬼避邪功能。

我驻秘鲁使馆的领导称赞采访很成功，说我们受到"副总统级别"的待遇。我们知道，秘鲁方面的所有安排是做给中国看的，表示他们对发展同中国关系的重视和期待。我很荣幸领略了外交的玄妙。

2015 年 5 月 25 日

赴孟采访，我们被当成“总统的客人”

1976年10月，报社要老袁和我从巴基斯坦去孟加拉国采访，当时我们在巴任常驻记者。签证很顺利，但直到动身前我心里一直在打鼓：对我们孟方会不会上层冷淡，百姓怨恨？要知道，1971年3月26日，东巴在印度支持下脱离巴基斯坦，宣告独立，第二年1月正式成立孟加拉国。我们当时把它比作“满洲国”，不予承认，直到巴基斯坦承认后，我国才于1975年10月4日与之建交。往事如昨，人家会不会耿耿于怀，摔脸子给我们看？

事情完全出乎意料。我们是自费前去采访的记者，但被称为“政府的客人”，住的是国宾馆，还专门给配了一位厨师。头一天外出采访时吓了一跳：前面是军车开道，车上的8名士兵全副武装，后面是同样多的士兵殿后；晚上有20名军警保卫住处。老袁向他们提出，我们是记者，不必如此。此后，开道车是取消了，但晚上的保卫照旧。而且，越到地方，接待规格越高，我们也升为“总统的客人”。在孟加拉国第二大城市吉大港访问时，市警察总监亲自到我们的住处坐镇值夜班。

我们采访时，该市新闻局长和他的两个副手全程陪同。他告诉我，他们国家的政府官员分11级，他是4级，算是高干了，但家里孩子多，日子很困难，每月都靠变卖东西贴补家用。他还请我们到他家坐坐。我注意到他客厅的墙上贴了两张中国双喜牌香烟的标志，是从筒装烟的烟筒上揭下来的，明显是想表达对中国的情意。实在拿不出什么可吃的，他让夫人烙了几个小甜饼招待我们。他的连连抱歉，更加深了我的感动，差点失态落泪。我问他，中国最后一个承认你们国家，你们为什么还对中国这么好？他的回答是：这样的朋友才靠得住，值得交。他特别说明，这不只是他个人的看法，而是全孟加拉国的共识。这样的解释真的出人意料，但真诚，有说服力，同时让人觉得，这是个民众心胸开阔情感丰富的国度。他们通过对记者的超高礼遇，传达对中国的敬重和渴望发展友好关系的热切。

在结束访问的前一天，齐亚·拉赫曼总统在总统府接见我们。他看上去很年轻，不苟言笑，待人坦诚。他讲了很多赞扬中国的话，临了，送我们每人一包礼物。陪同官员显然既羡慕又好奇，总统向记者送礼他们大概很少见过。出了总统府，我们便当着他们的面打开礼包，里面是用黄麻制作的桌布、提包和几个茶杯垫。礼品不重但很得体，谁都知道，孟加拉国是世界闻名的“黄麻之国”，在该国，黄麻被称为“金纤维”。

当时，战争虽然已结束多年，但社会秩序尚未完全恢复，在吉大港等城市夜里还有枪声。我们在城乡采访时，目睹了那里物资极度匮乏和百姓生活的困苦，这让我多年来对这个国家一直深怀惦念和期望。

几天前，从熟悉孟加拉国近况的朋友那里得知，过去几十年，该国有了长足发展，但依然贫困。资料显示，2015 年其人均 GDP 为 1266 美元，在世界各国中排名第 148 位。经济发展仍面临不少制约因素，人多地少是其中之一，1.6 亿人生息在 14.7 万平方公里的狭小地域。对国家经济发展来说，人多可以获“人口红利”，也可能成为拖累，目前孟加拉国的情况属于后者。此外，国际联系少、外国投资不多的状况也亟待改变。

2016 年 10 月 14 日

在美国购物很享受

有种说法曾很流行：美国是富人的天堂，穷人的地狱，意思是指美国贫富差别巨大，富人特享福，穷人很受苦。实际上，相比别国的穷人，美国穷人日子好过多了，其中一个重要原因是，美国利用美元优势，从外国廉价进口商品，进的东西相对过剩，美国商家便用五花八门的手段打折降价，本国国民生活费用由此“水落船低”，享受他国民众的劳动成果。

美国商品降价名目繁多。商家为了吸引顾客，每天在大的超市推出几种特价商品，用彩色标签显示，一目了然。特价商品经常降价很狠，二三十美分一打（12 只）鸡蛋，一两美元一只肥鸡是常有的事。记得有一家超市，紫红个大智利生产的车厘子只卖 4 美元一公斤，相当于我国当时市场价的 1/5。

美国人爱追求新奇，有的商品风行一阵子后便不再受青睐，随之而来的是降价出售。例如耐克鞋，有的新款要卖 100 美元以上，过不了一年半载，售价便被拦腰砍，再过些日子，二三十美元就可以买到手。

再就是经常有清仓物资和残次品抛售。这有点像我们国内商店的“清仓大甩卖”，多为服装类。待售的衣物或挂在衣架上，或堆在台子上，任由人翻弄挑选。碰上运气好，找到的好东西之便宜简直令人难以置信。我的一位同事挑到一件标价 68 美分的羽绒服，以为是价目标错了，到柜台核实，回复是没错，就是 68 美分，因为拉练坏了，属残次品。

除了大手笔降价的大超市，美国还有不少以低收入人群为对象的廉价店，中国人给它们分别起了绰号。

在我们住处附近有一家绰号为“穷人店”的商场，出售很多1美元货，像罐头装的腰果、开心果、花生米等小食品，便宜，好吃，开封也方便，记者站常用以招待客人，很得体，因为是中国产品。我们还在那里买过一把手果刀，“made in china”的标识很醒目。当然，这家店里也不全是一元货，记者站的一位同志就在那里买了块30美元日本产的电子表，作为送给爱人的生日礼物。它可以跳动显示日期和星期几，不时尚，但实用。

我们也偶尔去位于另一个街区的一家“老人店”。光顾这家商店的老人特别多，大都是女性，开的是又长又宽20世纪风靡美国但早已落伍的老式汽车。她们或许经济不宽裕，或许是老年人特有的仔细，一次只买两根香蕉或两个苹果，买豆角都一根一根地挑。这里的菜比大超市便宜，但新鲜度低，也许是大超市的下架货。但牛奶、面包和奶酪足够新鲜，价格明显比大超市低。

在城市边上有一家很有特色的韩国店，主要卖亚洲人喜爱的蔬菜，是既不像超市又有别于集市的混搭。跟超市不同，这里的蔬菜大都没经过清洗和包装的工序，有些菜也不上架，特别在白菜上市的季节，成堆地放在地上，略显北京冬储大白菜的景象。这里还卖豆腐，不零售，十多斤一桶，有时我们买一桶回来，两三家分。

特别要说一说“库棒”，这是英文coupon的直译，中文意思是代价券。美国商家竞争激烈，争先恐后地在报纸上打广告是重要促销手段。为了吸引更多读者，通常在广告旁边或中间放一个三四指长宽的“库棒”，券面价值不等。华盛顿的主要报纸每天有数十版，周末则多达200多版，三四斤重。哪有那么多新闻，90%以上的版面是广告，以生活用品广告居多。如果有足够的耐心，可以从中剪出不少库棒。库棒不可兑换现金，购物时可顶钱用。要是碰上厂家和商店同时对某种商品打折，两份库棒的券面价值，有时要高出商品的标价。当然，多出的那部分钱，顾客也不好意思向店家讨要。

这么七七八八算下来，在美国的基本生活费用真的不高。我爱人因生病回国三个月，我一个人做饭，她回到美国后发现，我每月的伙食开销才 80 多美元。我吃的东西很多是同事或同事的家属代买的，他们也没有刻意专拣便宜货，我也不觉得吃得差。80 多美元，当时折合人民币不到 500 元。不太清楚那时国内的物价，《环球时报》的稿费标准似乎可以当作参照物：一篇头版文章的稿费是每千字人民币 300 元。

特朗普已经宣布要对从中国进口的大量商品征收惩罚性关税，其中少不了物美廉价的日用品。他这是无视中美两国关系大局，得了便宜还卖乖。利益受到损害的美国百姓，会乖乖地听他摆布吗？

2018 年 3 月 30 日

美国式院卖值得效仿

院卖，不知源于哪国，但在美国特别盛行。所谓院卖，就是把家里用不着想处理掉的东西，摆在自家院里或附近的街边，设摊出售。

活动多在秋季举办，这个时节雨季刚过，天高气爽，很适合席地设摊，买卖两便。想必是私下达成默契，不同地段的活动错开时间，持续月余。一切照例而行，先是在媒体上登出消息，接下来在大街上张贴指示方向的彩色醒目标识，以便于有意者方便找到，节省时间，不会扑空。

院卖形式有两类。一类由社区志愿者组织操办。美国人爱搬家，平均每5年折腾一次。从旧居搬到新居，除了心爱之物和急需用的物品，其他东西一般不带走，委托社区代为卖出。还有就是有些住进养老院的老人也让社区代为处理家产。受托者并不特意摆置，基本上保持这家人居家过日子的状态。物品自然五花八门，锅碗瓢盆，服装家具，书籍工艺品，甚至连半瓶酱油、半筒咖啡也在出售之列。物品明码标价，可随意挑选，1美元能买件衬衣，3美元可买个挺像样的花瓶。至于半筒咖啡之类，基本上给点钱就可以拿走，听说还真有人买。

另一类是自家的东西自己卖。有的人家要卖的东西数量多、品类全，很像是商店关张停业前的大甩卖。有的人家则货色不多，是对一年内多余物件的简单处理。因院卖活动在整条街或几条街同时举办，故而让人有琳琅满目、美不胜收之感，流连忘返，不忍离去。

买卖过程很有趣。买家若看好一个物件，先由卖家出价，买家随后还价，如压价超出卖家的底线，他们多半会笑笑，做出为难的表情和姿势，买方便一点点加钱，直到成交。有的家庭还专给孩子设个摊位，买卖由其做主。在一个小摊前，我看上了一件木制风车玩具，摊主是个七八岁的男孩，他开价一美元，我还 50 美分，他犹豫一下，说“你拿走吧”。我当然是按他最初的报价付账。孩子很高兴，连说谢谢。我同样高兴，在心里连说谢谢。他勾起我童年的记忆，以及种种联想。

可以说，每次逛院卖大伙都会有收获。有一次，我的同事老张买到全套英文版大百科全书，喜出望外，满满的一箱，运回国内。我则买了几件小工艺品。一件是用叫不上名字的黑亮石头雕成的怪物，面目狰狞，极具拉美风格。另一件是 7 个烟斗围着支架立在一个园盘里，吸烟者每天换一个烟斗，一周轮一圈，显示吸烟者的讲究。还有一对“艺术餐具”：一个叉子，一个汤勺，均长一米有余，据介绍是用菲律宾产的黄梨木雕成。如今，这几件玩意或摆在我客厅的多宝柜里，或挂在墙上，来访者都少不了多看几眼，多问几句，留给我一份得意。

每次国内来人，只要赶巧，看院卖是安排参观的保留节目。无论来访者买没买到什么，好评是共同的。都认为这种院卖形式好，可以互通有无、物尽其用，减少浪费。而且，它就像是个民间节日，能平添人际交往、增长见识的情趣。对外国游客来说，这更是真切具体了解当地各个阶层的生活水准、家庭状况和文化素养等的大好机会。

大家的另一个共识是，院卖方式我们可以效仿，不妨先易后难，从卖两样东西入手。一是孩子读过的书籍。儿童成长快，求知欲强，看过的书一般不会重读，丢了可惜，放在家里占地方。若是定个时段，让他们设摊售出，是好事一桩，定会受欢迎。有人要是想搞慈善，可以收购一些，赠给山区农村的孩子。二是孩子穿过的衣服。城里孩子穿过的衣服可谓成抽屉成箱，留着是累赘，送人又怕不礼貌。让孩子名正言顺地卖给需要的人，卖者买者都会皆大欢喜。热衷慈善事业者也可以买一些送给农村山区的孩子。雪中送炭之举，善莫大焉。

2018 年 3 月 9 日

“旅游天堂”塞舌尔

岛国记趣

就领土和人口来说，塞舌尔是世界上最小的国家之一。组成全部国土的近百个海岛加在一起才不过 440 平方公里，在非洲独立国家中倒数第一。居诸岛之首的马埃岛，汽车以每小时 40 公里的低速环岛一周用不了 3 小时。首都维多利亚市有 23,000 人，占全国人口的 1/3 以上。花上半个小时，人们就可以徒步走遍整个市区。

要是算上水域，塞舌尔的面积可又不小，达 100 万平方公里，岛屿之间最远的相距近 2,000 公里。

这个看起来似乎与世隔绝的岛国，其实同外部世界有着远比许多国家更为广泛的联系，是印度洋上重要的海空交通枢纽。维多利亚港与欧亚非各大洲有定期和不定期的轮船往来。现代化的马埃国际机场，可供波音 747 等巨型飞机起落，每周在这里起降的世界各大航空公司的班机多达 50 余次。卫星长途电话和电传在塞舌尔和 100 多个国家和地区之间架起了无形的桥梁。来自世界各地的旅游者给这个岛国带来了五颜六色的美元、法郎、日元、英镑，也带来了形形色色的文化、习惯和影响。塞舌尔与现代文明世界息息相通。

塞舌尔人民富于进取精神。这些年来，该国的经济有了长足的发展。据《青年非洲》杂志统计，去年，塞舌尔按人口平均国民生产总值达到 1,700

多美元，在非洲国家中名列第四。人们一到这里就会发现，这个袖珍国家的经济状况是相当不错的。由于它的战略地位十分重要，受到各方的援助。这对它的经济发展是很有利的。现在，岛上的彩色电视台已开始播放节目，首都的各式小汽车最近增加到1万多辆；超级市场和一家挨一家的商店里，货品齐全，琳琅满架；街道整洁，行人穿着入时。看来，要说“非洲小富国”，对它倒是名副其实的。

按地理位置划分，塞舌尔是撒哈拉沙漠以南非洲国家。这里的自然风貌也确实有着热带非洲的浓郁色彩。遮天蔽日的椰林，绿云翻滚般的芒果树，长着鹅掌状叶片的猴面包果树……这里的人服饰淡雅而欧化，不像许多非洲国家的人那样喜欢穿红着绿，宽袍大袖。最明显的是这里许多人的肤色和面部特征与非洲大陆的人迥然不同。

漫步首都街头，常常碰到一队队校服整洁的小学生。他们有的碧眼金发，很像欧洲人，但肤色浅黑；有的眉清目秀，有着亚洲人的面庞，但头发姜黄；有的皮肤黝黑，却秀发披肩，失去了非洲人头发卷曲的最明显的特征。别以为他们是国际学校的学生，其实他们是土生土长的孩子。

据记载，1756年，法国人首先在塞舌尔定居，不久英国人随之而来。这些西方殖民者先后从非洲大陆贩卖来1万多黑人奴隶，并从印度带来大批移民。许多华人也陆续辗转来到这里。经过200多年错综复杂的通婚，便形成了一个占全国总人口95%以上的民族——克里奥尔族。在维多利亚市有一座6米高的三鸟纪念牌，三只展翅欲飞的洁白的海鸥，象征着塞舌尔是由来自欧、亚、非具有白、黄、黑三种肤色的人混血而成的和睦相处的民族大家庭。外国记者问一位当地官员：“什么是塞舌尔最大的骄傲？”回答是：“人民团结友爱，没有种族歧视。”

旅游业是“第一工业”

塞舌尔享有“旅游者天堂”的美名。一位曾经三次到此旅游的瑞士商人对我们谈起他的观感说：“这里玩、食、住、行，样样不错。”

的确，旅游者一到塞舌尔便有一种宾至如归之感。如果是团体旅游，游客一出机场，当地旅行社的人就会迎上前去，指名道姓地把客人引上高级大轿车，一直拉到预定的旅馆。塞舌尔的出租汽车不下 600 辆。有的配有司机，有的单出租车辆，明码实价，手续简便。

旅馆的选择余地很大。在面积仅 144 平方公里的马埃岛上，就有大小旅馆 50 余家。有的富丽豪华，有的古朴典雅，有的富于家庭气氛，适合不同爱好和经济条件的客人的需要。当地首屈一指的马埃海滨旅馆，建立在一块浪花拍击的礁石上，酷似一艘客轮，登高望远，海阔天高，涛声如雷。另一家观海旅馆的设计也极为新颖别致。室内安放着一块块怪眼圆睁的巨石。这一边是电视、沙发，那一边是藤萝吊兰，土与洋，人工与自然融于一室，富有情趣。

绝大多数旅馆都面海而建。银白的沙滩，婆娑的树荫，无边的大海，都是旅馆的有机组成部分。客人们茶余饭后，有的涂上防晒油一连几小时沐浴在炙热的非洲阳光下。有的躺在树荫下静静地读书。青年人不甘寂寞，或沉浮于万顷碧波，或驾舟出海垂钓，或系在快艇牵引的降落伞上，作空中飞人。这一切，怎能不使为躲避喧嚣的城市生活慕名前来的欧洲游客流连忘返?

塞舌尔人大都是欧亚非三洲人的后裔。旅游业的发展，使烹饪技术受到特别重视。除旅馆供应各式菜肴外，还有不少家华人、印度人、阿拉伯人及欧洲人开的饭馆。人们在这里可以吃到包括蜗牛在内的法国大菜，印度名菜咖喱鸡，阿拉伯风味的羊肉抓饭，中国特有的炸春卷，以及东西合璧的当地菜。

当然，塞舌尔所以吸引游客还在于它有着举世无双的名胜。阿尔达布拉岛上集中了 15 万只巨龟，那该是怎样的奇观？ 200 万只候鸟每年准时飞临一个面积仅 5 平方公里的鸟岛，当它们在那里飞鸣、觅食、产卵、育雏时，这鸟的王国是一番什么景象？普拉兰岛上那些千年老树，果实重达百斤的海底椰子，又包含多少自然界的奥秘？还有，整个塞舌尔没有毒蛇、猛兽和传染病。在这里，远方来客尽可以陶醉于大自然的爱抚而无病虫伤害之虞。这一切，对世界各地的旅游者们无疑有着诱人的魔力。

塞舌尔的旅游业是国家的“第一工业”，直接间接从事旅游业的人数约相当于全国就业人数的一半。塞舌尔旅游局在欧美一些大城市设有分支机构。国家开办的旅游学校，设有烹调、旅馆管理和导游专业，从该校毕业的学生，不少人成了国家旅游业的骨干。

活的自然历史博物馆

阿尔达布拉岛是漂泊在西印度洋中的珊瑚礁岛，因稀有动植物繁多和未受人类干扰而被联合国教科文组织命名为“世界遗产”。

从首都维多利亚港向西南航行1090公里，便到达阿尔达布拉岛。这个环礁岛外实中空，宛如一只巨大的翡翠耳环，嵌在淡蓝色的天鹅绒上。海岛荒芜而富饶，景物粗犷而瑰丽。珊瑚丛生，人迹罕见，遍布着各种野生动植物，很像是一座硕大无比的活的自然历史博物馆。

在稀有的野生动物中，最珍奇的要数大旱龟。此地集中了15万到20万只大旱龟，是当今世界上最大的“乌龟王国”。大旱龟性温驯、体型大，寿命可长达300年，最大者体重120公斤，龟壳直径达1.2米。这些庞然大物行动迟缓，每小时最快只能爬27米，但力大无比，两三个人站上去，它也毫不在意。它们平时栖身于灌木丛中，以食草为生。日暮清晨，群龟出巡，从高处俯瞰，况如观看坦克大战。

在这里，人们还可以看到珍贵的绿海龟。每年约有1000只母海龟在这里筑巢产卵。蛋壳上有微孔，必须在陆上孵化。幼龟一旦脱颖而出，便爬向大洋，开始它自由自在的生活。绿海龟是龟类的佼佼者，经济价值甚高。其壳可制作精美的艺术品，皮可制革，肉是滋养品。

岛上还有一种珍奇动物叫强盗蟹，又名椰子蟹。它的拉丁名字的意思是“小偷”。它长着强有力的双螯，张开时足有半米多宽。这种蟹生活在陆地上，不仅能爬上高耸的椰树，而且能剥开坚硬的椰皮、椰棕、椰壳，直取椰肉。它能把旅游者和科学家的照相机、烧饭锅甚至煤油炉盗走。“强盗”之名由此而来。这种蟹的颜色很逗人喜爱，红、橙、棕、青，五颜六色，活像一个调色盘。成蟹每只重 3 公斤左右，是同类中的“巨人”。

岛上大约有 5 万多只海鸟，其中不少是珍禽异鸟。如褐色的小巧的刷子鸟，在地球上已濒于绝迹，就是在岛上也仅有数十只了。快艇鸟也属罕见品种，但这里为数甚众。它们以在空中从飞翔的呆头鸟口中夺食为生，有时候这些鸟成群结队，扑翅腾空，可蔽天日。

在塞舌尔首都的各大书店里，可以买到有关阿尔达布拉岛上的动植物和自然风貌的各种专著。法国拍摄的一部题名《巨龟之岛》的纪录片曾在西方轰动一时。越来越多的人想亲自拜叩这个自然王国的大门。然而，为了保持岛上原始自然状态，那里不准修筑机场。海天阻隔，加上岛上缺少更多的生活设施，因此仅有少数人能登上此岛一饱眼福。

本文与鲍世绍联署，1983 年 4 月 27 日

在玻利维亚访问“日本村”

汽车一驶出圣克鲁斯市，公路两边便出现玻利维亚东部农村特有的景象：农田很少，牧场稀稀落落，一望无垠的原野长满了不成材的杂树和齐腰深的荒草。陪同我们的当地朋友说，玻利维亚地广人稀，土地利用率极低，因此一直欢迎外国移民来此垦殖，目前共有外国移民村 14 个，其中 5 个是日本移民村。

道路时好时坏，车行近两个小时才抵达目的地——位于圣克鲁斯市西北 125 公里的圣胡安日本移民村。在宽敞的办公室里，该村管理委员会会长林英次向我们介绍了移民村的情况。1955 年 7 月，第一批 16 户日本移民经过两个多月的长途跋涉，到达圣胡安。根据第二年 8 月日本和玻利维亚两国政府签署的移民协议，5 年内迁来 1000 个日本家庭，玻利维亚政府为每户移民免费提供 50 公顷土地。到 1963 年日本停止向玻利维亚集体移民时，先后共 18 批 281 户 1620 个日本人到达圣胡安。后来有些人回到日本，另外一些人去了巴西和阿根廷，现在剩下 180 户，共 850 人，拥有土地 2.7 万公顷。

日本移民开发圣胡安经历了艰难的历程。他们刚抵达时，这里是一片原始森林，树高二三十米，是野兽出没之地。在移民村餐厅的墙上张挂着豹皮、巨蟒皮和巨蜥皮，据介绍，它们是这里当年拓荒者的猎获物。为移民准备的只有 8 间小草房和斧头等简单的工具。但经过 30 多年的开发，圣胡安已成为现代化农牧业基地。农业已实现机械化，平均每户有两台拖拉机，一辆汽车。这里实行农牧林综合经营，经济效益比当地农村高得多。1985 年这个村生产稻谷 7489 吨，占全国产量 4.1%，年产鸡蛋 1.2 亿个，约占全国鸡蛋产量的 1/3。

移民村分为 7 个管理区，每区出 1 名委员组成村管理委员会，只有会长和四五个工作人员脱产。每户每月交 40 美元作为管委会的活动经费。除了行政工作，维修道路、管理医院和学校、维持治安等工作也由管委会负责。日本政府通过海外移民机构对移民村的日本学校和医院等给予补贴。

问到这里的治安情况，村长说，玻利维亚政府派到这里 6 名警察，村里有治安团体，因此除了小偷小摸，这么多年未发生过什么大事。

林英次会长告诉我们，从事农牧业生产的村民，只要尽力搞好生产就行了，其他的事他们不必操心，全由移民村的农业合作社负责。合作社负责收购鸡蛋，运往大城市出售；社办榨油厂和鸡饲料厂直接向社员收购大豆和提供混合饲料；合作社还向社员供应除草剂、杀虫剂、化肥及生活消费品。近年来，它还从非洲进口海鲜产品在当地出售，同时为日本料理运来新原料。社办农业培育站 30 年来培育了 250 个新品种，这里的水稻和大豆单产比其他地方高。合作社的经理告诉我们，该社现有社员 130 户，经营情况良好，在银行有 150 万美元存款。

移民村村民居住分散。除公共设施及非农业户相对集中外，农户都在自己分得的地段修建住宅，彼此至少相距 500 米。我们乘车去访问了一家农户。这家有 450 公顷地，其中 170 公顷稻田，同时养牛、鸡，种柑桔。主人 50 多岁，体格健壮。他 1957 年来到圣胡安，现在大儿子跟他一起干活，他领我们看鸡舍、柑桔园、芒果苗圃以及一个尚未完全竣工的大仓库。去年他家的收入为六七万美元，在这个移民村里属中等水平。据了解，该移民村有的户年收入可达 20 万美元。

主人请我们吃日本同当地风味相结合的午餐。席间，主人说，生活在这里的日本移民及其后代仍然保留着日本人的风俗习惯。男子主要种地，养鸡则由家庭主妇承担，农忙时需雇当地人，因此移民村里有许多玻利维亚居民。绝大多数日本移民吃日本饭，使用筷子，喝日本茶。他们同样庆祝日本的一些传统节日，如 1 月 15 日“成人节”，9 月 15 日的“敬老节”，12 月 30 日男女红白两队的“对歌比赛”等。庆祝“成人节”时，父母向年满 20 岁的青年赠送一套新衣服，青年联合会为他们组织特别舞会，全村人为他们祝福。在“敬老节”里，75 岁以上的老人应妇女协会邀请聚餐和进行娱乐活动，他们还收到村管委会赠送的纪念品。青年人的婚礼也保留了日本的传统。日本家庭重视教育。移民村里有中小学，日语、西班牙语同时使用。上大学要到圣克鲁斯或拉巴斯，也有去日本的，不过不少人回日本读大学语言上有困难。

1991 年 9 月 27 日

在鸟的世界

西印度洋上，有一个长不到一英里、宽半英里的属于塞舌尔的小岛。在浩渺的汪洋中，它简直像一粒微不足道的细沙。然而，每年却有成千上万的游客光临这弹丸之地。因为约有 200 万只候鸟在此飞鸣觅食、繁衍生息，堪称鸟的世界。

每年 3 月末 4 月初，一种叫燕鸥的鸟开始飞临该岛。起先是三五成群，停留时间不超过数小时。继而是成百上千，依然是夕至晨离，仅在此匆匆借宿。一个星期后，鸟群似雪片般纷扬飘落在小岛北部的一片开阔沙滩上和灌木丛中，占地营巢。所谓巢，其实只是个浅浅的沙窝，每只鸟相隔一尺二三，作等距离排列。从高空俯瞰，宛如一片训练有素的军队营寨。据估计，去年来此的燕鸥约有 180 万只，黑压压地铺盖了全岛 1/4 的面积。

每年 7 月，雌鸟都忙于产卵孵化。据说一只雌鸟一年最多生蛋 3 只。捡鸟蛋出售，是塞舌尔人的一笔收入。这种壳上缀满鸡血色花斑的鸟蛋，体积相当于鸡蛋的 1/4，卵黄特大，味道鲜美。岛上旅馆经理汉娜女士告知，鸟蛋上市季节，全塞舌尔的旅馆、饭店都用鸟蛋做成各色风味馐肴，以飨顾客。为了保护燕鸥鸟家族的兴旺，塞舌尔政府每年都规定拾捡鸟蛋的数量，去年的限额是 60 万只。

孵卵的母鸟十分恋窝。当人们走近时，它们便张开嘴巴嗷嗷叫着，做出自卫之状。待人近在咫尺，它们立即腾地飞起，在低空盘旋，并用尖喙向人攻击。有好几次，我试图闯进鸟阵探个究竟，都遭到它们群起而攻，只好用草帽左挡右扇败下阵来。一种繁殖后代的本能和母爱，给了这些看似弱小的飞禽令人难以想象的勇气和斗志。

28天后，小鸟纷纷脱壳而出，这些活跃的小家伙只在直径一尺二三的小天地里活动，因为一旦远离出生地，外出寻食的父母就难以在数以百万计的幼鸟中找到自己的小宝贝。毛呈褐色的雏鸟，模样儿远不及黑脊背、白肚皮的成鸟漂亮，但深受父母的爱怜。雌雄鸟轮流或双双外出觅食，从海上衔回小鱼、小虾，吐进嗷嗷待哺的雏鸟张大的嘴里。“劝君莫打三春鸟，子在巢中待母归。”此情此景，很容易使人想起这类诗句。实际上，在这里鸟儿受不到任何伤害。岛上没有猛禽害兽；仅有的40多名居民，都是它们忠实的侍者；来岛上的旅游者惊叹于这自然界的奇观，忙不迭地摄电影、拍照片，把它们可爱的形象带往世界各地。在这无忧无害无纷扰的天堂里，燕鸥的数量逐年增多，1969年仅8万多只，预计今年可达200万只。

凌晨，是燕鸥在空中翱翔和出海寻食的时光，也是岛上最喧闹的时刻。这时从鸟区经过，脚下是密密层层、晶莹圆润的鸟蛋，头顶是羽翼似箭、遮天蔽日的鸟群。那虽不悦耳却洋溢勃勃生气的鸣啭声，振翅声，合成一曲令人亢奋的黎明交响乐。

燕鸥是这个岛上鸟儿世界的主宰。当这庞大的鸟群在此栖留期间，其他十多种常住鸟便失去往常的地盘。特别可怜的是那些雪白的仙女鸟，总爱独个儿在高枝上，失神地望着那熙熙攘攘的燕鸥家族，大概是羡慕它们阵营浩大又和睦相处，叹息自己的弱小和孤独吧？

数以百万计的燕鸥来自何方又飞往哪里？汉娜女士答：“这至今仍是个不解之谜。”科学家已经知晓的是，这种鸟的寿命可达35年；它们还能在长途飞行中睡眠哩。

10月下旬，最后一批燕鸥带着翅膀已硬的小鸟，开始它们去向莫测的行程。它们越飞越远，越飞越小，消失在海天迷茫处。

1985年3月24日

寸纸千金

凡从塞舌尔寄来的邮件和书信，那上面的邮票往往成为“众矢之的”。集邮爱好者“眼红手痒”自不待言，连一向并不热衷此道的人们也会以欣羡之情道：“塞舌尔邮票引起了我们集邮的兴趣。”

塞舌尔邮票的确有一种诱人的魅力。它发行整整一个世纪来，一直声誉卓绝，灼灼其华，年年被列为伦敦国际邮票市场上的畅销品。这个人口只有 6 万的袖珍国的邮票发展史以及此行业的兴旺的秘诀，也像邮票本身一样令人感兴趣，受启迪。

1883 年，塞舌尔发行了它的第一枚邮票。这个远离大陆、漂泊在印度洋中的岛国，当年交通不便，国内外邮件往来甚少，邮票发行量有限。因而，它早年的邮票保存至今的已为数不多，价格相当昂贵，譬如，一枚最早发行的英国维多利亚女王的侧面头像邮票，眼下售价 2000 英镑。

塞舌尔政府对邮票发行业极为重视，而且，大概也明白“物以稀为贵”的道理，多少年来，一直恪守下述原则：每年只发行五种邮票，以精美取胜，严禁粗制滥造。1979 年，国家成立了集邮局，负责邮票出口业务。同时，以重金聘请世界上有名的艺术家和出版商为它设计和印刷邮票。设计者们审时度势，顺应国际邮票市场的潮流，揣摩集邮者的心理爱好，认真选择和确定邮票的主题。岛国的旖旎风光，奇花秀木，珍禽异兽，以及本国和世界的重大成就与事件，经常是邮票的主要题材。他们以“缩龙成寸”“小中见大”的艺术手法，将绚丽纷纭的大千世界，凝缩于寸纸之上，给人以知识、美感和享受。

欣赏这些设计新颖、色彩明丽、印刷精妙的邮票，人们既可以认识塞舌尔世所罕见的大旱龟、翅若蝙蝠体似狐狸的狐蝠、饱含大自然奥秘的海底椰子，陶醉于岛国的波光云影、翠绿馨香，也深为这个昔日“被遗忘的伊甸园”以快步走进现代社会而欣喜。此等艺术杰作，具有莫大的吸引力又何足为奇？

英国著名的集邮家巴利·贝林在观看了一次伦敦邮票拍卖场面之后，写信给他久居维多利亚市的朋友，对塞舌尔邮票受人欢迎的盛况描述入微，大加赞叹，道出了一个集邮迷的心声。信中说，“时间已届中午，罗马尼亚、俄国等国的邮票拍卖还在缓慢地进行着。突然，出现了令人激动的场面……不到一个时辰，38种塞舌尔邮票全部拍板成交。买主开头挤眼、点头，接着举起了手，后来便高声叫喊、争吵，谁都想把这个蒸蒸日上的国家的邮票抢到手”，“结果，这些邮票估计以比原价高出两三倍的价钱卖出。”

小小的邮票为塞舌尔赚了大钱。据统计，这个国家向美国、英国及其他西方国家发售邮票，每年可赚大量外汇。在外汇收入中，邮票仅次于肉桂和鸟粪，已名列第三，而且大有夺魁之势。最值得一提的是，1981年，英国查尔斯王储和戴安娜公主举行轰动一时的婚礼，塞岛不失时机地发行了两张一套的人像纪念邮票，一张是王子单照，一张是伉俪合影，风靡世界。难怪塞舌尔通讯社在一篇文章中以颇为得意的口吻写道：“今天，这些宽不盈寸的薄纸片，不仅使集邮爱好者趋之若鹜，而且引起了经济学家们的深切关注。”

1983年10月16日

毛里求斯，“在非洲的亚洲国家”

多姿多彩的国度

这里是非洲还是亚洲？初到毛里求斯的人大都会有这样的疑问。

这里是非洲。尽管这个面积只有2040平方公里的梨形岛国离开非洲大陆有2000公里，但毕竟距非洲最近，因此它一直被划入非洲的版图，1968年一独立就自然地成为非洲统一组织的成员国。非洲特有的克里奥尔语是这个100万人口国家的国语。但是，这个国家的亚洲人却很多，约占71%。清真寺的尖塔、印度教辉煌的庙宇、中国佛教寺院和天主教教堂遍布城乡。特别是天主教拥有众多的教徒，被立为国教，英语被列为官方语言，法语也很流行。

这个岛国的社会政治生活相当活跃。全国有政党30多个，用英、法和中文出版的报刊多达30余种。据说在这个国家不同政治信仰的党派都允许存在。议会上无休止的辩论，党间的指责和攻讦，已经司空见惯。然而，这里没发生过政变。国家政治局势在相对动荡中保持基本稳定。

毛里求斯很重视教育事业，有知识的人在那里受到应有的尊重。目前，该国从小学到大学均为免费教育，它拥有一所国立大学，一所甘地学院，一所教育学院，和为数众多的中小学。根据政府宣布的工资标准，总工程师的薪水高于中央政府部长，医生和局长的工资相差无几。

城乡差别大是非洲国家的普遍现象，毛里求斯的情况却迥然不同。

在环游全岛的旅行中，我们没有见到过一条土路，一间茅舍。柏油路已伸延到昔日的穷乡僻壤，农家的住房都是砖瓦结构，并且大都围以花墙篱笆。据说，由于种甘蔗很赚钱，有的蔗农的收入甚至高于普通工人和一般政府职员。

到毛岛的旅游者很多。这里有四季如春的气候，常年飞红点翠的花木，一碧万顷的蔗田，有欧洲人最稀罕的阳光、海水和宽阔细软的沙滩。此外，50多家临海而建的豪华舒适的旅馆，对旅游者有着相当的吸引力。更令人赞叹的是，造物主给这翡翠般的海岛戴上了一个硕大的珊瑚礁环。波涛象万千怪物从天外扑来，狂跃怒吼，喷涎吐沫，却被那神奇的礁环阻挡于离岛几里、十几里的海面。任凭远海风疾浪高，游客们照样可以或俯仰于微波细浪中，或小憩于椰影花伞下。难怪有人称赞这里是得天独厚的旅游胜地。

“甜岛”的甘与苦

“甜岛”，是世人对毛里求斯的誉称。

时序6月，正是这里开始收获甘蔗的季节。广袤的田野上铺满密密的甘蔗林。驱车其间，恍若行舟于绿色的汪洋上。在蔗田边时而可见块块礁石堆立田间。这是农民在开垦蔗田时清理出来的石头。原来，毛里求斯岛是火山爆发的产物，地面上曾布满大大小小的石块，当地人通过一代代艰辛的劳动才把不毛之地改造成万顷良田。据记载，每开垦一公顷甘蔗田，至少要清除石头2800吨，有时多达4700吨。咂着那蜜一样的甘蔗汁，呼吸着飘溢甜味的空气，谁都会觉得，对毛里求斯来说，“甜岛”这一雅号是何等贴切，又多么来之不易。

蔗糖生产是这个岛国的经济支柱。蔗田占全国耕地面积的92%，全国1/3以上的人口从事甘蔗生产。在长期的实践中，当地农民积累了种植甘蔗的丰富经验。加上雨多、地肥、日照时间长等有利条件，这里的甘蔗种一次可以连续收获7年，单位面积产量之高名列世界第2。国家65%

的外汇收入来自每年平均约 70 万吨糖的出口。目前已达 1000 多美元的人均国民收入，也主要得益于糖业生产。该国工业基础薄弱，唯独制糖工业相当发达，长期以来“一枝独秀”。

我们参观过一家名叫富尤尔的糖厂。厂区面积很大，一百辆载重七八吨的汽车将甘蔗源源不断地运到工厂。庞然怪物似的榨糖机以每小时 165 吨的速度把甘蔗吞进肚里，又吐出甜汁，然后经过净化、加温、结晶等过程，松香色的粗糖便流水般淌进散装仓库，等待启运。由于机械化程度较高，这家年产 8 万吨糖的工厂只有职工 370 人。当然，榨糖大忙季节要雇临时工。

在与当地朋友的交谈中，我们听到不少关于毛里求斯甘蔗的趣闻。“甜岛”人都有爱吃糖的习惯，每人每年平均消费糖 40 公斤，比例之高名列世界前茅。这里的甘蔗是 17 世纪从爪哇引进的，所以能在此岛迅速繁衍，除了天时地利条件外，还因为它抗风能力特别强，经常袭击该岛时速达 290 公里的飓风对它也无可奈何。但目前它对国际上冲击蔗糖生产的经济风暴却有些抵挡不住。

近年来，甜菜糖和合成糖产量急剧增加，使蔗糖面临无情的竞争。譬如，欧洲本来是进口糖的最大的传统市场，如今却成了糖的第二大出口者。供过于求的状况，使国际市场上蔗糖价格不断下跌，有时甚至低于生产成本。根据洛美协定，毛里求斯每年以高于国际市场一倍的价格卖给欧洲共同体 50 万吨糖，这才使糖业生产维持下来。但不少毛里求斯官员对上述情况和本国糖业生产的前途，感到忧虑和苦恼。

“华人社会”掠影

在毛里求斯访问的那些天，时时有一种回到了中国的感觉。我们见了那么多华人，彼此用中国话交谈，一起用筷子吃饭；在当地广播中听到了《天仙配》《红楼梦》等乐曲；此间出版的三份中文报纸让我们读到了不少关于中国的消息。

“毛岛有全非洲最大的华人社会”，果然名不虚传。

毛里求斯现有华人3万多人，占毛里求斯人口的3%，相当于非洲华人总数的一半。他们的祖辈从上个世纪初叶起陆续从东南亚和中国到此谋生，多为广东客家和南海、顺德人。刚来时，华人主要作本小利薄的小生意，如今已涉足该国的各个经济领域，在国民经济、特别是商业中有着举足轻重的地位。数千家华人商店遍布全国各地，为活跃城乡经济、方便人民生活发挥了重要作用。不少华人已开始由商业向工业和金融保险业发展，正在为毛里求斯的进一步繁荣做出贡献。

首都路易港的“唐人区”，就像是一个显示华人社会经济状况的橱窗。在该市主要街衢皇家大道和一些街道两侧，挨挨挤挤地排列着写有中文招牌的数百家商店。店铺的门面一般不大，但商品齐全，生意不错。有的专门经营外国电子照相器材，有的侧重卖当地土产和日用杂货，有的主要出售品类繁多的中国货。在这里可以买到北京同仁堂的虎骨酒，杭州的绸缎，景德镇的瓷器以及广东酱油老抽王。此外，10多家中国餐馆里飘出的饭菜香味，更给“唐人区”增添了气氛。

随着经济地位的提高，当地华人十分重视子女的教育。华人子弟也以其聪颖勤奋赢得较一般人更多的接受高等教育的机会。目前，华人子弟在国内外上大学的很多，一家几个孩子出国留学的情况并不罕见。他们学成回国后，大都从事医生、律师、工程师和教师等职业，或在政府任职，普遍不愿继承开店做买卖的父业，这使一些老年华人店主产生“后继无人”的隐忧。

此地华人97%以上加入了当地国籍，热爱毛里求斯，成为毛里求斯这个多民族国家中的一员，只是还保持着中国的文化传统和风俗民情。他们年年都过春节、端午节和中秋节等传统节日。旨在扶老济贫、排除纠纷和聚会议事的会馆组织，历久不衰；在城市里可以看到不少象关帝庙、普济寺等庙宇祠堂。这些地方大半成为人们怀乡祭祖的所在。

华人以其勤劳、智慧、诚实等美德赢得了全社会的敬重。各个种族，不同肤色的毛岛人都与他们相处融洽。一位当地官员说："在我国近400年的历史发展中，中国人做出了巨大贡献。"他还说："我十分喜爱中国人。毛中两国建交虽然只有12年，但我早就从这里的华人身上认识了中国。"毛里求斯政府对华人社会很重视，对中国文化采取鼓励发展的政策。春节已被列为国家的重要节日；电视台每月至少放映一部中国影片，电台每星期有6天安排有华语广播和中国音乐节目。

本文与鲍世绍联署 1984年8月15日

博茨瓦纳，牛和钻石的国度

“全国像个大牧场”

卡拉哈里沙漠以它巨大的身躯覆盖了博茨瓦纳 80% 以上的国土。但这个古老的沙漠却并非漠漠黄沙，而是长满热带灌木和可供牲畜食用的牧草。我们驱车作过贯穿大半个国土的旅行。一路上，只见三三两两或成群结队的牛羊，或漫游在草原上，或隐现于树丛间，却看不到牧人和牧犬。同行者告知，这些散牧的牛羊，夜晚有的被主人赶回栏圈，有的则露宿野外。丰茂的牧草和自由自在的“生活”，使它们都是那样膘肥体壮。“全国像个大牧场”，这个沙漠之国确实无愧于这一赞誉。

畜牧业与矿业在博茨瓦纳被并列为国民经济两大支柱。政府采取了许多具体措施使其优先发展。例如，打井和修建小型水库，解决牲畜饮水问题；建立良种站和牲畜研究中心，培养优良品种；制定“部族放牧土地政策”，改进放牧方式；提高肉类加工能力以扩大出口等等。这一切已收到明显效果。据说，牛与人的比例之高已居世界第二。

位于首都哈博罗内以南 65 公里的洛巴策宰牛厂经过扩建后，生产能力为日处理牛 1800 头。在长达数百米的流水作业线上，这些庞然大物经过断头、锯腿、剥皮、开膛、掏脏、旋肉等过程，不一会儿便处理完毕。那些经过分等、包装的肉、尾、肝、肺被迅速输往零下 35 摄氏度的低温处理室，24 小时后就可以启运远销欧洲共同市场。其余的角、毛、骨、血和内脏，经过分类和初步加工后也各得其所，供应国内市场和各方需要。一位本厂的陪同人员幽默地说：“这里是汤水不剩，没一点废物。”真的，我们注意到连废水也被加以净化，循环使用。

从新鲜牛舌上刮下来的黏膜是制作口蹄疫疫苗的原料。口蹄疫是对牲畜危害严重的疾病。1979 年流行的口蹄疫使博茨瓦纳一些地区的牛肉不能出口，结果给国家造成严重损失，仅 1980 年就减少外汇收入 2000 多万普拉。为了对付这一牲畜大敌，博茨瓦纳政府在 1981 年建成疫苗工厂，每年产疫苗 2100 万支，除自给外，半数以上出口到邻国。这座疫苗厂为博茨瓦纳和一些非洲国家对付和消除口蹄疫做出了贡献。

新兴的“钻石王国”

把博茨瓦纳喻为新兴的“钻石王国”是很贴切的。这个人口不到百万的国家，钻石产量跃居世界第四位。钻石工业目前已成为这个国家的经济命脉，占外汇来源的 80%。

博茨瓦纳拥有世界第二、第三大钻石矿：奥拉帕和吉瓦嫩。它们都属由火山爆发而形成的原生矿床，呈筒状深入地下。奥拉帕矿地表面积为 112 万平方米，从地表到 3000 米深处，都有钻石。此矿投产于 1972 年，近年来年产量为 500 万克拉，价值约 2 亿美元，是博茨瓦纳最大的摇钱树。可惜，路途迢迢，时间有限，我们只能就近参观建成不久的吉瓦嫩矿了。

从首都西行 120 公里，便到达吉瓦嫩矿。该矿地表面积不及奥拉帕矿的一半，但产量却有后来居上之势，目前年产量为 360 万克拉，三年后，可达 600 万克拉。乍一看，矿区很像露天煤矿。巨大的电铲将爆破后的碎石装上载重数十吨的卡车，穿梭往来的车辆将这些黄褐色的石块运到破碎车间。在那里，经过碾碎、筛选、水洗等过程，普通石碴被除掉，只剩下钻石和少量硬度很大的顽石。据说，每破碎一立方米石头仅得钻石 2 克拉，真可谓“沙里淘金”哩！

被放上传送带的石块与宝石的混合物，缓缓经过一个长十数米的玻璃罩。几十双伸进固定在玻璃罩上的软皮手套里的手，熟练地将钻石拣出，其中 85% 是工业用钻石，15% 是颗粒较大的装饰用钻石。从事这一工序的纯朴工人也许终生买不起一颗钻石，但他们却在默默地为国家创造成万上亿的财富。

人们爱用“晶莹璀璨”“玲珑剔透”一类辞藻来赞美钻石之美。殊不知，未经初步加工的钻石却是“其貌不扬”。它们或如灰石子，或似玻璃碴，或像普通的沙砾。陪同参观的该矿生产经理指着一块指头大小、重约 5 克拉的白石子说：“这块钻石加工后可卖 5 万美元。”这简直是不可思议的。但事实又给人启示：世间一切美好的东西，无不凝结着人类的劳动和智慧，连名贵无比的钻石也只有经过琢磨，才显出其丽质天姿。

11 层高的钻石大楼巍然矗立在哈博罗内市区。各矿生产的钻石被运到这里进行精选、分类、估价，而不再像过去那样被径直送往伦敦。在当地人的心目中，这座 1982 年落成的褐色建筑物，要比它的实体高大雄伟得多。因为它给国家带来了很多的财富，它是博茨瓦纳钻石工业发展道路上的一个里程碑。

在这座大楼里，300 多名工人、专家悄然无声地紧张工作。他们按照国际钻石贸易垄断组织“中央销售组织”提供的样品，将钻石分成价格不同的三类 6000 种。估价标准包括钻石的色泽、纯度、重量和光洁度。就色泽而言，白色（加工后无色透明）的最贵，黄、褐、黑色等而下之。同类钻石，越重者单位重量的价钱越高。估价全凭肉眼。标价者像修表师似地眼戴寸镜，专心致志地将一颗颗钻石拣到长台上标明不同种类的方格中。实际上，这种形式简单、内涵丰富的独特劳动，比修表更要艺高心细。因为一颗 5 克拉重的上好钻石，一级竟相差 2 万美元！

钻石，历来被视为富有的象征。钻石买卖极易受国际政治、经济气候变化的影响。

近些年中资本主义世界的经济衰退和钻石投机活动的猖獗，导致国际钻石市场的相对缩小和价格下跌，博茨瓦纳因此蒙受了巨大损失。譬如，1981 年，博茨瓦纳就因钻石滞销而少收入一亿多美元。看来，争取公正的贸易条件和建立合理的国际经济秩序，同样是第三世界钻石生产国面临的任务。

博茨瓦纳为什么不自己加工钻石以减少国际垄断势力的控制？一位水利矿业部的官员解释说：钻石硬度大，品类多，要做到因材施艺，工艺要求甚高。因此，博茨瓦纳只好出口原料钻石。1982 年，首都建了个钻石加工厂，打磨一些粒小价廉的钻石。工厂规模虽小，但国家总算有了自己的钻石加工业。我们向他祝贺。他笑笑说："这只是个开端，要把我国建成具有生产和加工能力的钻石工业强国，还要走一段很长的路。"

本文与鲍世绍联署 1993 年 8 月 11 日

非洲进步了，部族酋长也现代

提起非洲的部族酋长，人们往往会联想到电影里经常出现的形象：有的体格魁梧，宽袍大袖，威风凛凛；有的头插羽翎，肩披豹皮，剽悍粗犷。在博茨瓦纳，我们会见的一位酋长却完全不是这样。

从首都哈博罗内驱车南行约半个小时，我们到达卡特伦区，在一家小酒吧门前就见到了林采酋长。这是一位身穿彩绘圆领汗衫和旧粗布牛仔裤的中年人。他招呼我们同 5 个头人坐在酒吧间后院的椅子上，自己却轻轻一跃坐上了围墙。他介绍说，头人们跟酋长一样，是世袭的，都是各村之首。在部族里，头人与酋长组成领导机构，称作“头人会”。部族里的重大事情，先由“头人会”提出方案，然后交部族的最高权力机构“科塔”(即全体会议)讨论批准。有时“科塔”大会的决议与“头人会”的意见不一致，酋长和头人们也必须服从。刚才他们正在研究明天召开“科塔”大会，加强对青年人教育的问题。

按传统习惯，青年人必须定期为部族做点公益劳动。不久前，部族让青年人去修筑拦河坝，但有的人怕苦不去而待在酒吧间喝酒。领他们干活的长者看了很生气，动手打了他们，并迫使他们去干活。事后，这些青年人向当局上诉。于是，这件事便成为一次“科塔”大会的主要议题。

林采酋长的个人经历也令人感兴趣。1963 年，27 年的林采正在英国上学，一封父亲逝世的电报把他召回国内，继承父业，当上了拥有 1.8

万人的卡特拉部族的酋长。他年轻有为，见多识广，积极参加政治活动，先后担任过国家独立宪法委员会委员、经济顾问委员会委员、酋长院院长等职务。1969—1972年，他还出任驻联合国大使，同时兼驻美国大使和驻加拿大高级专员。这些经历，开阔了他的视野，促使他要在本部族内积极进行改革。

20年来，他搞的最重要的改革有两项。一是让妇女享有同男子平等的权利。过去，部族全体大会只有男子参加，妇女无权出席，现在妇女也能与男子一起共同讨论全部族的大事；另一项是财产继承权的改革，过去一家的财产只由长子一人继承，现在各子均可分享。此外，林采还为部族建立了一个介绍本部族发展史的博物馆、一个图书馆和一所中学。“我祖父娶妻子35个，我父亲娶7个，我只有一个，这也算是一个小小的改革。”他的话把大家都逗乐了。

谈话间，一个约六七岁的小姑娘腼腆地跑到酋长身边，亲昵地对着他的耳朵说了几句，他立即从口袋里拿出几个硬币给了她，女孩一溜烟地跑了。我们问他这是不是他女儿。林采摇摇头回答：“不，她是个普通家庭的孩子，向我要钱买糖吃。”他进一步解释道：“酋长跟政府官员不同，他生活在部族人中，大人小孩有困难都来找他。像这类小孩向我伸手要钱的事，一天不知有多少次。”他两手一摊，幽默地说：“因此我成不了富翁！”看得出，他这样说不是抱怨，而是出于得意。

谈话结束后，我们应邀来到酋长家里。房子筑在当地最高的一个小山顶上，颇有居高临下之势。据介绍，这是他祖父曾经住过的地方，后来毁于部族之间的战争。他当酋长后，在原址建起了这座现代化的住宅。客厅布置得很别致，是土与洋的巧妙结合：地上铺着斑马皮，墙上挂着羚羊头和非洲弓箭，玻璃橱柜中陈列着来自异国的各种手工艺品。书房宽敞明亮，书架上摆满了各国的书籍，多数是政治方面的。他一面忙着找毛主席的著作给我们看，一面说，“我喜欢收集图书，从中了解各国情况，作为发展我国的借鉴。”

面对这位颇有进取精神的酋长，我们有所感触：博茨瓦纳的开放政策和社会进步正在造就一些有胆识有抱负的人物，这些人物来自社会各个阶层。他们将会成为加速国家发展、进步的催化剂。

本文与鲍世绍联署 1983 年 11 月 13 日

在尼雷尔总统的家乡

尼雷尔总统是坦桑尼亚开国元勋，首任总统，对国家独立和社会发展厥功至伟，被坦桑民众尊为“国父”，有“非洲贤人”之誉称。他执政 20 余载，始终勤政亲民，廉洁奉公，严于律己。他给家人亲属立下规矩，不许以他的名望谋私利，其兄长和 3 个儿子一直在家乡务农。听尼雷尔总统的故事，令人动容。我们怀着崇敬的心情，访问了他的家乡。

穆索马是坦桑尼亚北方重镇，像一颗明珠镶嵌在维多利亚湖畔。距这里约 60 公里的布蒂亚马村便是尼雷尔总统的家乡。汽车一离开市区，便扬着尘埃，蜿蜒颠簸在山丘土路上。这是尼雷尔总统回家乡的必由之路。目光所及，尽是杂树、蔓草、乱石，很少农田村舍。看来这一带不是富庶之地。

总统的茅舍故居于 1964 年改建成三间砖瓦房。总统的大哥契夫在居中的那间客厅里十分亲切地接待了我们。老人 73 岁，契夫是英文“酋长”的译音。因为他继父亲之后作过多年酋长，故而酋长制虽早已废除，人们对他仍习惯以契夫相称。

“我们这地方从前很穷，木薯是当地人的主食，饮水也困难。村里孩子不少，但上得起学的不多。”寒暄过后，老人便向我们讲述独立前的艰难岁月。“现在好多了，”他继续说，“除了木薯，还种棉花、花生、玉米。4 年前，全村还用上了电灯和自来水。5000 人口的村子，办起了 4

所小学，差不多适龄儿童都进了学堂。”

谈话间，老人一再表示歉意，说是事先不知道我们来，因此家人都下地干活去了，不能回来待客。

兴许是来了生客的缘故，客厅里很快挤满了看热闹的小孩子。契夫说，他们大都是他的后代。每逢圣诞节等重大节日，儿孙们都携家带口从全国各地回家团聚。尼雷尔总统也经常回来。老人从客厅隔壁的卧室里拿出几张他的全家福照片，我们数了数，其中一张上有 326 人。据他说，像这样的大家庭坦桑有的是，有的比这还要大。

契夫把我们视为挚友，无话不谈。“尼雷尔不仅是国家总统，也是全坦桑有名的孝子。他对他母亲十分孝顺。”老太太还健在，现年 90 岁了。客厅墙上挂着他们母子的巨幅合影照片，总统微笑谦恭地坐在母亲的身边。契夫还说，他们虽是异母兄弟，但尼雷尔总统对他很尊重，很照顾。“是我供他从小读书，对这一点他始终不忘。”他从前每逢回家都住在客厅另一侧的房间里，1981 年山顶别墅落成后，有时也住在那里。

所谓山顶别墅是一座木石结构的建筑物，有卧室 3 间，式样古朴，陈设也很简单。不远处有一个非洲茅屋式的凉亭，总统喜欢在那里接待客人，会见乡亲。站在别墅檐廊下眺望，这一带的山川田原尽收眼底。总统的弟媳尤瑟夫夫人给我们指点：“总统每次回家都在那些山坡地里劳动，有时一干就是一整天。”她还告诉记者，总统对子女亲属要求很严，要他们一定要平等待人，不搞特殊化，也要参加劳动。对其中表现不好的，他总是秉公严处，从不姑息。

据了解，尼雷尔总统的哥哥、姐姐、弟弟和 3 个儿子都在家乡务农。

在告别布蒂亚马村时，碰上了刚从田里干活回来的总统的三儿子。他现任该村村长。小伙子健壮爽朗。他就近把我们让进了“农业科技展览室”，干练地讲了粮食产量，牛羊头数等一大串数字后，十分认真地说：“坦桑要改变落后的农业状况，一要教育农民改变仍在沿用的原始耕作方式，二要兴修水利。”为此，村里办了个“科学种田训练班”，对农民分期培训。一座用于灌溉的水库正在修建。这位大学工科毕业生，回村已经3年了，他的胆识气魄和立志改造农村的献身精神很受人敬佩。

布蒂亚马村之行是难忘的。在短短的四五个小时里，我们耳闻目睹了关于坦桑农村古老的故事和活的现实，以及尼雷尔总统的许多为坦桑人民所称道的高尚品德。

本文与鲍世绍联署　1985年8月19日

坦桑开国元老：没去过中国终生遗憾

汽车驶过桑给巴尔市宽阔的米津札尼大街，在一幢普通的平房前停了下来。这里是坦桑尼亚国家元老孔布先生的住处。一个英俊机灵的年轻人闻声迎了出来。“我爸爸去参加国家独立节（12 月 9 日）庆祝活动去了，他嘱咐我在家接待你们。”他边说边把我们请进客厅。

客厅布置简朴而严肃：两套沙发在房中排成一个圆圈，高大的书橱中摆满了来自异国的礼品，墙上挂着国家现任领导和已故领导人的照片以及孔布与他们在不同时期的合影。这一切，既表明了主人的身份，也表现了他的气质。

“我爸爸快 80 岁了。他说他年纪大了，早想退休，却又总闲不住。在坦桑尼亚革命党第二次全国代表大会上，尼雷尔总统亲自提名把他选进党的执行委员会，还让他担任大会执行主席。”小主人尽其所知，向我们介绍他的父亲。

正在谈着，孔布老人回来了。他一进屋就热情向我们打招呼：“很高兴中国朋友来我家做客。我一般不在家会见外国人，但对中国朋友，我却宁愿在家与他们叙谈。”他笑着举杯向我们示意，“在我这里就像在家里一样，渴了就喝水！”老人精神健旺，思路清晰，带着同亲友叙旧的亲切感情，向我们概述桑给巴尔以及他本人的斗争历史。要不是那根拐杖和一条跛腿，谁能相信他是位饱经忧患、历尽沧桑、年逾古稀的老人呢！

1904 年，孔布出生在桑给巴尔岛南方省一个贫苦农民家庭。那是殖民主义者把非洲人当作奴隶的年代。6 岁时，父亲送他进城上学，没几年，因家庭经济困难，他不得不中途辍学，自谋生计。其后十几年，他先后在小客轮、码头和铁路上做临时工。颠沛流离的生活，使他遍尝人间辛酸，也开拓了他的视野，懂得了通过斗争求解放的道理。1939 年，他联合一些爱国者，组织了以他为首的设拉子协会，从事反殖民主义者斗争。1957 年，设拉子协会与非洲人协会合并，组成非洲设拉子党，他任总书记。1964 年桑给巴尔独立后，孔布继续担任执政的非洲设拉子党总书记多年。其后，他又在桑给巴尔革命政府中先后担任工业部长、贸易部长和福利部长。

老人的回忆如同山涧小溪，曲折回环，款款流淌。话题转到了坦中友谊："我们两国的友谊经受了历史的考验。我们在争取独立的斗争中，从中国得到了宝贵的支持。我国独立后，中国继续从政治上、人力物力上给我们以援助。"老人打着手势，接着说："中国派专家帮我们盖工厂，修铁路，建医院。你们的医生为桑给巴尔人民工作已经整整 18 年了。"

一谈到中国医生，老人感情的琴弦被重重地拨动了。他与他们之间有着一段动人的生死之谊。

1972 年 4 月 7 日，桑给巴尔发生了谋杀卡鲁姆副总统的事件。孔布也在现场，身中 6 弹，生命垂危。经过中国医生全力抢救和精心治疗，当时已年近古稀的孔布，不仅战胜了死神，而且奇迹般地恢复了健康。谈话间，他让儿子取来一本相册。他一边翻给我们看，一边作着解释。这是一本记录他半年病榻生活的影集。他指着嵌在相册上的子弹对我们说："这家伙在我左腿上整整待了 6 个月才被取出。"对着一张他同中国医生的合影，老人端详良久，无限深情地说："中国医生不仅治好了我的伤，而且使我亲身感受了他们高尚的品格。可惜我至今也不知道他们的名字，只知道他们是中国人！"老人沉默了。看得出，他已陷入深深思念与回忆之中。

访问中国是孔布先生的夙愿。可惜由于工作繁忙和健康状况等原因，他至今未能成行。在谈到子女教育时，他指着身边的大儿子对我们说："他要能去中国学习，就有出息了。"这位25岁的青年人竟然孩子般地站了起来，好像他就要踏上去中国的途程。父子两代对中国的深情厚谊，使在座者深受感动。

听说中国总理要来坦桑尼亚访问，老人十分兴奋。他连连说："中国总理一定会受到坦桑人民的热烈欢迎。我要像迎接周恩来总理那样迎接他。"1965年6月，周总理访问坦桑时，孔布与卡鲁姆副总统负责在桑给巴尔接待中国客人。17年过去了，他对那段繁忙而愉快的时日，依然有着清新如昨的记忆。说话间，他的两个儿子从后厅抬出一个长2米、宽1.5米的大镜框。老人站起来，轻轻抚摸着镜框里的照片说："这是我们当年在机场与周总理的合影，是我最珍贵的纪念品。"

接着，他向我们讲了这张巨幅照片的来历。周总理访问坦桑尼亚以后不久，孔布在中国驻桑给巴尔领事馆看到了这张照片，便要求中国朋友给他照样制作了一张，一直挂在党的总部的大厅里。不久前，总部大楼整修，孔布便将照片移回家中，珍藏起来。

告别时，孔布老人拉我们与他合影。随后，他又站在那张巨幅照片旁，让我们给他单独拍一张。相机的快门已经响过，他却忘情地站在那里，许久许久不动。

本文与鲍世绍联署　1983年1月14日

一心想帮中国的日本老人

春节前，接到国冈茂夫先生从日本札幌寄来的贺年卡。近 20 年来，每到这个时节，总会收到这位异国友人的祝福。

与国冈先生相识有些偶然。1993 年 7 月，我应邀去北海道参加一个国际会议。报社书画院得知后，让我将一捆中国画带给一位叫国冈茂夫的日本友人。为稳妥起见，我请人民日报驻日本记者孙东民介绍一下相关情况，结果听到了一段感人的故事：1979 年，中国决定在日本札幌设总领事馆，国冈热心地陪中国外交官走遍该市，也没物色到合适的处所，都很着急。一天，国冈请中国官员喝茶，当场拿出两份合同书，说："我们全家昨晚连夜讨论过了，一致同意把我家借给领馆作临时馆舍。房子免费使用，直到新馆建成。"一周后，国冈一家搬进了临时搭建的简易住房。一住就是一年零八个月。领馆从他家搬走时，国冈又提出愿将他家三楼辟为画廊，作为中国优秀中青年画家的常设展室，无偿使用。20 年来，已有数百位中国画家的上万幅画作在这里展出，有的画家从此声名鹊起。

在国冈的住所兼日本佛教文化交流中心办公室，摆挂着许多中国朋友送的礼物，其中有时任中国佛教协会会长赵朴初为他书写的"照见五蕴皆空，度一切苦厄"的题字。国冈先生在日本佛教界的身份同赵朴老在中国佛教界的身份相似。1987 年 8 月赵朴初访问北海道时，在国冈家赋诗相赠："多情远近劳迎送，称意凉温异北南。到处天时地利好，新知旧雨一堂欢。”

真没想到，我这个送画人竟受到热情诚挚的接待。当晚，国冈设宴招待，请来6位长者作陪，其中有85岁高龄的著名画家国登松。老先生是北海道开发史上功臣之一，其大幅照片就挂在北海道开发纪念馆的展厅中。老人长我三四十岁，却执礼甚恭，席间，他跪行到我坐处，变了两套戏法，着实令人感动。我深知，他们给我超高的礼遇，意在表达对中国的友好情谊。

第二天，国冈令他的三儿子国冈睦史陪我去当地知名的定山溪洗温泉浴，北海道新闻社编委寺井敏作陪。寺井出生于中国沈阳，日本投降后回日本时约七八岁。他痛恨日本侵华战争，是促进中日友好的中坚分子。朋友相告，按日本习俗，与人裸身共浴，是表示赤诚相见，不存芥蒂。国冈先生的这一安排，颇具深意。

数十年如一日，行事低调的国冈为中国、为中日友好默默奉献。中国佛教协会、绿色组织和希望小学，都收到过他的慷慨捐赠。他在日本创建“平等院大慈寺”，从北京广济寺恭请源自五台山的佛像。他说，1300年前鉴真和尚东渡日本弘扬佛法，建立了大唐招提寺，1300年后建立大慈寺是为了传承法灯。前些年，他重访峨眉、五台山，回国建了“写经堂”，作为静坐、写经的场所。2005年，平等院大慈寺落成，他从峨眉山请来普贤菩萨楠木塑像，供奉寺中。

国冈还有个非同寻常之举：将一幅宽约30厘米、长5米多的《阿房宫宫女欢乐之图》巨幅画卷送还中国。据说这是明朝四大才子之一、与唐伯虎齐名的仇英的作品。清朝亡，此画流落民间，后到了袁世凯手里。袁大人将它送给日本小妾，允其带到日本。多年前，国冈先生出大价钱购得这一名作。他说，中国是日本的文化恩人，将此画送还中国是为报答大恩，也是这一传世名作的最好归宿。有中国专家认为此画是赝品。即使如此，也绝不会稍减国冈先生对中国的深厚情谊。

终生礼佛，研究经卷，国冈常有独特的人生感悟。这次他在给我的贺卡上摘录的是日本三祖僧璨大师的《信心铭》：“至道无难，唯嫌拣择，但莫憎爱，洞然明白。一即一切，一切即一，但能如是，何虑不毕。信心不二，不二信心，言语道断，非古来今。”哲思禅意跃然纸上。

2013年1月29日

用草药和贝壳治病的非洲医生

到坦桑尼亚不久，关于当地草药的奇效神功却听到不少：一味草药可使 5 个月的胎儿坠地，而孕妇却安全无恙；一种树叶能治愈牛皮癣、金钱癣顽症，只要用它搓上几次，因染鹅掌风而脱皮烂肉的手就会变得细嫩光滑……这些故事使人在惊叹这个国家药物资源丰富的同时，很想见见那些用草药行医的“坦医”。

在达累斯萨拉姆的闹市区，我们访问了一家私人开业的“坦医”诊所。诊所的主持人名叫哈娃，36 岁，一身时兴打扮。初见之下我们简直有点失望，因为她与想象中的“坦医”大不一样。然而，她渊博的医药知识和创业者的激情，很快就打消了我们的疑虑。

“我国最常见的疾病有疟疾、痉挛、哮喘和妇女病等，对这些病，我们的草药都有很好的疗效。这种药叫‘木卡瓦’。”她将一把枯叶状的药递给我们看，“它是治疗小儿痉挛的特效药，熏吸或汤服皆可。”我们闻了一下，一股艾蒿似的浓烈气味直冲鼻孔。“这种药能治疟疾，疗效好，又没有副作用。”她补充说。

正谈着，一个中年病人走了进来。哈娃赶忙热情招呼，给他称体重、量血压，殷殷询问之后，拿给他一大瓶柠檬色的汤药。患者告诉记者，上个月他得了疟疾，吃了几次“洋药”，病是好了，但伤了胃口，一点不想吃东西，只想呕吐。自从服了哈娃大夫的药，情况大有好转。“早知如此，当初我就该到这里来。”他向大夫鞠了个躬，是告辞，也是致谢。

哈娃年纪不大，开业行医还不到半年，哪来这么好的医道呢？她似乎看出我们的心思，“30年前，我就与草药和医学结下不解之缘。”她略带笑意，向我们讲述了她与草药结缘的故事。

她出生在半农半医的家庭，祖父和母亲是一辈子给人接生和用草药治病的乡间医生。小小年纪，哈娃就很有兴趣地记住了不少草药的名称，无数次看到过病人的痛苦和愈后的欢欣。她怀着为病人解除痛苦的理想，考进了护士学校，毕业后被分配到首都一家医院当护士。她如饥似渴地向大夫们学习现代医学知识的同时，还利用一切机会走访乡间医生，积累草药知识和收集处方，决心要探索一条吸收现代医学之长、发展本国传统医学的道路。

探索的道路是很不平坦的。在坦桑尼亚，用草药治病已有悠久历史。但因种种条件的限制，大量草药处方只在民间口头流传，并无文字记载，而且良莠混杂，真假难辨。不少的人不相信草药可以治病。哈娃懂得，只有用事实才能改变人们的认识和偏见。1976年，她着手进行对草药的分类整理和研究工作。

她对我们讲了一个用草药催奶的故事：几年前，她那个村子里有几个妇女为产后没奶发愁。哈娃早听说有一种草药可以催奶，但自己并未验证过。她想，何不先在自家奶牛身上试试。她到野外采来那种草药喂牛，结果使这头奶牛的产奶量一下子提高好几倍。这草药对人有没有害呢？哈娃不敢贸然将药方示人。恰巧不久，她自己产后坐月子，便煎服了这种草药，效果很好。随后，她又反复试验和确定了此药的制作方法和服用剂量。正是用类似的办法，她验证、完善和摸索出许多验方。

如今，哈娃用来入药的既有树叶、草根、花卉，也有贝壳、海鱼、河蚌，在她诊所的橱柜内，摆满各种绚丽的海螺，那是她采集制作的标本。她指着室内一盆开着小花的紫罗兰说：“这也是药材，可以治疗失眠。”

她的努力是感人的：每周工作 7 天；看病、组织药源、跑大医院征求对她新药方的化验结论，没一天得闲。她说："几个月来我瘦了，但不感到疲倦。"是的，理想，能给每个意志坚强的探索者以无限力量，对于这位立志开启祖国医药宝库的年轻女医生更是如此。

她的努力已产生成果。5 个月里，她治疗过的病人已有 1000 多人次，很多人的病痛因她的诊治而解除。翻着那本厚厚的诊病登记簿，哈娃满怀深情地向我们介绍他的病人：凯蒂，女，35 岁，结婚 5 年不育，吃药 1 个月后怀孕；萨里姆，男，45 岁，从小患哮喘病，在这里治疗 1 个月，痊愈。"萨里姆见人就说，你要是有哮喘病，赶快去找哈娃大夫。他成了我的义务宣传员。"说着，她爽朗地笑了。

10 平方米的诊所是狭小的，医学事业的天地却是无限广阔的。探索者总是在艰难中举步，在困难中摸索前进，但胜利，也总是向着不倦的探索者微笑……

本文与鲍世绍联署　1983 年 3 月 28 日

我们的美国邻居

我们报社驻美国记者站夹在华盛顿两条大街交叉的锐角处，这种地理位置使它在住户相对稠密的那片地方显得很特别：我们只有一个邻居。

这家的男主人叫诺里斯，是华盛顿某政府机构的职员，女主人玛格丽特在一个职业学校当老师。当时，他们的三个孩子中，大儿子已经工作，二儿子在读研究生，小女儿上大学本科。这显然是一个传统的不算富裕的中产阶级家庭：已工作的大儿子还住在家里，两辆低档汽车是按年度租用的。

美国人爱搬家，平均不到 5 年就会倒腾一次，而我到任时，记者站已与这家人为邻 14 年。我有些不解，有一次就问诺里斯先生，他笑道："因为有个好邻居，不舍得离开。"这倒不全是客套话，无论按美国还是中国标准衡量，我们两家都可以称得上是互谅互助、友善相处的好邻居。

华盛顿冬季常下大雪，马路上的积雪由政府的扫雪队清理，人行道上的则要住户"各扫门前雪"。这事还真马虎不得，倘若清扫不及时，行人在哪家门前摔伤，其医疗费、误工费全得由这家出。每逢夜里降大雪，诺里斯先生总是起得很早，清扫人行道上的积雪，并从两家的分界线上往前多扫几米，我们常想投桃报李，但机会总是很少。在马路和人行道之间有一块草地，虽是公共地界，但当地规定由临近住家负责修剪。我们两家"越界修剪"已约定俗成，"越俎代庖"也是常有的事。

两邻居间每年至少各宴请对方一次，春节他们到记者站过，圣诞节或感恩节我们则去他们家，这已成惯例。说实话，我对普通美国百姓的人情、人性、家庭生活、审美情趣等具体感性认识，多半来自邻里间这种无拘无束的交往。

到美国的第一个初冬，我犯了一个低级露怯的错误，但这却无意中测出了我们邻里间交情的深度。我的住房与邻居的厨房、客厅和他们家大儿子的半地下室卧室隔窗相望，中间只横着一块不到 10 米宽的草坪，草坪两边各放置一个粗重的空调压缩机，天热时，有室内旧空调的轰轰作响压着，尚可充耳不闻，天凉了，室内空调关了，压缩机刺耳的隆隆声让人难以忍受，尤其在夜深人静时。我多次以抱怨而揶揄的口吻对同事说："美国人怎么这么怕热？空调破到这个份上也不换换！"不止一次想把这种看法委婉地透露给邻居，但碍于下述两个理由打消了这种念头：也许他家大儿子住的地下室很闷热，真的需要开空调；要换一个中央空调对他们家也是个不小的经济负担。

一天，华侨老沈来记者站帮着整理草坪，他惊诧道："这么冷了，怎么还开空调？"原来，记者站老掉牙的中央空调系统早就出了毛病，室内的空调和室外的压缩机"各司其职"，要分别开关才行。这才真相大白。我对自己的疏忽大意和曾心存诿过于人的念头很是自责，也顿时对这家人增添了敬意，他们为邻居着想，宁可长时间受噪音之苦而隐忍不发，始终不肯将事情点破。

1999 年 5 月 8 日，以美国为首的北约野蛮轰炸我驻南联盟使馆，三名中国记者不幸遇难，在全中国激起了抗议浪潮，成为轰动世界的新闻，在美国也家喻户晓。炸使馆事件的第二天，玛格丽特夫人给记者站送了一盆白花，神情凝重，连说："我们很难过，实在对不起！"

一天，诺里斯先生告诉我，他要去北京出一次差，一个星期左右。我对他说："请务必留出至少半天时间去我们报社作客，曾在华盛顿工作过的我的同事一定会热情欢迎和盛情招待你。”从中国访问回来的第二天，他老远就向我打招呼：“你们在这里受苦了！”见我一怔，他忙解释：“你们单位简直太漂亮了，就像一个公园，里面还有一个有山有水的小花园！”一向谨慎的诺里斯先生还谈起政治话题：“除了在你们大门口站岗的，我在北京没见过一个警察，哪儿像我们这里，到处是警察！”

几年后，我离开美国，回到那个“有山有水的小花园”里，但万里之外这家邻居，却一直在我心里，直到今天。

2014 年 11 月 5 日

下篇

说东道西

喜欢用札记、随笔的形式解析时效性不强的国际现象，是多年养成的习惯，一种“职业病”。力求把枯燥的写生动，深奥的写通俗，严肃的写幽默，是长期的追求，艰难的跋涉。

洋人不兴厚礼

因工作关系，我去过许多国家，礼物自然也收到不少。有时看着这些来自异国的小摆设，不由得要发点感慨：国人送礼之风日盛，几成祸患，倒真该学学洋人不兴送厚礼的风习。

澳大利亚是我最早访问的发达国家，在那里，我传统的送礼观念受到很大冲击，因此至今难忘。十几天中，我们接触了从部长到农场主等各阶层人士数十人，每人收到4件礼品。海外新闻局送的是一本澳大利亚画册和一个笔记本，当时拥有十几亿澳元资金的全澳羊毛公司送了一条印有该公司标志的领带、一枚绵羊造型的黄铜徽章。我同一位在这里工作的中国同志谈起受礼的情况，他感叹道："'礼轻情义重'这句在中国不再时兴的成语，在澳大利亚倒名副其实。"

岂止是澳大利亚，别的国家也差不多。我收到的礼品多半是领带、圆珠笔、产品模型和别的什么小玩意。有的礼品也算有些来头，但同样不起眼。譬如，孟加拉国总统送的是一对黄麻做的茶杯垫，秘鲁副总统送的是一组泥捏的印第安人头像，维也纳市长送的是嵌在玻璃球中的该市市徽，波音公司的礼物是一架灰颜色的铁皮波音飞机模型。不管礼品大小，送礼时都很郑重其事，我们也入乡随俗地当面打开包装，说些感谢主人美意和礼物精美之类的话，主人则满意地笑着。在这种时候，我不止一次地想到，在外国人头脑中大概压根儿就没有"礼薄，送不出手"这根弦。

在国人心目中，日本人爱送重礼，但我两次访日后发现，情况并非如此，或者说已起了变化。主人所赠的礼品中，最像样的也不过是瓷盘、镜框、小闹钟等，显然谈不上有多大含金量。有一件事给人印象很深：我访问北海道时的日本陪同在访华时特意前来看我，饭后握别，他当着众人双手送我一个大信封。我请在场懂日文的同事看看信里写了些什么，原来里面只有 4 个信封、8 张信纸。一位同事戏言："日本人见面时不是喜欢说'多多关照'吗，这大概是要你'多多写信'。"

在许多国家，不兴送重礼已相沿成习。礼薄决不会被理解为送礼者小气和小看对方；相反，送礼过重反倒被认为小瞧人家，带有功利目的或贿赂之意，总之是花钱买没趣，招麻烦。看来，"礼轻情义重"，至理名言，中外同理，这或许是送礼的要义。

其实，洋人送礼是很有讲究的，并非不假思索，信手拈来。这讲究之一是，礼品要符合送礼者和受礼者的身份。从上面谈及的礼品上不难看出这一点。这里不妨举一个与之相反的例子。一次，我陪丹麦新闻代表团访问青岛一家很有名的食品厂。山东人实在，殷勤招待一番之后，还送给每位客人该厂产的各类饼干七八包，满满一大塑料袋。结果是，这些礼物被客人或悄悄送给了翻译，或干脆留在房间里。这里，主人犯了送礼不看对象的大忌：忘了客人来自万里之遥的北欧，忘了丹麦是曲奇饼干的故乡。

讲究之二是礼物要有纪念意义。一件好的礼品不论是取象于一位名人、一座建筑、一处胜迹，还是一个掌故、一种动植物，无不具有地方特色和民族特点，最能体现民族文化的内涵。客人在我客厅里欣赏高不盈尺的埃菲尔铁塔，巴掌大的孔朵拉小船，雪白的绒质驼羊，形态生动的木雕犀牛，大概会马上想到巴黎、威尼斯、拉丁美洲和撒哈拉沙漠以南非洲。不难想象，这些礼品会荡起收藏者怎样的记忆的涟漪。"礼品应是记忆的物化。"我想，不管是礼品的赠送者还是制作者，都应该记住这句话。

1996 年 2 月 13 日

日本非法捕鲸招人恨

正在兴头上的日本捕鲸活动挨了当头一棒。日前，海牙国际法庭做出判决：澳大利亚起诉日本违反《国际捕鲸管制公约》有效，判定日本在南极的捕鲸活动违反公约，必须停止该活动。对此，安倍大发脾气，训斥相关官员办事不力，输了官司；一些议员则聚在一起骂骂咧咧，大吃鲸肉泄愤。身为高官，都有失体统。

日本政要们如此歇斯底里，既有失面子丢利益后的恼羞成怒，也有把无理装成有理的小算计。因捕杀无度，鲸的数量逐年递减，有些稀有品种濒临灭绝。为制止这种状况，1986 年《国际捕鲸管制公约》生效。日本虽宣布放弃商业捕鲸，但阳奉阴违，捕鲸活动毫无收敛，每年成百上千、难以计数的鲸遭到射杀，对世界各国的抗议全然不顾。海牙法庭的判决，表达了全世界对日本的肆无忌惮已忍无可忍，也是对日本为非法捕鲸编造种种借口的有力反驳。

日本的借口很多，列举如下：

维护日本捕鲸历史文化传统。日本人的确自古就有食鲸肉的习惯，但当年捕猎方式落后，捕杀数量有限。到了现代，坚船利炮，设备先进，捕鲸如探囊取物。时至今日，日本还打着捍卫文化传统的旗号，无限制地涂炭生灵、掠夺世界公共资源，其行为无疑是自私、残忍、蛮横无理。

科研需要。这种说法越来越遭质疑和批驳。专家早就指出，以今天的科学水平，类似科研已无须宰杀研究对象，即使有特殊需要，也用不着大量捕杀。傻子都能看出，日本捕鲸科研是假，攫取商业利益是真。猎鲸被日本当作生财之道。

保护海洋鱼类。日本的说词是，一头鲸一年吃的鱼是其体重的若干倍。专家认为，此说法违反科学常识。鲸处于海洋生物链的顶端，对保持海洋生态平衡具有举足轻重的作用。说杀鲸是为保护渔业资源，纯属为自己的劣行狡辩。

对抗欧美。日本有人宣称，坚持捕鲸是为显示日本文化特征，潜意识里是与欧美对抗。这种言论与日本美化其侵略战争的诡辩如出一辙。日本一直鼓吹，它发动二战是为了帮亚洲国家摆脱西方殖民统治。此说荒谬至极，不值一驳。

日本的捕鲸言行，暴露出日本一些人的劣根性：贪婪、不讲信义、强词夺理、死不认错……实际上，在政治、经济、外交等各个领域，日本的很多行为又何尝不是如此？

从日本违反捕鲸公约的前科和一贯的处世之道，可以断言，日本不会老老实实服从海牙法庭的判决。近日，日本已有头面人物声称，“捕鲸深深植根于日本的传统和文化中。为了守卫鲸文化无论如何都要让商业捕鲸复活。”更有人扬言，为此可以考虑退出《国际捕鲸管制公约》。舆论开道，随后将是行动。要制止日本捕鲸行径，世界还真得想些过硬的惩治办法。

2014年4月8日

不应将“日本鬼子”群体扩大化

“日本鬼子”是中国人民在抗日战争期间对日本侵略者的称呼。战后，它成为华人对某些日本人的蔑称，含有厌恶憎恨之意。这个人群包括反华分子、军国主义者、极右分子等，成分复杂，人数不多，能量不小。对另一些日本人则有如下称谓：日本人，日本友人，中国人民的老朋友。安倍上台后的倒行逆施和高支持率，激怒了中国民众，一些中国媒体和民间舆论有模糊二者界限、一锅烩的趋向，将“日本鬼子”的人群扩大化。这有违中国对日本人区别对待的政策，不利于集中力量打击一小撮，也正中日本极右分子的下怀。

近年来，日本人对中国的认知和情感发生激变。眼看日本经济 20 多年停滞，中国飞速发展，GDP 总量超过日本，一种莫名的失落感、疑惧感涌上很多日本人心头。他们盼望有个强势人物把国家带出泥淖。家族背景显赫、作风强悍的安倍便成为他们心目中的理想人物。这为安倍的肆意妄为提供了土壤和保护墙。但是，他们选中安倍是希望他能振兴经济，改善民生，革旧布新，而不是要他醉心于否定侵略历史，扩展军备，与邻国关系悉数搞砸。安倍上月 26 日参拜后的一项民意调查显示，持赞成态度的民众为 43.2%，持反对态度的为 47.1%。不过，“赞同”者情况复杂，有人是铁杆右派，同安倍一个鼻孔出气；有人受右翼长期美化日侵略战争的宣传影响，正邪不辨，善恶不分，错误地认为日本是“成王败寇”的逻辑结果；有人受神道文化熏染，认为祭祀亡灵没啥大不了的。无论如何，赞成参拜无疑为安倍撑腰壮胆。但要看到，其中相当一部分人对参拜一事的理解，若以40%多的参拜支持率作为日本社会整体右倾的一个例证，值得推敲。

日本政党林立，有国会议席的12个政党中，公明党与自民党联合执政，其余皆为反对党。有关侵略历史、参拜、慰安妇等问题，除以石原慎太郎和桥下彻为头目的维新会与安倍沆瀣一气，在其他主要反对党中没有什么市场。安倍参拜的第二天，最大反对党民主党党首海江田万里就对安倍提出批评："处在内阁总理大臣位置的人应该自重，与过去的历史划清界限。"执政的公明党及日本共产党等也表达类似观点。事实表明，在日本政界，极右分子不过是极少数，他们能如此兴妖作怪，就因为把持着政权。

如何对待安倍当权的日本，中国学界和民间有两种不同的意见。一种主张抵制日货，制裁给安倍经济和军事支持的日本企业，压低民间交流。另一种认为应促进两国经济往来，扩大民间交往。有分析指出，前一种意在狠打安倍，很解气，但受到伤害更大的可能是日本老百姓和两国长久关系。况且，这也太抬举安倍，此人不过是中日交往史上的匆匆过客。

中日近几十年的交往中，日本有"以民促官，以经促政"的传统。1972年两国建交，日本民间友好人士和大企业功不可没。中国学者提出扩大经济和民间交流，正是基于这种考虑。中日两国人民都不愿意相互抵触、碰撞，更不用说兵戎相见。放眼长远，即使成不了好邻居，至少也应保持平安相处、互通有无的正常关系。

中国老一辈领导人曾高瞻远瞩地指出，要将日本广大人民和战争发动者区分开来，日本人民也是侵略战争的受害者。这感动了无数日本人，也为两国关系发展奠定了基础，两国经济合作不断扩大，迄今，在华日企达两万多家，为1000万人提供就业。

当前，我们应结成包括日本广大民众和有关政治力量在内的广泛国际统一战线，将斗争的矛头对准日本极右分子，制止日本走军国主义道路，捍卫二战胜利成果，维护东亚乃至世界安宁。“为丛驱雀，为渊驱鱼”应永远跟我们无缘。

2014 年 1 月 7 日

对骆家辉应“三不要”

从到北京任美国驻华大使以来，骆家辉在公众场合的一言一行几乎都成为新闻，而且引得中国媒体做针锋相对的诠释，此种现象实属罕见。如果媒体只是一时图新鲜，凑热闹，也就罢了，倘若成为常态，对骆家辉践行使命只会有害无益，中国媒体也显得有失体统，自贬身价，让外人看不起。

要改变这种不正常的状况，国人尤其是媒体对待骆家辉应持“三不要”态度。

第一、不要对他有过高的期待。骆家辉是华人，他应该比他的前任们对中国好一些，照顾一点，这是不少国人的心理。但事实告诉我们，可千万别这么想，否则会大失所望。诚如骆家辉所说，他是地道的美国人，百分之百代表美国利益。这是大实话，白宫和国会山是他的主宰。所以，别以为肤色相同，语言可以沟通，或者有点沾亲带故，别人就会对你另眼相看，优渥相待。有时或许恰恰相反，相关的人有可能对中国更严厉，更不宽容，以撇清与中国的关系，表示对自己国家的忠诚。讲一口流利汉语的陆克文当选澳大利亚总理时，曾有不少国人暗自心喜，以为这会给不怎么样的中澳关系带来转机，结果陆在任两年，两国关系并不比他的前任好到哪里去。他还提心吊胆，生怕反对党给他扣上“亲华”的帽子。菲律宾总统阿基诺三世，每次访华都要搞什么寻根祭祖，但就是他在南海问题上闹得最凶。当然，不论中方还是骆家辉本人都不希望上述状况出现。

第二、不要把他过分政治化。作为大使，骆家辉少不了要讲外交辞令，公开活动自然有政治意图，为美国利益着想，坚持美国价值观。这其实是驻外使节的天职，任何一位大使概莫能外，否则国家派他出去干什么？自然他也不能损害中国的利益。但作为一个日常生活中的人，如果把他美国化的生活方式，个性化的行为举止，统统涂上政治色彩，就难免要偏离事实，背离实事求是精神。前阵子，骆家辉自己背背包，用优惠券买咖啡，乘飞机坐经济舱，都被很多中国媒体反复炒作，因为媒体观点分歧对立，双方还唇枪舌剑起来。有的说骆家辉是“政治作秀”，宣扬美国官员廉洁，有的反驳这太牵强附会，是泛化意识形态，有的则是拿骆家辉说事，意在搞醉翁之意借题发挥。如此等等，简直越扯越离谱。

骆家辉初来乍到，对这些不知他做何感想：新鲜？有趣？诧异？但有一点可以肯定，如此舆论氛围，对他顺利开展工作不会有帮助，只会添干扰。除非他心如古井，定力超凡。而他未必修炼到这一步。

三是不要对他过多关注。大使是个有些神秘色彩的职业，媒体对他们比对常人多些关注也属正常。目前外国驻华大使有 100 多位，有的刚来华履新，有的则驻华 10 年以上，有的在国内也曾身居要津，有的不乏传奇故事。对他们提出采访要求，不论是面对面，还是网上访谈，一般不会遭拒。作为第一个华裔美国驻华大使，又曾任本届政府的商务部长，骆家辉受中国媒体青睐也不奇怪。但像前些时候那样，盯着人家一行一动，一有点算不上神秘新闻的新闻，就一窝蜂地拥上，还七嘴八舌，甚至不着边际地议论，堂堂中国媒体，会让人家怎么想，怎么看？

当年老布什任美国驻华联络处主任时，夫妻二人经常骑自行车在北京串胡同，进小店铺，见平常人，小布什来北京探望父母时，也爱骑自行车满城乱转。那时对此有报道，有传闻，但不过分。这些已成美谈的往事主要出现在他们的回忆录中。

中美关系的重要性和复杂性注定骆家辉此番出使中国重任在肩。但愿他不辱使命，心无旁骛，促进中美两国人民的相互了解，推动中美关系健康发展。我们应为他提供方便，给予助力，而不是相反，更不能让他干不下去。

2011年9月28日

对比中韩电视剧

影视是一个国家的文化走向世界的桥梁和手段。说到这方面的佼佼者，人们首先会想到美国好莱坞电影和韩国电视剧。以家庭剧和宫廷剧为代表的韩剧被称为“韩流”，汹涌亚洲，冲击世界。对比我国电视剧难以走出国门的窘境，分析韩剧的成功之处，对中国文化如何走向世界，无疑会有所裨益。

按照内容，韩剧大体可以分为社会剧、历史剧和娱乐剧。前者比例最大，重在反映普通人的平凡生活，特别是家庭剧中那些邻里、夫妻、父子、妯娌之间的互相关爱帮衬、龃龉摩擦、小吵小闹、小悲小喜，看上去琐琐碎碎，絮絮叨叨，但反映的是底层民众的真实生活，触动的是人类文化和人性中共通的东西，并进行了恰如其分的展示，因此能在不同年龄段、不同文化背景的观众中引起共鸣。韩剧又大都带有儒家文化的烙印：和睦邻居，克己让人，父慈子孝，兄友弟恭，让中国观众有种久别重逢的亲切感，西方观众则会从东方的人伦关系中油然生出惊奇感和羡慕之情。可以说，真实和具有打动人心的内涵是韩剧能风行全球的最大秘诀。

反观相同类型的中国电视剧，有的过分追求豪华、铺张，有太多不合情理的情节安排，让人觉得不真实，脱离实际生活，而失真是艺术的杀手，是使影视失去观众的致命伤；有的急于阐释某种政治理念和诉求，生硬得让人敬而远之；有的则对“民族的就是世界的”作片面解读，强调国别特点而缺少对人类文化普遍性的重视，剧中对话和场面，对中国观众来说不失机智幽默，耳熟能详，但外国人可能如坠入云里雾中，懂都不懂，何来感动和接受？总之，缺乏真实性和人性共通的元素，是中国电视剧难出国门的主要障碍。

中国电视历史剧的深度和高度及场面宏大皆非韩剧可比，但一个致命伤是宫廷剧大都充满钩心斗角，阴谋暗算，惨烈的战争场面又过分真实，杀头断臂，血淋淋的骇人。不难想象，分不清时代背景的外国观众，对中国人难有好印象。

学习韩剧走向世界的成功秘诀，还有一点值得注意，即尽量把画面拍得唯美、时尚，引领潮流。韩剧特别注重精美，美的背景，美的画面，美的剧中人物。为了后者，许多演员都做过整容。现实生活中不可以貌取人，影视作品则不然。爱美之心人皆有之，剧中俊男靓女能给人赏心悦目的美感享受。韩剧这一特点效果甚佳，看过韩剧的外国人多半会认为：韩国漂亮，韩国人好看。不少偶像派演员成为韩国的名片，像裴勇俊到国外演出经常会“刮旋风”。他给人的感觉与韩剧的特色相吻合，温暖、阳光、亲切、自然。

2013 年 1 月 8 日

韩国老人为啥71岁还工作

据常驻韩国的记者说，在韩国大城市里有种景象令人感慨，不少六七十岁的人还在工作，有的老人佝偻着身子捡垃圾谋生，他们属于“老年破产”这一特殊人群：退休后收入锐减，靠养老金难以维持生计，只能找个活干以养家糊口。

老年贫困是全球现象，但韩国格外突出。在世界经合组织34个成员中，65岁以上老人的平均贫困率为12.6%，韩国高达49.6%，居该组织成员国之首。

韩国早在多年前就进入经济发达国家之列，为何老年贫困现象如此严重?

首要原因是养老金制度长期不到位。韩国虽被西化多年，但东方传统文化、社会伦理依然影响很深。韩国没有效法西方很多国家“高税收、高福利”的做法，直到1988年才建立起全国性养老金体系，而这只能使1/3的65岁老人受惠，大多数人是在职业生涯结束后才加入这一体系，获得养老金的比例非常小。举例说明：69岁的金敏秀，退休前在仁川一家工厂任工程师，月薪400万韩元(约合3810美元)，退休后59万韩元(约合562美元)成为他与老伴的主要收入来源。他们每月最低生活成本约为200万韩元(约合1905美元)。这使他虽然也渴望休闲养老，却不得不降低身价，外出打工。

落后于时代的传统观念也是造成“老年贫困”的重要原因。西化这么多年，韩国却不像西方国家那样，孩子养到18岁就放手，让他们自己闯荡，更多靠自谋生计。韩国父母“望子成龙、养儿防老”的想法较重，为了培养孩子，不惜投入金钱和精力，指望将来子女会给他们养老送终。据最新数据，在韩国，将一个孩子从小培养到大学毕业，花费约合人民币170万元，这相当月薪百十万韩元者10年的收入。孩子结婚费用父母也得筹措，有了第三代有的还要帮衬一把。结果到退休时，收入骤减，没有积蓄，有的还负债，生活陷入困境。

现实情况是，“望子成龙”如愿者寥寥，“养儿防老”的梦想大都破灭。有出息的孩子到了大城市，变成房奴、孩奴、卡奴，想孝顺父母也多半有心无力；亲情淡薄的，早不把孝道放在心上。韩政府的一项调查结果表明，过去15年来，认为应该赡养父母的子女比例从90%减少到37%。

因此，对很多退休老人来说，再找份工作，干个十年八年，是不得已的选择。韩国的法定退休年龄是60岁，结果实际平均“退休”年龄为71.1岁，在经合组织中仅次于墨西哥。

有的韩国退休者自我调侃：好在韩国人活得长，预期寿命如今已达81岁，还有10年时间留给我们自由支配。这话听起来有些苦涩。

2016年3月29日

我们向非洲人学什么

我们应向非洲人学什么？这是近年来被不断提起的话题。目前在非洲的中国企业已达 2500 多家，在那里工作的各行各业的中国人数以百万计。无论是从“入乡随俗”方面着想，还是从精神道德层面考量，向非洲人学习都不应止于口头，他们值得我们学习之处着实不少。譬如：

敬畏自然。出于对“万物有灵”的虔诚信仰，非洲人对山川河流、花草树木和野生动物都怀有怜惜和崇敬之情，对乱砍滥伐、乱捕滥杀的行为深恶痛绝。像坦桑尼亚，素有“野生动物乐园”之称，斑马、犀牛，狮豹、羚羊，品类数量之多，雄冠天下。而住在野生动物保护区周边的多是穷人，他们即使饿肚子也决不吃“丛林肉”，更没有人偷偷开“野味店”，发不义财。这多半并非慑于法律的威严，而是出于自我道德约束。只有在个别旅游点开设的西餐馆才有野味供应，对象主要是喜欢猎奇的外国游客。

遵守秩序。我在非洲工作多年，访问过东部、南部非洲十多个国家，从未见过当地人吵架斗殴。他们乘车、购物都耐心排队，井然有序，没人加塞和往前挤，上车也没人争先恐后抢座位。这实在令人感叹：他们物质匮乏，也不像受过多少教育，却那么彼此宽容，懂得礼让。看看我们，排队加塞，在公共场所吵架，乘车为抢座大打出手，真叫人汗颜、寒心。

乐于助人。在非洲问路，不担心遭冷落，怕的是对方太热情。不厌其烦地指点是绝对的，碰上热心的，还要执意送上一程，弄得人很过意不去。坦桑农村基本是土路，下乡采访时，车子不止一次陷在泥里或底盘被突起的土块顶住，动弹不得。这时候，附近的村民闻风而至，帮着推车、抬车。通常我们送他们一点中国的小礼品，或撒包香烟，有时拿不出什么，他们也不在意，车子开动，他们乐哈哈地冲我们喊："祝你们好运！"

很少私心。从在非洲的中国专家那里听到的两个事例，至今难忘：送当地工人一包香烟，他绝不会揣进兜里，留着自己抽，而是把它发给在场的人；给当地孩子一听罐头，他不会拿着跑回家，而是当场打开，跟小伙伴分享。曾有个似是而非的说法：非洲人私有观念缺乏，阻碍了非洲经济的发展。此说对错姑且不论，面对我们眼下"天下熙熙，皆为利来；天下攘攘，皆为利往"的物欲横流，非洲人的私有欲寡淡，显得格外可贵可爱，令人钦羡。

知恩图报。任凭国际风云变幻，非洲人始终视中国为"全天候朋友"，对中国的支持帮助感念不忘，并给予切实回报。远的有，"把中国抬进联合国"；近的是，针对西方诬称中国在非洲"推行新殖民主义"，他们仗义执言，予以有力驳斥。非洲人可不像个别亚洲国家那样，从中国得到大把好处，却又回过头来反咬一口，忘恩负义，十足的白眼狼。

过慢生活。很多人都听说过，非洲人下班时间一到就走人，决不加班，给多少加班费也不动心。在他们心里，钱固然重要，但重不过自身的惬意；非洲人时间观念差是出了名的，"非洲时间"一说明显含有贬义，如今则有了备受推崇的"放慢脚步过日子"的正面解读。非洲没有那么多剧场和演出队，天地就是他们欢歌狂舞的舞台，个个是本色演员，自娱自乐，其乐融融。

非洲人极少有"过劳死"，对抑郁症似乎也很陌生。他们在慢节奏中把清淡的生活过得有滋有味，以欢悦、自在、不受物役的活法，展现了值得称道的生活理念，实践着为过"好日子"疲于奔命的现代人所向往的生活方式。

2014 年 5 月 16 日

关于非洲，好些信息有用且有趣

前两天，参加了一个向非洲推荐100家中国企业定评会，此项一年一度的活动是由“中非工业合作发展论坛”主办的。这家成立整整十年的机构负有两项使命：向非洲介绍中国优秀企业是其一，另一项是通过发布年度报告向中国企业家介绍非洲经济状况、工业化前景及其需求，细到国别和具体领域。

看了论坛刚出的2017年度报告和有关资料，觉得有些信息有用且有趣，值得同大家分享。

一、非洲54个国家经济发展很不平衡，国力相差悬殊，有两个“超级大国”。从GDP增速看，东部非洲最快(5.3%)，其次是北非(3%)，再次是南部非洲(1.1%)，中非殿后(0.8%)。两个“超级大国”尼日利亚和南非，占非洲大陆GDP的50%。

尼日利亚作为非洲第一大经济体，石油和天然气是其经济支柱。为摆脱对石油的严重依赖，该国经济开始向多元化发展。目前，尼日利亚的基础设施、农业、制造业、旅游业等均存在众多投资机会。

南非的四大经济支柱是矿业、制造业、农业和服务业，黄金、钻石生产为全世界第一。2017年南非经济增长为0.8%，今后几年存在加速发展的潜力。

非洲各国国力悬殊。2017年，尼日利亚和南非的GDP分别为3950

亿美元，3440亿美元，而排名倒数第一第二的圣多美和普利西比及科摩罗仅为3.7亿和6.6亿美元。

二、中国绝对是非洲第一大贸易伙伴，美国、日本和欧盟难以望其项背。以2014年为例，中非贸易额高达2200亿美元，美非贸易额不足800亿美元，日本300亿美元不到。

出人意料的是，2015年和2016年，中非贸易额分别下降为1790亿美元和1491亿美元。原因很多，有中国经济调整进口减少的因素，有某些非洲国家受战乱和自然灾害影响，还有一个是，这期间国际市场上石油和矿产资源等原材料大幅降价，这意味着与往常相比，同样多的实物买卖，体现为交易额却要少许多。

2017年，中非贸易向好发展，前11个月同比增长14.8%，预计2018年状况会有更大改善。

三、几大热门行业。汽车，非洲12.5亿人口中，只有5%的人拥有汽车，市场潜力巨大。太阳能电力，非洲日照条件得天独厚，电力缺口巨大，太阳能发电前景喜人，中国出口的光伏支架产品将更受青睐。互联网，目前非洲上网人口约有3.88亿，互联网市场发展空间巨大。手机，非洲是超越座机阶段直接使用手机的大陆，当地人最爱物美价廉的中国手机。华为1998年进入非洲，以其强大的竞争力迫使很多西方同行退出非洲市场。

四、在非洲的中国人超过100万。除了数量有限的使馆人员、医疗队员和公司公派人员，绝大多数人是国门打开后到非洲打拼的个体经营者，行业五行八作，足迹遍及各国。人数最多的国家为：南非25万人；安哥拉20万人；尼日利亚15万人；马达加斯加5万人，另外还有带有中国血统的华裔十余万人；3到5万人的国家有津巴布韦、苏丹、阿尔及利亚、毛里求斯等；1万人以上的有刚果（金）、埃及、坦桑尼亚、莱索托。

值得一说的是，人们爱把在非洲的中国人同居住在那里的250万户印度人作对比。中国人把非洲当客栈和生意场，叶落归根的情结很重，怀里揣着非洲国家的护照，也不把自己视为非洲人。印度人则不然，他们认同自己所在非洲国家的国籍，通常自称是非洲某国人，而不说是印度人。有人形容他们是：梦里不知身是客，此心安处是吾乡。这使印度人在非洲有潜移默化的社会和政治影响，在很多非洲国家，印度裔当部长议员的大有人在。南非独立后，曼德拉首届内阁里就有 5 个印度裔。

五、同非洲人打交道的几个禁忌。

1. 打招呼忌用左手，正确的方式是：举起右手、掌心向着对方，以示“我的手里没有握石头”。此为友好的象征。

2. Negro 和 Black 是禁句。非洲人对这两个词有抗拒心理，而且不承认其含意。强调肤色不同，在非洲是最大的禁忌。称呼非洲人，最好以他们的国籍相称。

3. 喊非洲土著人为 African 可要犯大忌。在非洲，这个词并非泛指所有非洲人，而是特指一群人，那就是南非共和国荷裔白人。非洲土著对这个词极度厌恶。

4. 用力握手是善意的表示。与人握手有气无力，被视为礼貌不周，虚与委蛇，缺乏诚意。在他们看来，握手用力的程度跟对方好意的程度成正比，握到麻木生痛，那才叫够哥们。

2018 年 1 月 24 日

中非关系真相和美国政要的扭曲心理

3月上旬，时任国务卿的蒂勒森访问非洲五国，其间不停抹黑中国，称“中国的掠夺性贷款加大非洲发展对中国的依赖性”，“会削弱非洲国家的主权”。3月25日，美国国会众议院情报委员会主席努涅斯继续借题发挥，声称“在非洲投资基础设施建设让北京能在联合国投票时对相关非洲国家施压。中国给你几十亿美元建造铁路港口，非洲国家会发现这其实是有代价的”。他还扬言，该委员会将调查中国在非洲的投资。

人们常说，事实胜于雄辩。让我们通过截至2015年的统计数字来认识真实的中非关系。针对非洲国家的实际需要，中国对非洲的援助集中在四个领域：基础设施建设、农业、医疗卫生和人力资源开发。

基础设施领域，已完成的援建项目有5000多公里铁路及长度与之相仿的公路；机场14个；港口10个；34个发电厂；80万人座的体育场，等等。

农业领域，共建22个农业示范中心，先后派出1万多人次的专家赴非洲传授经验，每年组织数十个不同农业领域的培训班，邀请非洲农业技术官员到中国学习。

医疗卫生领域，建立了68所疟疾治疗中心，200个医疗点。从1963年开始，先后向40个非洲国家派出42个医疗队，达1.8万人次，有51位医生牺牲在援外国家，主要在非洲。值得一提的是，2014年，埃博拉病毒肆虐西非三国时，中国第一个响应世卫组织的求援呼吁，派出超过

1000 人的 16 批专家，提供 7.5 亿元人民币人道主义援助，为抗击病毒做出重大贡献。

人力开发领域，共向非洲提供 7300 个政府奖学金名额，为 50 个非洲国家培训各层次人员 1 万多人次，每年开办不少于 100 个各种面向非洲和发展中国家的人员培训班，体现了中国“授人以渔”的援非原则。

中国以下列两种形式向非洲提供资金援助：无息贷款和年利 2% 的低息贷款。中国已不止一次免除特别困难的非洲国家的债务，今年 3 月宣布已免除 20 个非洲国家 2015 年底到期的无息贷款债务。以债权国身份胁迫债务国从来为中国所不齿。

中国同非洲的贸易，2014 年曾达到 2200 亿美元，中国物美价廉的商品为提高非洲民众的生活水平发挥了很大作用。

有种说法是，中国给非洲国家投资贷款是为了获取那里的石油和矿产。这是很大的误解。实际上，非洲的石油和矿产早就被西方公司所掌控。中国从非洲进口的石油仅占进口总量的 20%，主要来自安哥拉。中国采用“资源换项目”方式，即中国帮它建设基础设施，它向中国出口石油。

中国同非洲合作始终坚持两个“绝不”：绝不以牺牲合作国的长远利益和生态环境为代价，绝不走掠夺式开发和巧取豪夺的殖民老路。中国是要帮助非洲国家实现可持续发展和持久和平。

对于中国的非洲政策和援助效果，许多外国政要和西方媒体给予的积极客观评价，不胜枚举。

德国《时代周刊》称，据估计，中国在非洲有上万家企业，为当地创造就业机会、提供新产品和振兴经济。有一点可以肯定，中国人在非洲大陆的发展给彼此都带来新机遇。

法国《世界报》称，中国愿与非洲所有国家合作，这种外交姿态使中国在非洲广受欢迎。

英国《金融时报》称，在联合国安理会常任理事国中，中国驻非维和部队人员最多，中国是非洲第一大贸易伙伴，2016年末在非洲投资突破1000亿美元大关。在非洲，从公路、铁路、电讯到基础设施，中国身影无处不在。

加拿大《魁北克报》称，在西方投资者对非洲避之唯恐不及时，只有中国愿意承担风险，为这个大陆带来大量的项目。因为与中国合作，非洲才有了全新的铁路、城市和港口。

赞比亚前总统卡翁达表示，中国人是真心帮助非洲，中国是非洲全天候的朋友。乌干达总统穆塞韦尼认为，目前中国在支持非洲和乌干达方面做得更多，中国正在与非洲实现共同繁荣。

美国政府长期忽视非洲，到特朗普则升格为蔑视和厌恶。他称海地和非洲是"粪坑"，上台一年多，还未提名负责非洲事务的助理国务卿，好多驻非大使空缺。他不履行非洲疾病控制中心项目建设的承诺，已宣布过的《非洲电力计划》《非洲青年领袖计划》《非洲成长与机会法案》统统被晾在一边。因此有评论指出，美国政治人物诋毁中国在非洲的举动，完全是心理扭曲的表现。

非洲要发展，需要国际援助多元化。中国希望美国在援非方面有所作为，中国愿意同美国合作，帮助非洲经济可持续发展，实现社会长期稳定。

2018年4月26日

在非洲当记者甘苦多

1982年底到1986年初，我作为人民日报常驻记者在非洲生活3年多。期间，以坦桑尼亚和津巴布韦为基地，采访了东部和南部非洲十多个国家。在非洲工作的这几年，是我30多年新闻工作生涯中最值得怀念的岁月。

当时非洲正遭受西方转嫁经济危机和严重旱灾的折磨，困难之大超出我的想象。以坦桑为例，其工厂开工率不足30%，物品极端匮乏。坦桑周围不少国家，情况大同小异。我们抵达首都达累斯萨拉姆的第二天，为了买卫生纸和脸盆，费了近半天时间，几乎跑遍该市大小商店，结果空手而归。自来水厂常因机械故障失去过滤功能，倘在雨季，水龙头中流出的水便挟带泥沙，或伴之以烂草腐叶，饮水得用明矾沉淀，白衬衣很快就被洗成黄色。

这些国家的信息闭塞，消息来源很少。坦桑当时没有电视；有几个国家只有一份4开的小报，很少报道地区和国际大事；多数国家没有统计数字；各级官员对本国情况不甚了了。

材料的缺乏以及为了增加报道的现场感，我们不得不经常外出采访，而且只要条件许可，就尽量乘长途汽车或自己开车，以增加旅途见闻。我们曾在博茨瓦纳作过从北到南穿越卡拉哈里沙漠900多公里的旅行；涉足赤道雪山下的咖啡园；深入闻名于世的马赛族聚居区；徒步环游远离非洲大陆2000多公里的鸟岛。对坦桑偏远农村的历险访问，至今历历在目。

那次，我们采访的对象是“革命妈妈”阿夏老人。她在反对殖民主义的斗争中功勋卓著，国家独立后，老人先后被选为坦桑革命党中央执行委员和中央委员（相当于政治局委员）。1967年，她响应党中央关于改变农村落后面貌的号召，毅然辞去一切职务，到一个落后的农村落户蹲点。我们去访问她时，正值当地旱季接近尾声，广大农民正用古老的传统耕作方式，放火烧荒，准备播种。田野上到处浓烟烈火，车迹罕至的道路崎岖不平。我们的车子三次被凸起的土垄顶住肚皮，动弹不得，幸亏得到老乡的帮助，才免受抛锚荒野之苦。阿夏老人常回首都开会，对她的采访可以坐在办公室的沙发上进行。但是，如果不去农村，离开农村这个典型环境，如果不在《悠悠报国心》这篇通讯中加进“她两脚沾满新鲜泥巴”，以及当地百姓对她的衷心拥戴和怕她离去的言语行动细节，就没法充分揭示这位革命老人弃官务农之举的意义，以及她不计个人得失、忧国忧民的高尚情操。

1985年，遍及大半个的非洲的特大干旱继续蔓延。9月，对非洲统一组织首脑会议的采访一结束，我们即报名参加了由来自欧、亚、美洲的数十名记者组成的埃塞俄比亚灾区采访团。搭乘的是军用飞机，舱内没有座椅，只有紧靠舱壁的两排冰冷的铁凳子。没有食品饮料供应，机舱尾部则放有一个供呕吐和解手使用的大木桶。飞机清晨从首都亚的斯亚贝巴起飞，载着我们在好几个难民救济中心一次次起落。直到晚上8点多，我们才被安排在一个小城市的旅馆。旅途的颠簸劳顿，整日食水未进，记者们都被弄得精疲力尽。但我没法入睡。无边的沙海崇山，死蛇般干涸的河流，褪尽了绿色和失却了生机的大地，骨瘦如柴、坐待救济的饥民的悲惨状况，一幕幕在眼前闪过。作为记者，必须尽快将一天耳闻目睹的景况告诉读者：非洲灾情严重，非洲人民急需救援！我们那篇通讯《埃塞灾区行》被破例地登在国际版头条，读者反响较大。一分辛劳，一分收获。我们为苦没白受而备感欣慰。

作记者要腿勤、嘴勤，四方求索，“不耻下问”，在信息匮乏的地区采访尤其需要如此。

借坦桑同肯尼亚飞机通航的机会，我们在内罗毕逗留 3 天。时间紧迫，我利用一切机会同旅馆服务员聊天。他们中的一位特地提早上班，热心地领我到旅馆楼顶，打着有趣的比喻，将市区的高大建筑指点给我看。正是在他的帮助和启发下，我这个建筑艺术的门外汉，在《内罗比速写》一文中，对该市的建筑作了如下的描绘：“它们或如耸立云表的古塔，或似刚破土而出的蘑菇；仿佛雕镂精细的圆柱笔筒，宛若光华熠熠的多棱明镜；有的作凌空欲飞之势，有的呈落地生花之态……”

记得一位很有名的外国同行说过这样的话：记者这个行当是很苦的，它可能会使人减寿，但很少人能有记者那么多苦去甘来的快乐。他的这番话，恰如其分地道出了我在非洲当记者三年多的深切感受。

2018 年 5 月 4 日

从特朗普说安倍夫人“不会英语”说起

特朗普总统真是个心里存不住话又爱下断语的人。

7 月 19 日，他在接受《纽约时报》专访时透露，安倍夫人安倍昭惠不会说英语，连“你好”都不会，存在“语言沟通障碍”。他这是对上月 20 国峰会时一次宴会上的经历有感而发。安倍昭惠就坐在他旁边，宴会持续 1 小时 45 分钟，她始终闭口不语，令特朗普很尴尬。

小事一桩，但议论不少。有人指出，特朗普的判断有误，安倍夫人不是不会讲英语，是故意不讲，何以如此，一定别有缘由。这一看法显然更靠谱。

安倍昭惠出身名门，受过良好教育，这些年没少跟着丈夫出国，说她不会讲英语是假，不想讲是真。她很可能担心特朗普会说出什么话，让她领悟不了，回答不妥。或者，她不同特朗普搭话，是觉得自己英语说不好，与其张嘴露怯，不如闭口不语。

在日本，挺有身份的人却英语讲得蹩脚，阅读能力不错但张不开口，是普遍现象。说起来好笑，这怪不得个人，而是有生理和历史原因。多年前我写过短文，聊过这一怪现象。

作为一个发达国家和西方集团的成员，日本会讲英语的人怎么那么少？凡访问过日本而又懂点英语的中国人，大都会带回这样一个疑问。

英语在日本不流行、不普遍是显而易见的。即便在五星级宾馆，会讲英语的服务员也不多，你想问点事，她们的反应往往是连连哈腰和不断地“嗨，嗨！”像是懂了，其实她们根本没弄清你的意思。出租汽车司机中，就连专跑机场、火车站等大码头的，听得懂英语的也是凤毛麟角。哪像在北京，稍见过场面的司机总能来几句“洋泾浜”，反正好歹也不会让老外坐蜡。能讲英语的日本官员比例也不高，个别人说得倒挺流利，但由于发音关系，外国人不太听得懂。

如果从1868年明治维新算起，日本向外开放也有近150年了，去日本的外国人不少，日本生意人更是满世界跑，每年出国旅游的日本人至少有1000万。国际交往如此长期、广泛，怎么英语口语就那么不普及？

就此，我多次问过日本朋友，回答各式各样。一说是日本人舌头硬，音域窄，26个英文字母中有4个发不准；一说日本学校长期相对忽视口语，学生脸皮薄，发音不准就更不愿开口，不张嘴自然就讲不好。还有一种说法：这是吃了用片假名注释英文发音的亏，就像中国某些初学英语者，为了好记单词，把英文“good morning”（早上好）注为“狗得帽儿宁”，将“mother”（妈妈）标成“马仔儿”。这样学成的英文别想让人听懂。对外来语用片假名注音，在日本不是学生的个人行为，而是政府行为，其缘由是，日本急于学习外国先进技术，大量吸收外来语，甚至来不及找合适的日语对应词，用片假名注音自然最省时省力。这一做法确实对推动日本科技和经济发展立下过汗马功劳，但同时却为日本外语教学和日本人学好外语设下了不易逾越的障碍。如今明知不好，也无法丢开，只能沿用。

日本对外国的好东西善于吸收模仿是出了名的。这方面，日本不止于拿来主义，而是对外来的东西消化、吸收、改造，变成自己的。所以尽管日本人得诺贝尔各类科学奖的算不上多，但利用别人科研成果制造的产品却打遍天下，常常把那些大把搂诺贝尔科学奖的国家弄得又气又急，无计可施。

然而，日本用这种办法吸收借用外来语，却不能不说是个大失误。试想，广大国民总也说不好国际上广泛使用的英语，这对国家对外交往是怎样的限制和损失？在世界经济进一步走向一体化，国际交流更加密切的今天和明天，这个弊端无疑将更加凸现。

从日本人讲不好英语的事实中，我们很可以进一步领悟点什么。就说借鉴外国，我们不光要学好的，对人家走过的弯路、歧途也别忽视，以免重蹈覆辙。同时要把目光放远些，思路放宽些，譬如，眼下看似好的东西，会不会日后留下祸患？

2017年7月25日

特朗普举贤不避亲，上阵父子兵

处世为人特立独行的特朗普，用人之道也颇具特色，最炫目的是：举贤不避亲，上阵父子兵。面对非议讥讽，轻虚名重实利的这位总统，置若罔闻，我行我素。

6月8日，一幕新编“上阵父子兵”的活剧生动上演。这天，被罢免的前联邦调查局局长科米到国会安全委员会作证，他指控特朗普曾要求他“效忠”，不要继续追查弗林的“通俄门”一事，一口咬死特朗普撒谎。总统之子小特朗普连发30条推文，对科米的证词逐条驳斥，证明自己父亲没有撒谎，没有阻碍司法调查，勇气十足，表现出救父于危难的奋不顾身。

在科米作证时，特朗普一反常态，40个小时默不作声。不论是否有意安排，这番儿子代父上阵的场景，无疑更坚定了他对自己用人之道的坚定不移。

早在上台问政不久，特朗普就委任女婿库什纳为“总统特别助理”，头衔虽然有些虚，因有岳父撑腰，权力却很实。照媒体形容，他在白宫椭圆形办公桌前的分量越来越重，逐渐成为总统麾下的核心人物，频频参与重大政策决策，甚至有“影子国务卿”之称。

这还不算。3月27日，特朗普宣布成立“美国创新办公室”，由库什纳牵头。在美国，这样的部门名称够新鲜，职能也的确不一般。特朗普对政府机构臃肿、效率低下的状况很不满，想要把经商时“提前完工、低于预算”的套路用到政府中。女婿心领神会，声言“政府应当像一家了不起的美国企业那样运转。”一接手就开始问计于美国商界精英，包括微软的比尔·盖茨和苹果公司首席执行官蒂姆·库克。雄心勃勃，准备大干一场。

库什纳虽精明能干，但毕竟才36岁，又毫无从政经验，特朗普觉得须不失时机为其树威解困。举两个例子：一次内阁成员和共和党领袖在白宫议事前，特朗普开玩笑说，这阵子库什纳比他都出名，他都眼红了。听出话外之音的一位与会者向库什纳示意：这是一枚荣誉勋章；4月中，白宫首席战略师班农被踢出国家安全委员会，媒体普遍认为，这是班农同库什纳交量的结果，两人在很多问题上意见不合。

宠爱女婿，对女儿也不亏待。3月29日，特朗普让女儿伊万卡出任“总统助理”，引发很多非议。伊万卡感到势头不对，发表声明说：“我听说这引起了一些人的担心，所以我会在白宫办公室担任无偿雇员，像其他联邦雇员一样遵守所有的法规。”

话是这么说了，民众不满的还是不满，连德国外交部部长也出来打抱不平。他认为把明星式的女儿引入国家管理，不仅有搞裙带关系之嫌，更将政治关系与家族商业混杂一起，在德国这是不可思议的。他尤其看不惯的是，伊万卡访问另一个国家时，“享受如同王室成员的待遇”。

客观上说，特朗普任人唯亲，除了个人因素，不可忽视的一点是，他从参加大选到登上大位，始终处于充满敌意的政治环境中。他所感受到的是围堵和攻讦，欺诈和背叛，不时还响起对他的弹劾声。而这一切，不仅来自反对党，还来自自己阵营。这使他戒心特别重，就认为自家人才可靠，很难将信任的目光投向外人。这固然偏颇、极端，但相当程度上也是被逼无奈。

说起来令人吃惊，就在前个月，美国《时代》杂志公布本年度“全球 100 位最具影响力的人物”排行榜，特朗普总统及女婿女儿全都榜上有名。一家 3 人同时上这个榜，史无前例。看来，美国人怎么想事做事，还真让人猜不透。

2017 年 6 月 13 日

抗击外敌，阿富汗毛驴功不可没

中国同阿富汗能成为邻国，就因为有条不长的瓦汉走廊。这条飘带状的长廊，最宽处75公里，最窄处仅15公里，400公里的长度，300公里在阿富汗，100公里属于中国，形成92公里的两国边界。那年我同老杨在阿富汗采访时，曾想去那个涂着神秘色彩的走廊一探究竟。当被告知那里山高路险，唯一的交通工具是毛驴，只好知难而退，但备受夸赞的阿富汗毛驴留给我难忘的印象。

许多年后，环球时报驻印度记者老钱应约写了介绍阿富汗毛驴一文，全面又生动有趣。阿富汗全国4/5的国土是高原，由于连年战乱，几乎没有像样的公路，到处是崎岖的山路和险恶的谷地。数千年来，毛驴一直是最重要的交通工具，无论是百姓生活还是士兵行军打仗，毛驴总是随行相伴。个头不大的阿富汗毛驴因其负重多、抗高寒、耐力强等优点，一直被公认为全世界最棒的毛驴。

事实上，与别处毛驴最大的不同点是，阿富汗毛驴是重要的战略资源，或者说是战争工具。阿富汗素有“帝国坟场”之称，在过去170多年里，先后有3个大国入侵阿富汗，但都折戟沉沙，仓惶败走。弱小的阿富汗能击退强大的入侵者，小小的毛驴功不可没。

第一个尝到“帝国坟场”滋味的是大英帝国。为了同沙皇俄国争夺这片中亚战略要地，从1839年到1919年，英国对阿富汗3次用兵，每次都损兵折将，以失败收场。武器装备精良的英军败给武器原始的阿富汗军民，一个重要原因是英军适应不了那个山国的地形气候，对骑着毛驴活跃于崇山峻岭打游击战的对手，无计可施，无可奈何。

第二个吃苦头的是苏联。到20世纪70年代，苏联已基本控制了阿富汗的经济命脉和军政大权，将其当政者玩于股掌之上。但野心膨胀的新沙皇仍不满足，一心想完全占领阿富汗，打通进军印度洋的通道，实现旧沙皇要俄罗斯军人“到印度洋洗战靴”的梦想。于是，震撼世界的一幕出现了：1979年圣诞节期间，苏联出动配备飞机坦克的8万大军，大举进攻阿富汗。虽气势汹汹，但也难免重蹈英国军队的覆辙：山地作战，机械化无用武之地。有种夸张的形容：10辆坦克比不上一头毛驴。一位当年入阿富汗作战的苏联老兵说得实在些：“一个只有毛驴的阿富汗抵抗战士，比拥有3个士兵的苏军坦克更有战斗力。”这些很像广告词的说法，更让阿富汗毛驴名扬四海。

近10年的阿富汗战争，苏联付出了沉重的代价，先后有150万官兵入阿作战，伤亡5万余人，耗资450亿卢布。元气大伤的苏联，不久后轰然解体，阿富汗成了名副其实的“帝国坟场”。

第三个闯进“帝国坟场”的是美国。2001年，美国打响阿富汗战争。有鉴英苏在阿富汗的遭遇，加上锋芒受挫，美国早早就对“毛驴战”高度重视。在地形与阿富汗相仿的美国内华达山脉塞拉山区建立“骑驴学校”，教士兵在阿富汗作战的关键技巧：如何骑驴。在阿富汗则成立国民军战略投送中心，在那里，至少有20万头毛驴接受过美军魔鬼训练，能听懂双语指挥。不过，这样的东施效颦，成效可想而知。美军陷入战争泥潭达 10 年之久，连同伊拉克战争，耗费约 6 万亿美元。但今天的阿富汗，塔利班等反政府势力仍很活跃，害得美国不能完全脱身，前不久还往那里增派兵力 4000 人。

小毛驴还担负过特殊使命，为阿富汗大选送选票。2004 年，在联合国的推动和帮助下，阿富汗举行战乱以来的首次大选。各方都很重视，特地从加拿大进了 2000 万张选票卡，在全国设立 5000 多投票点。令人头痛的是，怎么把选票送给居住在高山深谷处的选民？汽车和直升机都无能为力，是毛驴破解了这个难题。在以后的阿富汗历次大选中，毛驴同样大显身手。

然而，有关毛驴的噩耗也时常从阿富汗传出。恐怖主义分子，制造“驴体炸弹”攻击平民，将这些有功于国有利于民的可爱生灵，用作杀戮利器，在爆炸声中粉身碎骨，真是丧心病狂，天理难容！

2017 年 11 月 18 日

津巴布韦也曾“花开月正圆”

前阵子看电视剧《那年花开月正圆》，触景生情，想起过往不少美好的时和事，其中就有独立初期的津巴布韦。当时我正在那里当报社常驻记者，见证了这个国家那段堪称“花好月圆”的日子。

1994 年，适应南部非洲形势的变化，人民日报决定将驻坦桑尼亚记者站移到津巴布韦，让我与老鲍从达累斯萨拉姆直接前往哈拉雷建站。选址买房原本是件麻烦事，但一点没让我们烦心。1980 年津巴布韦独立时，十多万白人移民国外，他们急于拿到硬通货，便低价卖房，形成了供大于求的房地产市场。货比几家，我们很快就以 1.3 万美元买下了一幢房子，两室两厅两卫，带一个 3000 多平方米的草坪和十多种花木，花红叶绿，四时不绝。

从物资匮乏的坦桑来到哈拉雷，有种耳目一新、豁然开朗之感。我们在第一篇通讯里记述了当时观感：“这里市场之繁荣、商品之丰富，简直令人惊讶。在闹市区，一家挨一家的超级市场和现代化的商店里，商品琳琅满目，应有尽有。除少数高档消费品外，大都是本国产品。”值得一提的是，当时中国尚没有超市；津元比美元值钱，具体说，1 津元约等于 1.4 美元。

在南部非洲，津巴布韦的工业水平仅次于南非。除大型机械和精密仪器等需要进口，许多工业品均可生产，不少产品像家具、服装、鞋子还能打进欧洲市场。

这个仅有1300多万人口的国家，还有不止一项非洲经济之最。非洲最大的河马河谷糖厂，拥有1.3万公顷蔗田，年产原糖25万吨，更难得的是，工厂能从甘蔗渣中提取酒精制成汽油替代品，当时掌握这项技术的国家屈指可数。

奎奎钢铁厂是非洲第二大钢铁企业，采用的全是从英国、西德、日本等国进口的先进设备。我们写的通讯以《6000人与100万吨钢》为题，意在揭示该厂生产效率之高，当时在我国，产出这个数量的钢，至少要几倍的员工。

发达的农业同样值得称道。农产品中，玉米和烟草驰名国内外。正常年景，可以向邻国出售100万吨玉米。国家种子研究院培育的良种，有的耐旱，有的生长期短，有的特别高产，其中SR52每公顷产量可达12吨。从1980年到1982年，在世界规模的“皇家冬季农业博览会”上，连续3年荣获金牌。

弗吉尼亚型优质烟草，使津巴布韦成为仅次于巴西和美国的世界第三大烟草出口国。在哈拉雷有全球最大的烟草拍卖市场，我国是最大买家。在国内的高档香烟中，至少要加入10%的津巴布韦烟草。吸高级香烟的人，应该记住津巴布韦。

这个国家显赫的农业成就，在很大程度上得益于白人农场。全国5500家白人农场每年贡献200万吨商品粮，提供占全国95%的烟草，为国家换取珍贵的外汇。但白人农场占据全国75%的良田，为贫富差别拉大和日后导致国家大乱的土改埋下祸根。

虽然国土幅员有限，但旅游资源丰厚。同赞比亚分享世界三大瀑布之一的维多利亚瀑布，拥有被联合国列入《世界遗产名录》的大津巴布韦遗址，这座石头城是除埃及金字塔之外，非洲最雄伟的人类建筑遗址。有“非洲花都”之称的首都哈拉雷，堪称旅游胜地。1478米的海拔，让它冬暖夏凉，干湿适中。随着四季更序，各种名花次第绽放：紫葳花、火焰花、蜡烛火、一品红……全市150多种花木诠释着什么叫姹紫嫣红、五彩缤纷。走过世界100多个国家的新华社老社长穆青说过，若让他择地养老，他首选哈拉雷。

独立后，穆加贝政府奉行民族和解政策，受到西方国家和国际社会的赞许。他本人曾任不结盟运动首脑会议主席、南部非洲前线国家主席、英联邦国家会议主席。这是津巴布韦经济繁荣、社会稳定的国内外因素。

然而，因政治失误和管理不善，几年好日子过后，国家经济渐走下坡路。但经济整体崩盘则始于2000年的“快车道土地改革”。土改，不妨说是穆加贝政府的无奈之举，既是对英国不再提供从白人手里赎卖土地的资金表达不满，也是向黑人兄弟兑现“耕者有其田”的承诺。运动一起，1200多家白人农场被退伍老兵强行占领，大多数赎买的土地价格过低，白人怨声载道。城市受到波及，一些工厂被占领，白人厂主被驱逐。西方有人讥讽：这个国家消除贫富差别的逻辑是把富人赶跑。经济制裁也随之而来，津巴布韦的经济陷入难以自拔的困境。2009年7月，通胀率飙升到2,200,000%。2009年1月，政府发行全世界最大面额达100万亿津元的钞票，在人类历史上留下笑柄。

一位熟悉津巴布韦情况的朋友送给我他的近作，书中写道：“民生极其艰难，失业率高达80%，物价奇贵，相当一部分人一天只能吃上一餐，有些人一周只能吃一顿正餐，所谓正餐，也无非是一些玉米加上一些蔬菜。”看了，真让人心酸。

津巴布韦的变迁至少说明两点：一是最高领导人的决策对一个国家来说是何等重要，二是只要具备国内外的条件，非洲国家也可以发展得很好。

2017年11月3日

中国应效仿印度增建海外基地

若要问一个强国或想成为一个强国，应具备哪些重要标志，拥有海外基地该是其中一条。一直梦想当世界大国的印度，正在为此提供新的佐证，同时也在客观上做出这样的提醒：中国必须加快建立海外基地的步伐。

1月27日，印度同2700公里外的塞舌尔签订协议，塞舌尔的阿索普申岛被租借给印度，印可以在那里建飞机跑道和港口，租期20年，可续延10年。协议中有一附加条款，塞方有权在战争时暂停基地使用。塞舌尔是个面积只有455平方公里的群岛国家，但地处印度洋重要航道，战略位置重要。对协议的签订，印度官员毫不掩饰地称，此举“具有战略标志意义”。这里顺便一说，2011年，塞舌尔向到访的中国海军代表团提出，欢迎中国在那里建基地。当时出于种种考虑，中方予以婉拒。

去年11月29日，印度与新加坡签订一项海军协议，规定两军可使用对方基地，印度借此增强在印度洋的活动能力，控制了马六甲海峡的咽喉。

再往前，2016年8月29日，印度同美国签署所谓“后勤交流备忘录”，允许两国军方使用对方的海陆空军事基地进行补给、维修和人员休整等后勤保障。

对印度热衷于获取海外基地的行为，不必做过多的负面解读。实际上，几乎所有大国都这么做，拥有基地多寡取决于国力强弱和战略差异而已。

这方面，美国远远走在前面。冷战结束后，美国对海外军事基地进行过整顿减缩，但仍有三四百处之多，控制着全球重要的海峡、海上交通要道和陆上战略要地。冷战期间，美国的军事基地重心在欧洲，主要集中在德国、比利时、英国、意大利等。美国推行重返亚太战略后，更重视在亚太地区军事基地的充实，日本和韩国是重点目标，在日本设基地 88 处，驻军 4 万多人，在韩国众多基地驻扎美军约 3 万人。

俄罗斯海外军事基地数量跟苏联时不可同日而语，但它很注重根据战略需要适时选地增建，在叙利亚中部哈马省就新建了一处军事基地，对塔尔图斯海军基地也已着手扩建。英法等“老牌殖民”国家自不必说，就连奉行“专守防务”的日本也在吉布提建有基地。

海外军事基地之所以备受青睐，是因为它有“大国参与全球事务的桥头堡”的功能，作用非同寻常。例如：有利于保护本国公民权益。在发生战乱和重大灾害时，可以及时有效地为当地和附近国家的本国公民提供保护；具有军事作战功能。这包含前沿作战，军火储备，情报收集，装备维修和后勤供应；为军事训练提供条件。受自然条件限制，在各种环境下的军事训练，很多国家往往难以在自己国内进行，像美国要搞热带雨林环境下的军事训练，英国要进行军人沙漠作战训练，就必须求助基地东道国；发挥外交功能。军事基地可以成为使用国和东道国的纽带，密切双方关系，乃至影响东道国的政治取向。如此等等。

简言之，海外基地是一个国家硬实力和软实力的综合体现，是实现其地区利益和全球利益的重要依托。

过去，我国出于外交政策考虑和受国家实力的制约，在建立海外基地方面大大落后于其他大国，迄今只在吉布提有个保障基地。如今，我国承担的维和、反恐、海上救援和打击海盗等国际义务日益加重，中国海军正在走向深海大洋，有越来越多的海外利益需要维护，鉴于此，缺乏海外基地的状况必须改变。西方国家则不愿看到这种改变，它们捕风捉影或无中生有地推测、渲染中国将要在某国某地建立军事基地，无非是想通过制造“中国威胁”来设置障碍，阻滞中国的行动。对此，我们必须展示定力，不受干扰，加快海外基地的建设。中国是维护世界和平稳定的重要力量，我们应该采用各种形式和多种渠道，包括扩建海外基地，完成历史赋予我们的使命。

2018 年 2 月 5 日

冲绳美军基地是日美关系的缩影

过去一个来月，驻冲绳美军接连干出让安倍政府丢脸、叫日本民众愤怒、令世人恶心的丑事。

6 月 4 日晚，美军驻冲绳嘉手纳基地的一女士官在国道上醉酒驾车，汽车冲破中间隔离带，冲向对向车道，连撞两辆正常行驶的汽车，造成两名日本驾车者一重伤一轻伤，她自己倒没事。此前，4 月底，一 20 岁的日本女子外出散步时，被美军基地的一名文职人员劫持、奸杀、抛尸，20 天后她的尸体才被找到。

事发后，同历次一样，日方提抗议，美方做道歉，这次安倍亲自出马，6 日，他气哄哄地表示，“事情发生在美军正整肃军纪的情况下，深感遗憾，简直荒唐绝伦。”

驻冲绳美军之所以反复上演犯罪—道歉—再犯罪这一幕，从大处说，在美国驻日本军人眼里，美日是主仆关系，强奸施暴算不上什么大事，美国官方的道歉也好，日本当局的抗议也罢，都不过是走走过场而已。具体而言，给他们为非作歹撑腰壮胆的是 1960 年生效的《驻军地位协定》。按此协定，美国驻日本军人享有治外法权，军人犯法由美方行使司法权，日方无权起诉。而美国对自己军人的处治可想而知，或装装样子，罚不当罪，或将当事人遣送回国，一了百了。

从美国在冲绳建立军事基地那天起，当地民众就没停止过抗议活动。

最典型的事例是围绕普天间军事基地搬迁的斗争。该基地是美军在冲绳的最大军事基地之一，设在宜野湾市普天间川市中心，因飞机噪音严重扰民，当地民众一直要美方归还基地。2001 年，日本中央政府软硬兼施，与地方政府达成协议，准备将普天间机场迁至冲绳名护市边野古地区。但百姓不干，要求直接关闭基地，美军离开冲绳。现任冲绳知事支持民众要求，反对搬迁计划，不惜同中央政府对立。安倍政府态度强硬，6 月 6 日，内阁官房长官营义伟表示，“当考虑到维持对日美威慑力和去除普天间机场危险性，搬迁至边野古是唯一的解决方案，政府这一想法没有变。”从冲绳基地问题可以看到美日关系的缩影：日本当局巴结美国，不惜自甘受辱；日本民众不乏反美情绪和行动，但胳膊拧不过大腿。

冲绳有“太平洋基石”和“亚洲战略枢纽”之称，设在冲绳的军事基地有极其重要的战略地位。美国三线岛练最前沿就是冲绳军事基地。冲绳离福州约 800 公里，距台北 600 多公里，离钓鱼岛 400 余公里，飞机从这里起飞 20 分钟就可飞抵中国大陆。

设在冲绳的美军基地共 41 个，驻日美军现有 4.7 万，70% 驻扎冲绳。在美国海外军事基地中，只有驻冲绳的军队由陆海空和海军陆战队 4 大军种组成。其他地方，驻德国的只有陆军和空军，驻韩国的则是清一色的陆军。美国把最先进的战机军舰部署于此。

随着美国加紧推行重返亚太战略，对日本更加倚重，冲绳的战略地位将进一步提升，更成为把美日紧紧捆绑在一起的“一根绳”。

2016 年 6 月 8 日

美国喜欢颠覆别国，为啥没灭了古巴

在奥巴马访问古巴的海量报道中，对曾影响美古关系历史进程的两件大事被忽视。美古交恶半个多世纪这一页已经翻了过去，但回顾这两桩事，对认识国际关系的变动不居，体味“没有永久的朋友，只有永久的利益”这类政治名言，不无裨益。

第一件：古巴革命后，卡斯特罗从对美国友好到完全倒向苏联。

1959 年 1 月，卡斯特罗领导古巴人民推翻了巴蒂斯塔独裁政府。他出任总理之初，对美国表示友好的态度，与苏联保持距离。美国很快就宣布承认古巴新政权，并与之建交。4 月，卡斯特罗访问美国，受到艾森豪威尔总统的热情欢迎。美国的示好，是想把古巴纳入美国势力范围，使其“美国后花园”的定位不变。同年 6 月，古巴政府领导成员变动，主张实行激进政策的人掌控重要部门，并开始实施对外国企业无偿国有化政策，大量美国人的资产被没收，触到了在古巴的美国大财阀的疼处。美国恼羞成怒，于 1961 年 4 月 15 日宣布同古巴断交，并对其实施经济制裁，停止进口古巴的蔗糖，实行石油禁运。

同年 4 月 15 日，古巴流亡分子驾驶美国的 B–26 轰炸机对古巴连炸两天，随后，由中央情报局在危地马拉培训的 1500 名雇佣兵在古巴猪湾登陆，计划首先占领附近的机场，站稳脚跟后，把盘踞在迈阿密的古巴流亡政府搬到这里，然后以“古巴政府”的名义请求美国出兵，一举推翻古巴新政府。孰料不到72小时，这伙乌合之众便被一网打尽，200多人被打死，1200余人被俘。次年12月，美国政府以价值5300万美元的食品和药物交换了这些俘虏及其家属。

当时，正热衷于同美国争霸的苏联，很想在拉美寻个立足点，古巴又需要帮助，双方一拍即合。苏联向古巴出口石油，进口蔗糖，两国越走越近。正是美国和苏联的一个打一个拉，使古巴一步步倒向苏联。有人形容，古巴那么快就成为社会主义阵营一员，很有些“逼上梁山”的味道。这说法有些夸张，但不无道理。这也从另一层面提醒世人，“为渊驱鱼，为丛驱雀”是外交大忌。

第二件：古巴导弹危机差点引发美苏核大战。这个事件被认为是“冷战的顶峰和转折点。在世界史中人类从未如此近地站在一场核战争的边缘。”

苏联同美国争霸，但自感军事力量尤其是战略性军事力量，像中远程导弹，远程轰炸机等远不及美国。如果在古巴部署能打到美国本土的导弹，可以弥补这个不足。1962年7月，苏古达成秘密协定，苏联将在古巴部署几十枚导弹、数十架轰炸机以及四五万苏联军人。到10月初，相当数量的导弹和飞机被偷偷运抵古巴。美国发现后，总统肯尼迪以不惜一战的强硬态度要求赫鲁晓夫撤走导弹和飞机。双方讨价还价。10月26日和27日，赫鲁晓夫给肯尼迪连写了两封信，答应美方要求，但提出两个交换条件：美国必须从土耳其撤走导弹，承诺永不入侵古巴。肯尼迪表示同意，同时下令：美国政府官员不许发表讥讽对方“投降”之类刺激性言论，他还称赞赫鲁晓夫做出了“有政治家风度的决定”。他认为，不能把任何一个大国逼得走投无路而不顾一切地投入战争。

有专家这样评论古巴导弹危机：“它作为国际关系史的经典事件，为后人解决危机冲突提供了良好的借鉴范式。”

关于古巴导弹危机，以往让人耳熟能详的是赫鲁晓夫的冒险主义和投降主义。这段插曲其实有更多内涵，其中之一是，似可以解答人们长期以来的一个疑问：美国到处颠覆别国政权，为什么不出兵灭了身边的小小的古巴。

2016 年 3 月 25 日

欧盟需要“戴高乐精神”

美国监听法国3任总统长达6年一事，法国经过一番愤怒、警告和抗议，已渐呈偃旗息鼓之势。这不奇怪，早有先例。2013年10月，默克尔的电话遭美国安全局窃听事件披露后，德国也走了同样的过程，最后因“证据不足”不了了之。如此处世之道，这般处事方式，很让人费解。

一国监听别国军机大事，窃听别国首脑的通话，可不是小事，这是赤裸裸侵害他国主权、侵害人权的行为。照理说，酷爱人权的欧盟抓住美国的小辫子，就应采取点强硬行动，给美国一点教训，让它长点记性，今后别这样对待欧洲。法德没有这么做，而是顾忌同美国的盟友关系，采取息事宁人的态度。在外界看来，这未免太忍气吞声，简直是“容忍人家骑在自己脖子上拉屎”。有位网友说，这让他想到京剧《法门寺》里的贾桂。此人在主子面前弯腰屈膝，窝囊得要命，成了骨头软、奴性足的代名词。当然，一个有尊严的欧洲，没到这个份上，也应该同“贾桂精神”不沾边。

美国同欧盟国家是盟友关系，但在美国心目中更多是主仆关系。欧盟对美国就应俯首贴耳，唯命是从。随着欧盟的不断壮大，美国越来越怕欧盟背着美国另搞一套，像什么加速欧洲一体化进程，欧洲防务另起炉灶、另拉山头等等。因此，盯牢欧盟，掌握其动向，便被美国视为大事一桩。监听便是美国对欧盟疑神疑鬼的伴随行为。法德分别是欧盟政治和经济领头羊，拿这两国首脑作为重点监控对象，也是题中应有之义。对美欧关系的实质，法国社会党议员于尔沃阿一语点破：“我们又一次看见，美国眼中没有盟友，只有对手和仆从。”

美国这种蔑视欧洲的坏毛病，在相当程度上是欧洲给惯出来的。长期以来，欧盟对美国过于言听计从，丧失自我，美国要打谁，欧洲赶紧出兵，美国想吓唬谁，欧洲马上跟着瞪眼睛。欧洲让美国看透、看偏：即使有满肚子委屈和不满，嚷嚷一阵子就过去了，苦酒还得乖乖喝下。

欧洲应设法摆脱美国为它安排的角色，如今已有这个能力。就地域、人口和经济体量而言，在当今的多极世界里，它是当之无愧的一极。欧盟只要挺起腰杆，足以捍卫自身利益，最新的例证是：由英国带头、17 个欧盟国家争当亚投行创始成员国，美国对此虽然心里不高兴，但也无可奈何。

冷战结束后，欧洲选择的是削减军费、注重发展经济、改善民生的路子，虽然问题不少，但总体上说，还比较合乎时代要求。美国则继续冷战时的套路，扩充军备，耀武扬威，四处用兵，把世界搞得乱糟糟。欧洲具有文化底蕴和经济实力的优势，在国际事务中可以发挥更大作用。就对美关系来说，不能一味迁就、屈从，对美国的错误和不当作法，给予抵制、纠正是必要的。要知道，在美国治下的世界里，欺软怕硬是常态。从大局着眼，欧洲需要“戴高乐精神”。当年戴高乐总统推行独具特色的外交战略，被称为“戴高乐主义”，其核心内容被概括为：坚持独立的外交与防务；积极促进欧洲建设；充当美国与苏联之间的仲裁者；对苏联既抗衡又保持对话；强调法国同第三世界的联系。不难看出，对今天的欧盟来说，这些原则无疑仍具有生命力。弘扬“戴高乐精神”，对欧盟提高在国际舞台上的地位有好处，对保持世界的平衡与和谐有好处。

2015 年 7 月 1 日

二战三巨头都曾高调谢中国

拯救人类命运的世界反法西斯战争，先后在东方和西方两个战场展开。5月9日，是西方战场战胜法西斯胜利日，东方战场的胜利日定在同盟国代表接受日本投降签字仪式的第二天：9月3日。

作为东方战场的主战场，中国为这场世界反法西斯战争的胜利做出了重大贡献。对此，二战时同盟国的领袖人物——美英苏三国首脑，都曾给予很高很中肯的评价。

罗斯福：假如没有中国，假如中国被打垮了，你想一想，会有多少师团的日本兵可以调到其他方向作战。他们可以马上打下澳洲，打下印度……他们并且可以一直冲向中东……和德国配合起来，举行一个大规模的夹击，在近东会师，把俄国完全隔离起来，吞并埃及，切断通过地中海的一切交通线。

丘吉尔：如果日本进军西印度洋，必然会导致我方在中东的全部阵地崩溃。而能防止上述局势出现的只有中国。

缅甸若是失守，那就惨了。这样会使我们同中国人隔绝，在同日本人交战的军队中，中国军队算是最成功的。

斯大林：只有当日本侵略者的手脚被捆住的时候，我们才能在德国侵略者进攻我国时避免两线作战。

他们口中的“假如”“如果”之所以没有变成现实，根本原因是，中国战场牵制了60%以上的日本军队，从而大大削弱了日本对其他国家用兵的实力和嚣张气焰。否则，反法西斯战争的进程乃至结局可能不堪设想。

例如，早在1934年，日本就制订了“北进”计划：以中国东北为依托，攻占苏联远东地区，使其与东北、内蒙古连成一片，成为日本对外侵略扩张的战略基地。实现“北进”是日本心心念念的战略目标。机会终于来了。1941年6月22日，苏德战争爆发，希特勒根据德日盟约，再三催促日本同苏联开仗，当德军逼近莫斯科时，更明确提出：“日德两国应迅速联合军事行动，从东西两面夹击苏联，在西北利亚铁路上握手。”但日本始终没有动作，眼睁睁坐失良机，为什么？日军参谋总长的一番话给出了答案：“日本在中国使用兵力太多，对苏开战根本办不到。”苏联不仅避免了两线作战的厄运，还从远东抽调50万大军，增援西线，抗击德军。

又如，日本“北进”无望，便加大“南进”的攻势，一时间，攻城略地，大败同盟国军队。1942年1月，8万日军杀进缅甸，英国守军告急求援。尽管中国抗战正处于最艰难的时期，还是派出10万装备最精良的军队入缅作战，以牺牲6万名将士的代价，遏制了日军的进攻势头，救出了被围困的7000名英军，包括英缅军总司令亚历山大。为了表示对中国的感谢，英国政府特意为中国远征军师长孙立人将军颁发勋章。

罗斯福总统更多是从二战全局和战略高度肯定中国的贡献。具体点说，大量日本军队被拖在中国，导致守岛兵力不足，从而大大减少了美军在与日军夺岛战中的损失。否则，像硫磺岛战役、中途岛战役、瓜达尔卡纳尔战役等会打得更加惨烈。

然而，中国在二战中的功绩，战后在世界范围内并未得到应有的认知和评价。关于这一点，英国牛津大学中国中心主任拉纳·米特在其新著《中国，被遗忘的盟友》一书中有详尽的论述。他在接受中国记者采访时一再强调，中国抗日战争在世界反法西斯战争中扮演了非常重要的角色，这不仅对中国的命运至关重要，对塑造当今世界格局也发挥了关键作用。他认为，“西方对中国的贡献仍知之甚少”，“主要是冷战的发生阻碍西方认识中国的进程”。

“中国对二战胜利的历史性功勋应获得更多承认。”拉纳·米特先生的这一呼吁，既是对西方，也是对我们。

2015年5月7日

明朝时中国军队曾大败日军

《环球时报》6月4日《日本是中国崛起绕不开的坎》一文中提到，日本不服中国，是因为“日本人认为，历史上中国从未打败过日本”。日本人惯于玩“选择性遗忘”的把戏，自欺欺人，但史实是抹杀不掉的。中国8年抗日战争胜利暂且不论，明朝万历年间，中国军队在“援朝抗倭”战争中就曾大败日军，侵略战争的始作俑者丰臣秀吉因此丢了霸业，气病而死。

这段尘封400多年的历史值得玩味，也发人深思。

丰臣秀吉出身贫寒，地位卑微，连姓都没有，这个留在史上的名字还是后来天皇赐的。年轻时，他种地做买卖都不行，却是个会打仗的料。也算他生逢其时，日本正处于战国时代，66国的大名，各自拥兵，征杀不已。丰臣秀吉投奔势力强大的尾张国大名织田信长，从士卒干起，一步步因功升迁，成了信长的左膀右臂。当织田信长将60多个大名灭掉一半时，自己却被部下杀死，幸运一下子落到丰臣秀吉的头上。他当仁不让地接过织田信长的家底和旗号，一鼓作气，歼灭对手，平定全国。

统一日本后，丰臣秀吉的野心更加膨胀，他不断念叨早年说给爱妾的一句话:“在我有生之年，誓将唐之领土纳入我之版图。”他还对儿子说:“5年之内必定攻下明国，到时候你就是明国的关白（最高官员）。”他心目中的版图，除了中国、朝鲜，还包括印度和东南亚。他在写给家人的信中直言不讳，自己很快就要到大明宁波府居住，因为那里距印度较近，便于指挥征服印度之战。

像后来的一切侵略者一样，侵略中国拿朝鲜做跳板。1592 年，丰臣秀吉向朝鲜王朝提出“假道入明”，遭拒后亲率 16 万大军进攻朝鲜，很快就攻占朝鲜京城（如今的首尔）和平壤。当时的朝鲜是明朝的属国，朝鲜国王向明王朝紧急求援。明遂发兵 4 万，抗击日军。日本兵虽然凶悍，但指挥官毕竟是“井底之蛙”，战术差，缺机变，加之武器相对落后，被明和朝鲜联军打得一败涂地，只好议和。

双方提出的议和条件差距甚大，恼羞成怒的丰臣秀吉于 1597 年出动 12 万军队再次攻朝。明朝出兵迎击，日军重蹈失败覆辙，灰溜溜地撤回日本。

据日方公布的数字和中国史书记载，日本在攻朝侵华战争中伤亡惨重，损兵折将不下四五万。中国学者的权威论断是：这场历时 7 年的抗倭援朝战争，以中国军队的彻底胜利和日本军队的彻底失败而告终。

打了败仗的丰臣秀吉，千夫所指，气急败坏，一病不起，第二年便呜呼哀哉。其家族也随之衰落，德川家康家族取而代之。

历史和现实都表明，日本的国民性中有两点很突出：一是富于侵略性，又对这种丑恶行为百般掩饰、否认、美化，为此不惜采取无赖手段。在日本历史书中，作为“日本征服亚洲运动的开创者”，丰臣秀吉被描绘成英雄。至于将二战时日本对亚洲国家的侵略说成“进入”，将掳掠谎称“解放”，把日本战败美其名曰“终战”，更是其一贯伎俩。

二是欺软怕硬，不打趴不服。对很多日本人来说，这已是基因遗传，千百年不变，于今尤烈。丰臣秀吉侵略中国失败，让日本朝野顿悟，明帝国虽衰像已现，但还是厉害，日本不是对手。从此，日本夹起尾巴近 300 年，不敢对中国耍横，直到明治维新日本自感国力日盛，才于 1894 年发动甲午战争。今天，日本人虽然对美国丢原子弹炸日本仍心怀愤懑，但怕美、哈美之表现，不减当年。

2014 年 6 月 9 日

美国选驻日本大使的三条标准

卡罗琳·肯尼迪于本月 11 日赴日上任，19 日向日本天皇递交国书，正式成为首位美国驻日本女性大使。据美媒披露，卡罗琳缺乏从政经验，没有外交经历，不会日语，对日本情况不甚了了，也说不上能言善辩。就个人条件而言，实在不算是合适人选。但奥巴马挑选了她，在参院资格审查中顺利过关。日本方面也连连表示欢迎，甚至表现出受宠若惊般的夸张。这一切又显得她是上佳人选。这是为什么？

据报道，美国遴选驻日本大使要找三类人：第一类，重量级政治人物，国内外知名度高，其中有：蒙代尔（美国前副总统）、曼斯菲尔德（参院民主党领袖）。第二类，日本通。代表人物是赖肖尔。此人懂日语，精通日本事务，在驻日大使任上一干数年，颇多建树，对美政府对日决策影响力之大，美国迄今无人能及。第三类，与总统关系密切。卡罗琳的前任、奥巴马心腹罗斯当属此列。

用上述三条衡量，卡罗琳占了两条。这是她被选中的缘由。一是，她有个政治上响当当的父亲：美国前总统肯尼迪。肯尼迪家族又以政治人物辈出而显赫美国。这名头光环，赋予她足够的政治分量。二是，总统对她特别信任。2008 年和 2012 年，卡罗琳为奥巴马登上总统宝座和连任成功，鞍前马后，殚精竭虑，既有功劳也有苦劳，为挺奥巴马，她甚至说出“他让我想起父亲”这样的话。有这层关系，奥巴马对她岂止是一般的信任？

美国媒体因此形容“她是带着总统的耳朵”赴日上任。

作为驻日大使，不谙外交和昧于日本事务，对卡罗琳是个短板。但目前美日关系现状使这种缺憾的分量大大降低。在日本看来，美国大使的能力大小倒在其次，最需要的是美国显示对它的信任、重视，给足面子，使它能拉上美国这面大旗。卡罗琳恰恰具有这种功能。难怪有人说卡罗琳是美国送给日本的一份重礼。

还有，日本政界的整体右倾化，使主要政治势力的争斗，不再像过去那样纵横捭阖，扑朔迷离，而是一眼就能看透：无非是比谁更右倾，右倾的步子更大。这无疑减轻了卡罗琳外交团队研判日本政情的工作难度。

对卡罗琳的到任，日本兴高采烈，除了曲意奉迎，还另有盘算。对于同美国的关系，安倍内心其实很纠结：既希望得到美国更多支持，又巴不得美国对日松绑，别干涉太多。一个相对温和柔弱，重礼节、好通融的美国大使是日本最想要的，在日本看来，卡罗琳是符合心意的不二人选。

在履新前后，卡罗琳多次信心满满地表示，将不负重托，为密切美日关系做出贡献。不过，美日媒体的普遍看法是，缺乏外交历练的她，将面临美军普天间机场搬迁和 TPP 谈判等诸多棘手问题，能否胜任，须经时间和事实检验。两种态度，前者是发自内心，后者更看重实际。

2013 年 11 月 20 日

莫迪访美既当贵宾又遭传唤

正在美国访问的印度总理莫迪，继续受到摇滚巨星和罗马教皇才享有的欢迎。同时，纽约法院向他发出的“传唤”也继续有效。这两种天壤之别的对待，都是真实的，也都意味深长。

美国以超高规格接待莫迪，至少出于三个方面考虑。首先，是想拓展美国在印度的市场。美印关系长期不温不火，在双方经贸方面得到体现。美印去年贸易额仅为 637 亿美元，而中美贸易额则高达 5210 亿美元。在军事领域，印度虽最近加大进口美国武器装备的步子，但累计总额也不过百亿美元，与进口俄罗斯武器巨额开支不可同日而语。

印度经济呈上升势头，莫迪总理又有雄心勃勃的振兴印度经济计划，美国把印度视为最具潜力的市场很正常。

其次，笼络印度，遏制中国。对此，美印媒体都不讳言。美国实际上一直在盘算：从北往南数，日本、澳大利亚、菲律宾、越南，或对美国言听计从，或有意往美国身上贴，如果能拉上印度，抻大对华包围圈，亚洲“小北约”就可以形成。以印度的块头和与中国为邻的地理位置，美国对印度自然格外寄予厚望。

再次，弥补以往对莫迪的亏待。将近 10 年，莫迪一直被美国当成“狂热的宗教主义者”“不受欢迎的人”，拒绝给他发赴美签证。如今莫迪访美，华盛顿很想用最具轰动效果的欢迎方式，向他讨好，为其正名，对他作变相的赔礼道歉，请他大人大量，不计前嫌。

纽约地方法院向莫迪发出“传唤”，指责他要为2002年数百人死于古吉拉特邦的暴乱负责，这种追历史旧账、揭人疮疤的举动，看似哪壶不开提哪壶的无厘头，其实不然。美国从官方到媒体，讲了莫迪近10年坏话，使他在美国百姓中名声很差。直到一年多前，眼看政治声望高隆的莫迪有可能登上大位，美国驻印度大使才与他联系。今年5月，莫迪就任后，奥巴马第一时间通话祝贺并邀请他访美。美国当政者可以这么花样滑冰般迅速转弯，来个瞬间变脸，但百姓跟不上如此实用主义随机应变的节奏，或者也不想跟。于是出现了“传唤”这种令主客都难堪的尴尬。其实，在很大程度上，这是美国长期对莫迪和印度贬损的一种自然反映。

“传唤”事件对莫迪总理和印度都是一种提醒，从中不难看出美国政府的政治心态和处世之道。对莫迪前倨后恭、天差地别，前者是美国想以“人权卫士”自炫，后者则合了“拍马是为了骑马”的民谚。印度不少有识之士向莫迪进言。尼赫鲁大学教授切诺伊说他要“给莫迪访美提个醒”：印度不能失去外交独立性，否则将给印度带来灾难。前外长纳特瓦尔·辛格说得更直截了当：“莫迪要小心，美国想跟印度建立反华同盟，真要这样，将成为一场灾难。”

继续奉行不结盟政策，在大国间巧妙周旋，使印度的利益最大化，看来是莫迪总理的既定外交战略。从一个月内他与中美日三国元首的会谈情况，便可见端倪。美国企图拉印制华的打算要落空，是不言而喻的。

2014年9月28日

杜特尔特为何怼美国赞中国

“辱骂风波”后，刚刚同奥巴马“短暂见面”的第二天，9月8日，杜特尔特又对奥巴马开骂。在东盟峰会致辞时，他脱开讲稿，拿出一张100年前的老照片，当着在场的奥巴马，指责美国军人屠杀菲律宾原居民，“他们杀死我们的祖先，怎么现在又谈起人权了？”而在9月9日，他又对中国大加赞扬，夸中国人“慷慨”。自上台以来，在中美之间进行褒贬，几乎成了他的“新常态”。

对美国高官，他骂字当头。他骂奥巴马。就在辱骂奥巴马是“婊子养的”那次，他还隔空喊话：“除了菲律宾人民，我没有其他主人。请你放尊重点，别没事找事，否则我会在那个会议上诅咒你。”

他骂美国国务卿克里。7月27日，克里拜会杜特尔特时，承诺向菲提供3200万美元资金援助。8月5日提及此事时，杜特尔特说，“他留下3200万美元，这看起来不错。”“让我们再辱骂他一次，这个疯子还会再来巴结我们。”

他骂美国驻菲律宾大使戈登堡，谴责他干预菲律宾内政，称“这个大使是伪娘”，“这狗娘养的真让我生气。”

对中国，迄今他没说过一句坏话。他就任后会见的首批外交使节中就有中国驻菲大使。不久前他表示年内访问中国。南海仲裁案出台后，尽管美日等煽风点火，一再挑唆，杜特尔特冷静理智，不让人当枪使，在重要场合，包括这次东盟峰会，他都不提所谓“仲裁案”。

杜特尔特骂美国，既有现实原因也有历史因素。现实原因是，他上任后把反毒作为头等大事，想把他在达沃市任市长时“乱世用重典”的治理做法推向全国，美国却以“不守法律”“违反人权”等来相指责，他自然火冒三丈。历史因素是，美国对菲律宾进行近百年的殖民血腥统治，犯下几百万起罪行。这些都深深印在菲律宾人的历史记忆中，可以说广大菲律宾民众有着反美基因。民族独立意识很强的杜特尔特，哪里会容忍昔日殖民者的后裔还想以主子自居，颐指气使，指手画脚？他说：“我是一个主权国家的总统，我们不再是殖民地了！”他的这番话道出了他自己也是菲律宾民众的心声。

另外，杜特尔特敢于这么放开骂，是瞅准了美国有求于菲律宾，奥巴马用打哈哈、自嘲和调侃来应对辱骂，讨好巴结杜特尔特。

有鉴于阿基诺对华政策失败的教训，杜特尔特总统深知同中国关系的利害得失。他从阿基诺手中接过的是一个烂摊子，相比反毒，发展经济、改善民生更是当务之急和维权的根本。他曾很直白地说过大实话：中国有钱，美国没有，菲律宾希望中国帮助修铁路，建港口。这显示了他是个务实的现实主义者。

必须看到，不论杜特尔特总统骂美国有多么凶，并不表明他会同美国“恩断义绝”。对美国的军事援助，飞机也好，舰艇也罢，菲律宾照单全收，美国张罗的军事演习菲律宾一场不拉，美国在菲军事基地安全无恙。美菲是军事盟国，经过多年经营，美国在菲律宾的影响无处不在，菲亲美势力不可小视。

同样要看到，杜特尔特总统一再表示愿同中国发展友好关系，不把“仲裁案”结果当成同中国讨价还价的筹码，但菲律宾有些人并未打消这种念头，在南海同题上也有不少杂音，试图向杜总统施加影响。对此，我们也应有客观估计。

2016 年 9 月 12 日

马航客机惨剧，恐成“无头案”

对马航 MH17 被击落的调查尚未全面展开，种种不祥征兆已勾勒出一个大大的的问号：受诸多非常因素制约，这场惨剧会不会成为一桩“无头案”？

这样的质疑，看来不像是杞人忧天。首先，这不是一次普通的飞机失事，一般的飞机失事，相关各方目标相同，一起使劲，都想尽快弄清事故原因。再者，这也不同于以往导弹击落客机的案例。像 1983 年苏联战机用导弹击落因偏离航道进入苏联领空的韩国客机，1988 年美国在波斯湾附近击落伊朗民航客机，虽然肇事者有一大堆辩词，但都对犯事供认不讳。而这次马航 MH17 被击落，涉嫌者多，至少乌克兰、俄罗斯和乌克兰东部反政府武装牵扯其中。更重要的是，对立双方是唇枪舌剑或枪炮对阵的仇家，围绕 MH17 展开的是政治交量，生死对决。为此，加祸对方，清白自己，注定不择手段。这就让事件更加扑朔迷离，疑窦丛生，更会使调查障碍重重，举步维艰。

就说首先要找的黑匣子，本来在一片平川地上不应该太难找，但却并非如此。先是说找到一个，接着说两个都找到，随后又改口：全都下落不明。最新的信息是找到两个“疑似黑匣子”。其实，黑匣子对解开 MH17 坠毁谜团并不多么重要，黑匣子记录的是机舱内的状态，导弹瞬间袭来，驾驶员恐怕连“飞机受到外来攻击”类似的话都来不及说完整。

调查失事真相，最被看重的是两种残片：导弹碎片，飞机被导弹击中部分的残骸。但是，即使证据确认飞机是被山毛榉导弹击落，还是不能认定谁是责任方，因为乌克兰、俄罗斯和乌克兰反政府武装手里都有这种导弹，而且不排除出现过流失现象。

谁是凶手？相关各方都在释放相互攻讦、罪在对方的信息。事发不久，乌克兰就播放一段乌反政府武装人员同俄罗斯军事人员有关击落 HH17 客机的对话，当即被俄罗斯斥责为“无耻伪造”。乌克兰还公布马航客机坠落后，俄三辆载有山毛榉导弹的军车离乌返俄的图片，其中一辆车上少了一枚导弹。俄罗斯立即据理驳斥。俄罗斯则公开指出，在客机遭击前，俄方观察到乌克兰雷达导弹系统有活动迹象。前天，俄又发了个“十问乌克兰”，虽然没点名凶手，但乌克兰的名字几近呼之欲出。

随着调查展开，类似的五花八门、拳来脚往的“举证”肯定少不了，谁都死也不会让击落民航机的罪名落到自己头上。因双方都明白，这可是反人类的大罪，会遭全世界唾骂和唾弃。

查明真相，依靠的是确凿证据。在上述状况下，要通过独立、客观、公正的调查，取得可靠证据，谈何容易？同样让人忧虑是，对立双方会不会自己或请人帮助，用高科技手段，移花接木，无中生有，炮制证据？倘如此，真相何来？

美国也许会说，它可以提供证据，是俄罗斯帮助乌反政府武装用山毛榉导弹击落 MH17 的。事实上，马航 MH17 刚坠毁，美国就宣布了上述佐证。鉴于目前美俄、美乌关系现状和仅是一面之词，美国的证据大概只能用于制造舆论，诱导调查，但做定案的证据，不会被采纳。

全世界善良的人们都希望早日查明马航 MH17 被击落真相，严惩凶手。但国际政治的云诡波谲，出事地区的战乱不止，使世人可能不得不无奈地面对真相难以大白天下的结局。

2014 年 7 月 22 日

为《人民日报》一句话，12国大使找上门

有句名言叫“外事无小事”，国际报道无小事也就成为这句话的自然延伸。我在人民日报和环球时报工作期间，碰到不少这样的事：因为报上的一句话，一个标题，一个人物，一篇短文，外国驻华使馆便提出质疑，表示感谢，表达不满，甚至找上门来。举4个例子。

例一：1986年前后，《人民日报》国际版登了一篇评述中东局势的文章，其中有这么一句话：应正视现实，总不能把以色列赶到大海里去。说这么句有些新意话，是试图缓解阿拉伯国家同以色列的敌对情绪，有利于推进中东和平进程。当然，也有为中国同以色列发展正常关系造点舆论、作些铺垫的用意。

文章发表当天，一个阿拉伯国家驻华使馆就给报社打来电话，说他们大使希望拜访报社总编辑，就这篇文章的观点交换看法。

第二天，大使如约而至，不是一个人，而是12位阿拉伯国家的驻华大使（包括巴勒斯坦驻华办事处主任，巴尚未建国，主任相当于大使）。大使们或委婉或直率地表达他们的担心，怕中国中东政策有变，怕中国会跟以色列接近。谭总编向大使们保证，《人民日报》将严格遵循中国外交政策，一如既往坚决支持阿拉伯人民的正义斗争，支持巴勒斯坦民族解放事业，反对以色列在被占领土增建居民点等行动。大使们如释重负，

满意而归。事实是，直到几年后，中国才于 1992 年 1 月同以色列建交。

例二：1979 年 11 月 12 日，《人民日报》国际版用了我写的一篇札记，800 来字，放在 7 版最不起眼的右下角，题为《在漏船上凿窟窿》，讲的是以色列贝京当局 11 月 11 日宣布逮捕约旦河西岸纳布卢斯市市长、巴勒斯坦人沙卡，理由是他发表了为巴勒斯坦突击队活动辩解的谈话。对这一决定，该市及约旦河西岸 29 个市的官民以辞职、罢工、罢市、罢课表示强烈抗议，联大和联大特别政治委员会也通过决议，要求以色列取消驱逐纳布卢斯市长的命令。文中点评说，一个小市市长的去留所以会在全世界引起反响，表明以色列当局的政策不得人心，其处境就像洪波巨澜中的一条破船，风雨飘摇，朝不保夕。它逮捕沙卡市长的做法，无异于在漏船上凿窟窿，只能加速自己的沉没。

文章发表第二天，巴勒斯坦驻华办事处主任就给报社总编辑写信，感谢《人民日报》对巴勒斯坦解放事业的支持。又过了一天，这位主任又提出要当面感谢本文作者。报社外事部门安排我接待客人。见面后，他一连串的感谢和夸赞，让我承受不起，同时也在想，外交技巧中有小题大做、借题发挥的招数，此事似可列为案例。

例三：2002 年初，埃及报纸上频繁发表文章，批评官场腐败盛行、官员玩忽职守、贪污受贿等现象，《环球时报》特约记者以自身体验列举当地政府“门难进、脸难看、事难办”的大量事例，其中讲到更换驾照的经历：在折腾几天把窗口手续办妥后，还必须找部门负责人签字，离负责人办公室很远处就被两名警察挡住，说这是为了方便“首长”办公。而这位阴沉着脸的“首长”，也就相当于我们国内的科级官员。

《环球时报》为该文做了个醒目的标题：《埃及小官架子大》，还加了个引题：科员自称“首长” 办事常给脸色。

埃及使馆很快做出反应，对文章内容没有意见，但认为标题不妥，以偏概全，会给人造成错觉，好像埃及的下层官员都这个样子，有损埃及官员形象。环球时报向他们表达歉意，表示感谢，同时做出解释：因为引题有特指性，中国读者不会对埃及官员整体形象产生误解。

例四：《曾是革命元老 常年流亡美国 卡斯特罗政敌回国了》，这是《环球时报》2003年8月13日一篇文章的标题。其导语是：8月7日上午，在哈瓦那国际机场，68岁的梅诺宣布，他决定定居古巴，不回美国继续流亡。

文章见报后，古巴驻华使馆公使很快就提出交涉，指出文章内容不实，梅诺是自说自话，鉴于他的政治立场没变，古巴政府不许他回国定居。他还说，这么大的事，报社应事先向古巴方面求证。

说起来，事情真有些复杂。梅诺曾经是个很牛的人物。1957年，他参加反对古巴巴蒂斯塔独裁统治的斗争，后来逃到山里组织了一支游击队，1959年与卡斯特罗在哈瓦那会师，有过一段共同奋斗的日子。1961年两人因政见分歧而分道扬镳，梅诺流亡美国。1964年，他带领一支武装别动队在古巴登陆，失败被俘，判处死刑，后改为30年，坐牢22年。获释后他又去了美国，成立名为“古巴的变革”的古巴流亡者组织，反对美国封锁古巴，同卡斯特罗数次会面。因此，对他在机场的一番话，媒体普遍解读是，他宣布定居古巴，一定是得到古巴最高当局的允许。

因为我曾率记者组访问过古巴，此事就交由我同古巴政务参赞沟通。我向他表示道歉，并说了以下三点：其一，刊登此稿完全是出于对古巴的善意，流亡美国的政敌愿意回国定居，说明古巴有吸引力，也表明卡斯特罗主席政治胸怀博大。其二，本文作者是人民日报驻墨西哥资深记者，工作作风严谨，对他的报道我们深信不疑，所以就没向古巴方面核实。其三，出这样的错误，表明我们对古巴缺乏了解，希望使馆今后多向我们通报信息。参赞对我们的解释很满意，还提出要在使馆宴请我和另一位同事。

《人民日报》对国际报道有具体规定，像事实要准确，消息来源要可靠；对外国领导人不许搞人身攻击，不使用污辱性言词；对发展中国家坚持正面报道，不说三道四，等等。多少年来，这些规定一直被遵守，违规出格的事很少发生。

总体而言，发展中国家，尤其是同中国交好的国家，比较在意《人民日报》等媒体对它们国家的报道，喜欢听赞扬的话，敏感度较高，容易做出反应。这可能与我们对其报道长期“报喜不报忧”有关。西方国家对中国媒体说它们什么一般不在乎，它们大概习惯了总被国内外媒体揶揄的生存状态。

2017 年 9 月 14 日

从记者站看中苏从“蜜月”到交恶

重要媒体驻外记者站的选点和撤销，驻外记者的选派和调回，可以映照出世界风云变幻，国家关系变动不居，以及世事无常。人民日报驻苏联记者站的命运无疑是一个典型案例。

1954 年 11 月，人民日报在苏联建立第一个驻外记者站。这是中国同苏联开始“蜜月期”的产物。

1950 年初，毛主席访问苏联，2 月 14 日同斯大林签订《中苏友好同盟互助条约》，两国关系从此急剧升温，在各个领域的合作全面展开。两党的机关报《人民日报》和《真理报》决定互派记者，在对方国家的首都建立记者站。

人民日报首任站长李何，早年就投身革命，是中共早期领导人瞿秋白的女婿，到报社记者站任职之前，已作为新华社莫斯科分社创建者在苏联工作近 4 年，夫人瞿独伊当时正在苏联一农学院学习。从各方面条件看，他称得上是精挑细选的不二人选。

按照协议，两家报社要为对方提供实质性帮助，包括帮着租房、买车和外出采访时提供翻译。在真理报的协助下，记者站很快安置妥当，开展工作。当时的中国，视苏联为老大哥，一个很流行的口号是：苏联的今天，就是我们的明天。读者对发生在苏联的大情小事都感兴趣，觉得新鲜。在这样的情势下，记者站责任之重、工作量之大可想而知。李何一个人实在忙不过来，正在莫斯科大学新闻系读书的戴枫被调到记者站当记者。他这样描述当时的工作生活情况：

——记者站工作十分繁重，不允许遗漏任何重大事件的报道。每天都编发消息，每人每月还要写8篇通讯或综述。

——每日工作程序是：清早7点开始阅读由邮局直接专递的十多份报刊，篇幅极多。大家赶着把稿件编出、审定，交由译电员译成明码电报，在打字机上迅速打出，到莫斯科市邮电局发往北京。

——上午一般忙到12点。下午如没有外出采访，就在办公室写通讯、述评，通常工作到晚上10点。

——午晚两餐是最好的休息松弛时间，因为先要走10多分钟，才能到达使馆食堂，不论雨雪风寒还是太阳高照，走这段路有一种心情放松的感觉，用餐时大家说说笑笑，是紧张单调生活的调节剂。

当记者最盼着经常有大事发生，他们在苏联的那几年，就赶上几件震动世界的事件。

1956年2月14日，赫鲁晓夫在苏共第二十次代表大会上作题为《关于个人崇拜及其后果》的报告，俗称秘密报告，全面否定和猛烈批判斯大林，抛出许多骇人听闻的事例，像斯大林搞肃反扩大化，错杀大批优秀人才；二战时对德国图谋进攻苏联掉以轻心，导致战争初期苏联连连失利，等等。秘密报告在全世界引起巨大反响，在东欧国家尤为强烈。很多人上街游行，要求摆脱苏联控制，出现流血的“波匈事件”。苏联当局慌了手脚，一味追求出兵镇压。在这危机之际，中国派刘少奇访苏，说服赫鲁晓夫纠正错误作法，避免了更大悲剧发生。在波匈事件期间，人民日报派出两位记者到波兰和匈牙利采访，他们的稿件大都通过莫斯科记者站转发北京。

1957年11月，毛主席第二次访苏，主要使命是说和，维系社会主义阵营的团结。他指出，社会主义国家也必须有个头，这个头就是苏联。11月17日，毛主席接见在苏中国学生，留下了这段著名的语录：“世界是你们的，也是我们的，但归根结底是你们的。你们青年人朝气蓬勃，正在兴旺时期，好像早上八九点钟的太阳，希望寄托在你们身上。”戴枫全程采访，写出了影响很大的通讯《毛主席会见留苏学生》。

1959 年 9 月底赫鲁晓夫访华，他在中国国庆十周年宴会上发表讲话，指桑骂槐地指责中国的内外政策，引起中国领导人的强烈不满。此前，苏联向中国提出联合建长波电台和联合舰队的要求，均遭拒绝。恼羞成怒的赫鲁晓夫下令撕毁合同，撤走专家，使许多已经上马的项目陷入困境，还逼着中国还债，使中苏两党两国关系彻底破裂。

有鉴于此，人民日报驻苏联记者站也就没有继续存在的理由和条件。1959 年底，存在不到 7 年的记者站正式撤销。

这一撤差不多就是 30 年，直到 1989 年 5 月，戈尔巴乔夫访问中国，同邓小平会谈，实现了两党两国关系正常化，人民日报才派两名记者前往莫斯科，重建记者站。

需要补充说明的是，李何 1958 年春奉调回国，任人民日报国际部副主任，1962 年 8 月 5 日病逝，终年 44 岁。夫人瞿独伊回国后主要在新华社工作。今年 95 岁的老人依然健康矍铄。

2016 年 9 月 7 日

英国站历练驻外记者

人民日报第一个驻外记者站建在苏联，毋庸置疑，可第二个站设在英国，则有些出人意料。事实上，这完全合乎国际政治逻辑。

1949年10月1日，中华人民共和国宣告成立，但主要西方国家长期不予承认，唯独英国是个例外。1950年1月6日，英国宣布承认中华人民共和国，1954年6月17日，中英建立代办级半外交关系。在这种情况下，报社要在国外开一个实地观察西方世界的窗口，也就非英国莫属。

1956年6月，潘非、苏兰和李红受命赴英国建记者站。潘非任站长，苏兰任记者，他们都参加过抗日战争，从事新闻工作多年。李红任翻译，他一年前从北京外语学院毕业后分到报社国际部。

他们原计划记者站建立后有一个对驻在国的熟悉期。孰料，发酵中的苏伊士运河危机演变成大规模战争，英国是这场战争的主角之一，成为全世界关注的中心，这为他们出了个需全力以赴投入报道的重大题目。三个人紧张忙碌起来：时而跳上出租车赶往议会大厦，时而参加新闻发布会，时而又徒步走十几里跟随反战游行队伍进行采访。那阵子，他们马不停蹄，赶写报道和评论，每天干到凌晨两三点，甚至天光大亮。

对苏伊士战争的报道，看似是一场遭遇战，实际上是定下了记者站正常工作节奏的基调。

评论由潘非负责撰写，欧洲局势的变动不居，英国社会现象的五花八门，为他提供写不完的素材，他的评论也越写越有特色，有人这样评价："透辟的剖析，巧妙的构思，生动的描写。"以这样的笔法，潘非写了大量的政治评论，开创了国际评论让人喜闻乐见的写作风格。30多年后，中国社会科学院研究生院的一个学生，以"论潘非国际评论特色"为主题完成了硕士论文。

在重大事件的间隙，潘非还写了很多通讯。他认为通讯是抽象说理的政治评论和简短朴实的新闻报道所替代不了的。而深入采访是写好通讯的关键，他举例说，写一篇关于失业工人的通讯，除了掌握大量侧面材料，至少必须访问四五家失业工人家庭。只有访问了各种各样的家庭，才能懂得工人失业意味着什么，文章才能写得客观，不失偏颇。同样，为了写《泰晤士河》一文，他多次沿河实地调查。

深入采访加上精心写作，潘非写的通讯文笔优美，可读性强，其中《泰晤士河》《人狗之间》《伊顿公学》等篇被选入中学课本和大学教材。将英国通讯结集的《泰晤士河》一书，曾畅销一时，深受读者喜爱。

苏兰也经常外出采访，工人是她接触最多的阶层。为写矿工的生活，她到当时英国著名煤矿基地南威尔士采访，同工人一起下煤井。她以细腻的笔触对矿井的劳动环境作绘声绘色的描述：我们换上矿工服、靴子，步行下井。一进去，就冷得打战，滴下来的泥水灌进了脖子，不平的坑道覆盖着半尺深的泥浆。我们依靠拐杖前行。光线极暗，我看不见什么。在一个岔道附近，突然传来一阵吆喝："小伙子，加油！小伙子，加油！"接着听到"扑通"一声，我脸上顿时溅上了一片泥浆。原来，离我不远处的"小伙子"竟是一匹马。它拖着一辆煤车，累得突然跪倒前蹄，趴在泥水里。后来听说，这井里有22匹马。英国竟有这么落后的生产方式，难以想象。

刨煤时，空中满是煤屑、粉尘。整个南威尔士，一年死于矽肺病的有300多人。老矿工比米希向我们讲事故发生时的情景："我们在漆黑的坑道里摸到那倒霉的家伙。轻轻地，轻轻地，先从受伤的腿模起，摸到胸前，心不跳了，他完了。”以后，他妻子领到 250 镑抚恤金，这是一个年轻矿工 3 个月的工资。

5 年伦敦岁月，李红由翻译成长为独当一面的记者。他虽说是英语科班出身，但在国内学的中式英语同正宗的英语有些不兼容。刚到英国时，听讲都有些困难。但他刻苦好学，大量阅读报刊，还利用一切机会同记者站的当地雇员闲聊，向他们学英语，了解当地民俗风情。他的外文水平提高很快，也加深了对英国的认识。随着潘非夫妇外文水平的提高，越来越不需要“拐棍”，李红也更多地承担报道任务。1960 年 3 月，潘非夫妇离任回国，他独当一面，全面负责对英国的报道。

在一篇文章中，李红深情地回忆在英国的日子：“我那时在新闻战线还是名新兵，潘非经常结合实际问题，向我传授新闻工作经验，从不知疲倦，使我产生了对新闻工作的浓厚兴趣。”

李红成为当时人民日报一位出色的胜任国际报道的多面手。1962 年，根据中日双方互派记者的《会谈纪要》，中国首批常驻日本记者共 7 人，李红是其中一员。1979 年 11 月，他又赴坦桑尼亚建立人民日报第一个驻非洲记者站，并在那里干了 3 年。

几十年过去了，回首往事，可以这样说：高强度的工作和较大的活动平台，是磨练和造就人才的重要条件，驻外记者能二者兼得，英国站提供了有说服力的例证。

2017 年 5 月 24 日

一波三折，日本站建立真不易

人民日报派出常驻记者的第三个国家是日本，那是 1964 年，比 1972 年中日邦交正常化早了 8 年。但直到 1975 年 11 月报社才在日本正式建立记者站。人民日报向未建交的国家派常驻记者，在派出记者多年后才正式建记者站，日本是独一家。这从一个侧面反映了中日关系的复杂性和特殊性。

1964 年 4 月，中日双方就在北京和东京互设“廖承志·高碕贸易办事处”达成协议，并交换了互换新闻记者的《会议纪要》。这两件事被认为是中日关系从单纯民间往来到半官半民交流阶段的重要标志，也为日后中日关系全面正常化奠定了重要基础。

当时中方向日本派出的 7 名记者，来自 7 个新闻单位，故有“7 家 7 名”一说。人民日报记者是李红同志。当时按日方规定，来自共产党国家的记者在日本逗留超过 1 年要按手印，我们反对这一带有侮辱性的做法，但没法改变，便采取在日本待 1 年，回国后再回日本延长 1 年的方式。李红任期满 1 年后，由陈泊微接任。

那时，国际上反共气氛甚浓，日本自然不例外。中国记者的活动受到日本警察全天候监视。老陈曾以讥讽的口吻写道：“警察的保护做得实在是认真而周到。不论什么时候，只要我们驱车外出，警察必驾车相随。我们步行出门，他们也不即不离地奉陪。有时我们去商店买东西，警察看见我们手里拿的东西多了，赶忙上前帮助提购物袋，殷勤之态可掬。”

除了监视，日本当局还故意制造事端，给中国记者采访活动设置障碍。1966年6月，就发生一起震惊中日的事件。5月底，美国核潜艇“小鹰号”驶进横须贺港，愤怒的日本民众连日集会游行进行抗议。陈泊微和中国青年报记者高地前往采访，站在街边观看，偶尔走近游行者询问几句。不料6月4日，东京各大报和电台、电视台均发表耸人听闻的消息，造谣说中国记者“参加了游行”，并且同游行者一起喊“核潜艇滚出去”的口号。日本国家公安委员长在内阁会议上报告称，“这是超越采访的政治活动”，首相佐藤也表态说，对这一“重大问题”要严加调查。日方开始谎称掌握确凿证据，但始终拿不出来，因为压根就没有那回事。

面对如此事态，6月5日，陈泊微除了向有关方面澄清事实真相，还于当天下午举行记者招待会，由他和高地分别宣读了中文和日文书面声明，辟谣驳诬。6月7日，《人民日报》刊登了这一新闻，标题是：《我两名记者发表声明驳斥日本当局造谣》，谴责佐藤政府破坏中日人民友谊。

在这样的政治环境中开展工作，中国记者有一套独特的管理体制。他们7人对外称为“中国记者团”，对内都归新华社东京分社领导，人员统一管理，工作统筹安排。不论谁发的稿子，都统一发到新华总社，由总社决定是否转给报社。

出于安全考虑，规定任何时候外出，必须二人同行。报道内容有一定的政治取向，报道题材受到限制。实际上，日本人在战后奋发自强，在废墟上复兴国家，成就显著，有不少地方值得我们学习和借鉴。但在当时的政治氛围下，这些都被记者忽视。

1972年6月17日，一直敌视中国的佐藤内阁被迫提前下台，田中内阁7月成立。同年9月29日，中日建立大使级外交关系。1974年1月，中日两国政府在北京签署了中日交换常驻记者备忘录。1975年经周恩来总理批准，人民日报在日本正式建立记者站。这年11月，吴德烈（首席）

和张云方二位同志赴任。

中日关系转暖，为记者活动打开一方天地，记者站独立门户，也少了此前体制上的诸多限制。不过，囿于当时国内形势，报道内容主要是两国民间友好和文化交流活动。

在东京，老吴和小张多次拜访内山书店。店主内山嘉吉向记者展示1936年鲁迅去世前几个月，同其兄内山完造在上海的合影。鲁迅同内山书店的交情一直被传为佳话。1927年，鲁迅从广东到上海的第三天，便同内山完造建立了联系，从这里购买日文版的各类书籍。当时国民党政府几次秘密发出逮捕鲁迅的通缉令，危急之中是内山完造多次掩护了鲁迅。内山嘉吉说："我哥哥和鲁迅情同手足，完全像一家人。"

在长野县采访，他们记录下这样的场景：一天夜间，到一农民家做客，同五六位当地朋友围坐在火炉边，促膝倾谈。一位叫小野泽的，从很远的地方赶来，带来一包苹果。他说，一位朋友几年前访华时带回几株苹果树枝，他把它们嫁接在家乡的苹果树上，这些苹果就是他刚从那些树上采摘的。大家一边品尝，一边给它起名叫"日中友好苹果"。

在福冈，日中友协（正统）福冈本部负责人告诉中国记者，为了推进日中友好事业，除了组织"友好之船""友好之翼"等各种形式的访华团，还举行群众集会，放映中国电影，举办中文讲座和演讲会。不难看出，同中国友好，在当时的日本有较深厚的民意基础。

2017年7月24日

美国站：老将出马，各展其长

1979年1月1日，中国与美国正式建交，半年后，人民日报于7月在华盛顿建立第七个驻外记者站。

美国是头号超级大国，国内政情复杂，又爱在全世界到处伸手，因此美国站的报道任务最为繁重，难度最大。与此相应，报社派出两位重量级记者。

一位是61岁的王飞，国际部主任，曾任新华社编委、国际部主任，国际报道经验丰富，是评论高手。另一位是57岁的张彦，外文杂志《人民中国》副总编辑，文笔优美，擅长写软文。

记者站若有两位记者，通常是一位管国内，一位管国际。他们二位分工方式则不同，凡评论，不论国际国内，统统归老王，老张主要任务是用通讯的形式，客观生动地介绍美国。这种楚河汉界、泾渭分明的分工方式，有利于他们各展其长，使报道更具特色。

他们在任期间，美国国内外主要大事有：大选正紧张进行，经济状况糟糕，种族主义抬头；中美在各领域的交流走向纵深，苏联入侵阿富汗，美苏争霸激烈。王飞的评论就在上述范围内展开。两年内，他成文48篇，数量不多，但公认质量高，文章视野开阔，分析透辟，文笔老道，深得读者好评。

大选是他的主要关注点。后期竞争在时任总统卡特和里根之间展开。

卡特对华友好，在他手上实现中美关系正常化。里根反对卡特的对华政策，主张美国和台湾“最起码也应该保持一些正常关系”，要把形势倒转过来，即在北京设立大使馆，在台北设立联络处。此前，美国在北京设大使馆，在台北设办事处。王飞反复批驳这个“倒联络处”的论调，指出这实质上是“一个中国，两个政府”的翻版，是“十分危险的倒退”。

在很多篇分析美国大选的文章中，王飞厌恶里根的情绪常流露笔端。在《里根这个人》一文中，他这样介绍：从1937年到1957年，在好莱坞当了20年演员，已年近70，“不过，从预选活动中可以看出，红润的两颊，油亮的黑发，显示他的健康状况同他的年龄相比，还是良好的。但也有人说，他在每次出场之前，常常淡淡化妆一下，以掩饰他的老衰。”

就是这番把里根比作“戏子”的描述，给老王带来不大不小的麻烦，早就盯上他的美国有关当局向他提出“警告”：这属于个人人身攻击，在美国是不允许的，应“下不为例”。

经济和社会问题也是王飞关注的重点。当时美国经济问题突出，通胀率高达18%，利率也上升至17%。种族主义再度抬头，在广大黑人群众中引起深深的忧虑和不满。《美国人在想什么？》是他一篇评论的题目，他借用一位美国人的话，“我们美国人是两手捂着腰包，两眼瞪着政府。”生活的窘迫，使许多美国人甚至怀念50年代与60年代的“好时光”。

在中国官媒上，王飞最早介绍美国唐人街，并借此透析中美关系。他在《唐人街巡礼》中这样写道：“漫步唐人街，那红檐绿瓦的门楣，旧式对联，古色古香的摆设，不禁使人想起50年前的旧中国城市的某些特点。”他的笔触并不止于此，而是通过见闻和史料，讲述旅美华人为美国开发西部荒野做出过卓越贡献，但他们的遭遇却是一部充满血泪的悲惨历史。当然，他也写到华人在美国的地位已今非昔比，三位华裔科学家获诺贝尔奖给旅美华人带来荣耀。

今天看，王飞分析美苏关系的一些文章，或浓或淡地打着“联美抗苏”

的历史烙印，真可谓世事无常，此一时、彼一时。

外文好和外国朋友多，是驻外记者的两大优势，张彦两样兼备。到华盛顿后，他给住在纽约的当年相熟的飞虎队朋友打电话，说过些日子去看他们。对方回应："我们可等不及，明天就要见到你。"第二天，一伙人真的从纽约飞到华盛顿，经过一番欢聚畅谈，临走时他们留下话："有什么事情需要我们做，只管说。"

老张回忆，初到美国，听到"有好几个美国"的说法，有些茫然。原来，由于历史、地理和人文的因素，美国东部和西部迥然不同，南部和北部各有特色，何况还有一个"富足的美国"和"贫困的美国"之分。实际上，张彦正是依照这样的地理和政治舆图安排自己的采访活动。他写了"西部行""南部行""东部行"等多个系统，每个系统少则文章3篇，多则8篇。这些经过深入采访写成的通讯，客观生动地介绍美国社会的方方面面，在中美刚刚建立的当年，给人以闻所未闻、耳目一新之感：

美国的发展是由东往西次第推进。"到西部去！"曾经是美国历史上一股势不可挡的潮流，早期阶段，树立了可贵的拓荒者的创业精神。后来，铁路通了，西部开始繁荣了，"到西部去！"慢慢成为一条发财之道。打个比方，美国由东到西好似一个斜坡，各色人等都由东往西流，有的中途停下了，不满足的继续西流，因此西部边境州就成了鱼龙混杂之地。

"美国是生活在四个轮子上的国家。"公路上经常是三四辆汽车同时开进，互相赶超，风驰电掣。车辆各式各样：一种双层车约有一节火车皮那么长，一次可以运载八九辆小卧车；外出度假的小车，后面不是拖着一个游艇，就是一间活动的房子。如果从高空俯瞰美国大地，千千万万汽车奔驰在密如蛛网的公路线上，岂不真是一个偌大的国家装上了轮子在无休止地蠕动。

有两个现象令人深思：随着经济实力的转移，政治权势自然也随之转移。来自南方的佐治亚州的卡特刚离开白宫，在加利福尼亚州起家的里根又成了白宫的主人；美国大城市发展都遵循一条规律：经济条件好的家庭多半迁往周边城镇的幽静地区，市内的某些地区则日益走向衰败，出现一片片贫民窟。

好莱坞30年代、40年代的黄金岁月，已经一去不复返。那些很有艺术成就的导演和演员，老的老死的死，一些有名的大制片公司，纷纷走下坡路。好莱坞电影何以会一蹶不振？答案是：电视挤垮了电影。

人口普查很有趣。始于1790年，每十年进行一次。每户都会收到一份人口普查表，其中83%收到的是一种简单表格，只要回答姓名、性别、年龄、民族、婚否等19个问题。其余的17%收到的是复杂的表格，是被挑选作为抽样调查的对象，需要回答46个问题，包括受教育程度、职业情况、健康状况、收入开支、能说什么语言、有几辆汽车、每月用多少汽油、室内空调使用何种能源等等。收到这种表格必须如实填写，谎报或拒不填表者要罚款至少100美元。所填表格除普查人员外，在72年内任何人无权过目。

张彦的通讯笔法细腻，王飞的评论刚劲有力，两人各展其长，珠联璧合，无愧“老将出马，精彩纷呈”的赞誉。

两位前辈记者，王飞已经去世，享年90，95岁的张彦仍健在。

2017年7月31日

在南亚当“巡回记者”

人民日报驻巴基斯坦记者站建于1974年3月，是报社第三个驻外记者站，也是在发展中国家建的第一个记者站。报社给老杨和我的任务是：立足巴基斯坦，兼顾孟加拉国、斯里兰卡、伊朗和阿富汗的报道，当“巡回记者”，意在尝试“一站管一片”的建国外记者站的设想。

巴孟两国高看人民日报记者和对中国的友好情谊，我做过报道，本文要说的是在阿富汗和伊朗采访的所见所闻所感。

阿富汗：亲苏势力政变推翻国王，百姓不改对华友好

赴阿富汗采访，我们住在中国驻喀布尔大使馆。一到那里就感到气氛有些紧张。几个月前，亲苏联的达乌德发动军事政变，推翻了对华友好的查希尔国王。王宫就紧挨着使馆，政变者大本营就设在那里，院内停着不少坦克和军车，戒备森严。老资格的甘大使出于安全考虑，严禁馆员外出。因此，使馆人员对我们开车从巴到阿一路上的经历见闻特别感兴趣。不过听得出，他们对“固守使馆以保平安”的做法颇有微词。我也有同感，只是不便说出。

实际上，自踏上赴阿的路途，我们内心一直忐忑不安。政变后的改朝换代，阿巴互视为敌国，未知因素很多。但一切皆出人意料的顺利。途中经过几个哨卡，站岗的士兵态度友善，给我们敬礼，有的还指指自己的脸，指指我们的脸，示意彼此面孔很像。后来才知道，他们是哈扎拉人，成吉思汗及其后人西征后留在阿富汗驻屯兵的后裔，在阿地位低下，即使能入伍，也大都只能当小兵。他们多来自农村，老国王时，中国对阿援助深入穷乡僻壤，教当地人养蚕养鱼新技术。哨兵们对我们友好，既来自同一人种天然的亲近，更有他们从小就有的“中国对阿富汗好”的朴素认知。

阿富汗外交部官员说，采访活动由我们自己安排。于是，我们同新华社驻当地记者老陈和小许结伴而行，开车去一趟中部重镇巴米扬。为了壮胆，我们每人带上一把弹簧刀。

山路崎岖，老杨开车。当爬上一个高坡时，他惊呼车子没油了。这时天色已晚，车子顺坡滑行，前面出现灯光，原来是个小村落。懂当地语的小许，敲开几家的门，说明情况。村民们很帮忙，这家一罐汽油，那家一瓶煤油，总算让汽车开动上路。友善的哈扎拉人，帮我们化险为夷。

巴米扬位居古丝绸之路的要冲，曾是世界佛教中心之一。在该市东北部不远处，有两尊依山崖而凿的巨佛，一座高 37 米，建于公元一世纪，一座 55 米，高度世界第三，成于公元五世纪，它们是佛教在此地昌盛的物化，人类文明的胜迹。我国晋代高僧法显和唐代高僧玄奘，先后在《佛国记》和《大唐西域记》中对两尊巨佛有生动描述。塔利班掌权后，于 2001 年 3 月将它们炸毁，让这两尊大佛以粉身碎骨的悲剧留名世界。

到巴米扬旅游的西方人很多，大部分是赶时髦的嬉皮士。他们衣着邋遢，披头散发，一幅寒酸相。有的还开着破破烂烂的汽车，花不多的钱买走很多文物古董。此情此景，这个文明古国的悲哀，令人叹息。

伊朗：对比强烈的反差，酝酿惊天剧变

在“兼顾报道”的国家中，我们在伊朗采访时间最长，加上报道亚运会的十多天，共 3 个月，参观过农村、学校、清真寺、炼油厂等，走马观花中，明显觉得伊朗存在几个对比强烈的反差：地上和地下，传统与现代，富有与贫穷。这些反差任何国家都有，但伊朗格外突出。

最北边的里海水产丰富，享誉世界的黑鱼子酱，价格昂贵，我们参观一家鱼子加工厂那天，出厂价为 200 美元 1 公斤，出口国外，价钱至少翻番。里海沿岸地区气候温润，是重要的农业区，以盛产大米闻名。乘车南行，穿过广袤的中部高原，便到了沙漠地区，黄沙漫漫，寸草不生。地下可是个聚宝盆，蕴藏丰富的石油和天然气，使伊朗跻身全球主要产油国之列。世界可真奇妙：地面上富饶，地底下则贫瘠；地表满目荒凉，地下却藏金纳玉。置身其中，很难不认同“造物主是公平的”这一说法。

传统与现代的碰撞触目惊心。就说穿衣打扮，在广大农村，男人穿长袍，戴瓜皮型小帽，女的穿盖住手脚的“恰特利”，或者将全身罩住的黑袍。而在德黑兰等大城市，男青年时兴穿喇叭裤、留长鬓，身着超短裙和运动背心的女青年，旁若无人地走在大街上。观念的转变更是惊人。城市年轻人以看好莱坞电影和西方报刊为时髦，追求所谓自由和个性解放。我听到一个真实的的故事：我使馆武官处有位帅气的年轻男翻译，被三位摩登的女孩子看上了，她们提出要一起嫁给他，按照伊斯兰教习俗，一个男人可以同时有 4 个妻子。她们天天守在武官处门口，弄得这位翻译没法正常工作，只好转馆到别国。

这一切，当然为守望宗教和文化传统者所不容。代沟在加深，观念分野在扩大，矛盾在潜滋暗长。

全球油价上涨，使伊朗财富大增。从中受益的是巴列维王室、政府及掌控石油产业的家族。德黑兰利用举办1974年亚运会的机会，露富炫富：花巨资建了座宏伟的纪念塔，办了豪华的运动会开幕和闭幕式，用高档食品招待各国运动员。运动会结束后。派出两架专机送报道运动会的记者赴古城什拉子和伊斯法罕参观。这期间，记者们可随意在任何咖啡厅、食品店吃喝，一切开销由陪同付账。

但滚滚而来的石油美元与普通百姓特别是农民无缘。伊朗电视经常报道国王向某某牧区、农村赠送电视机的消息，接受者名单很长。但想用此种方式缩小贫富差距，无异杯水车薪。当时就有专家分析，西方思想的猛然进入，贫富差别的骤然拉大，给伊朗埋下引发百姓不满和社会动荡的隐患。为了维护统治，巴列维国王推行“告密制”，有人估计，当时 7 个人中就有一个是有关当局发展的告密者。但防民之口，甚于防川，此类愚蠢措施只能加速王朝的灭亡。几年之后，翻天覆地的伊斯兰革命便不期而至。

2017 年 8 月 5 日

传奇女记者胡济邦

在出席俄罗斯纪念卫国战争70周年庆典前夕，5月7日，习近平主席在《俄罗斯报》发表题为《铭记历史，开创未来》的署名文章，文中列举的在卫国战争中建立功勋的人物中有3位中国人：毛泽东之子毛岸英，时任苏联空军飞行副团长唐铎，唯一全程深入报道卫国战争的女记者胡济邦。

作为胡济邦在人民日报工作期间的同事，很为她感到骄傲，同时也觉得应该写点什么，缅怀这位20年前已经作古的前辈记者。

1967年秋，我被分配到人民日报社国际部。不几天，就听说部里有位叫胡济邦的奇特人物：30年代初加入共产党，在国民党政府驻苏联大使馆任专员和《中苏文化》杂志记者13年，因此丢了党籍，1949年后她重新入党的介绍人之一听说是李克农上将；与时任大使后来当上台湾“外交部部长”的傅秉长关系不寻常，同时受到斯大林亲自表扬……不久，因工作需要，有机会查阅胡济邦厚厚的档案和有关材料，才知道她的“政治之复杂、经历之传奇”远超出局外人的相像。

现在看，作为新闻记者，胡济邦所拥有的三个“唯一”，可以说任何中国记者乃至外国记者都难以望其项背。

第一，她是唯一全程目睹和报道苏联卫国战争的中国记者。莫斯科保卫战、斯大林格勒保卫战、列宁格勒保卫战等重大战役的战场，都可以看到胡济邦活跃的身影。看看她写出的报道题目，就足以令人肃然起敬：《莫斯科大会战》《列宁格勒的九百个日日夜夜》《解围前的列宁格勒》《解放后的斯大林格勒》《庆祝全民胜利中的莫斯科》……

胡济邦的战地通讯现场感很强，读后令人如亲临其境，深受感染。在《莫斯科保卫战》一文她写道："德军集中百万以上的精锐部队对莫斯科实施'台风'行动，飞机狂轰滥炸，扔下的炸弹像秋天落叶一样多，上千架飞机，每天有 200 架轮番攻击和轰炸……" 1945 年 5 月 9 日是反法西斯战争胜利日，胡济邦在《庆祝全民胜利中的莫斯科》通讯中，抓住了这样的镜头："在高尔基大街，一位空军英雄被十几位女学生用鲜花包围。在基洛大夫街，一位中年妇女紧紧拥抱着一位炮兵少校不放，说她有三个孩子，和他一样的年纪，穿着一样的炮兵制服，四年不见了，没有消息！……"

第二，她是唯一采访过所有同盟国外国领袖人物的记者。他们是：罗斯福、丘吉尔、斯大林、杜鲁门、张伯伦、戴高乐、铁托等。此外，还有被俘虏的德国元帅鲍卢斯。最值得称道的是，她针对不同的采访对象，使用相应的英、法、俄、匈牙利等语言，会讲多种语言的本事以及外交官的技巧，使采访高效、深入，写出的报道生动、传神。

斯大林格勒会战期间，崔可夫将军招待各路记者，宴后，他单独接见胡济邦。对此，她有如下记述：崔可夫："在中国抗日战争初期，我到过中国，担任苏驻华大使馆武官，和中国人民有特别的感情，现在身边还留着一支中国制造的大手电筒呢。今天在斯大林勒格前线见到漂亮的中国女记者，感到特别高兴。"记者："将军单独接受我采访，我感到很荣幸。"崔可夫起身敬酒，记者举杯说："中国妇女和中国人民为将军和你的军队胜利干杯！"

第三，她是唯一受到多位中外领导人赞许的记者。在胡济邦档案中，有一封斯大林写给中国政府的信（复制品），感谢胡济邦为苏联革命作出的卓越贡献。

1956 年，胡济邦从外交部调到人民日报，出任人民日报常驻匈牙利和波兰记者。当时的匈牙利，已是山雨欲来风满楼。政治敏感度很高的胡济邦觉察到要出大事，她抓住一切机会采访匈牙利领导人和基层群众，在震惊世界的“匈牙利事件”前后，她撰写了很多有内容有见地的公开报道和内参稿，受到中国各阶层的关注。匈牙利劳动党总书记卡达尔访华时，曾对毛泽东主席说“你们派来的人民日报记者胡济邦女士很勇敢，工作表现很出色，谢谢你们。”毛主席点头微笑道：“是的，我从她的报道里，晓得了你们的真实情况。”这是对胡济邦工作的极高赞誉。

铁托总统在他的回忆录中赞扬胡济邦是一位思维敏捷、大胆泼辣、很有才气的记者。在黑山他接受过胡济邦的专访。那是 1946 年，胡济邦应邀参加南斯拉夫对米哈乔维奇的审判。在黑山，她采访了铁托总统。铁托说“今天早上，美国一家通讯社还造谣说我在黑山翻车受伤。”胡济邦机智地接茬：“我来给你辟谣吧！”铁托大笑。

在胡济邦的档案中，还有周恩来总理用毛笔写的对她肯定的评价。

实际上，当记者只是胡济邦革命生涯的一小部分和一段时间。1979 年她离开人民日报，随担任联合国副秘书长的丈夫毕季龙去了纽约。6 年期间，夫妻俩访问了六七十个国家。可以说，胡济邦的一生波澜起伏，极具传奇色彩。可惜她没有写自传，也没见写她传记的作品问世。这是很大的遗憾，她个人的遗憾，也是时代的遗憾。

2015 年 5 月 11 日

他驻外时遇难，熊熊火焰中魂归故里

驻外记者是个看上去风光实则艰辛并有一定风险的工作，且不说在战乱疫病地区采访，在异国他乡陌生环境下开车就有较高危险。20 世纪 80 年代，人民日报就有两位驻外记者因车祸去世，为国际报道献出宝贵生命。钟逢准同志是第一位罹难者。

噩耗！驻巴基斯坦记者钟逢准车祸遇难

1982 年 4 月 26 日，从伊斯兰堡传来噩耗：人民日报驻巴基斯坦记者钟逢准因车祸不幸遇难。国际部为失去一位好同志而悲痛，时任部主任蒋元椿更是难过，他用“我不杀伯仁，伯仁为我而死”的典故，表达自己的伤心自责。

老蒋这么说也有缘由。当时，他正随中国新闻代表团在巴基斯坦访问，抽空去设在伊斯兰堡的记者站看望钟逢准。老钟提出，他爱人身体不大好，自己也有些累，希望缩短任期提前回国。老蒋说，这事他一个人不好定，要部委开会商议一下，同时告诉老钟，就算部里答应，他也要坚持些时候，人选定后也需要准备时间，希望他静下心来，照常工作。他爱人那边部里会给予关照。老钟表示服从报社安排。

老钟左思右想，想到自己见老蒋时光顾着谈提前回国的事，没多少时间听听部领导对报道的指导意见，觉得还应再见见老蒋。25 日吃早饭时，他把自己的想法告诉了国际台的老陈，7 点多钟就开车去白沙瓦找老蒋，当时代表团正在那里访问。

伊斯兰堡距白沙瓦 300 多公里，沿途多为平原，公路路况比较好，哪想到半道上就出事了。

用 7 吨木材火化，熊熊烈焰中老钟魂归故里

巴方对此事十分重视，当即派出有经验的刑警和法医，会同中国外交官赶到现场。汽车摔在路边沟里的一块大石头上，车身没有多大损坏，死者没明显外伤，随身携带的箱子完好。由此作出判断：排除遇难者遭遇恐怖袭击和被人图财害命的可能，这是一起交通事故。至于事故原因，可能是驾驶人疲劳走神，操作失控；也可能是被违规占道迎面驶来的大卡车挤到沟里。据了解，在巴基斯坦的确有些运输集装箱的卡车司机吸食毒品，日夜兼程，开车不讲规矩。

老钟的家属要求将亲人的骨灰送回国内。于是，巴方做出一个前所未有的决定：搭一个钢材架子，用 7 吨木材火化遗体。火化前举行了送别仪式，巴方代表、中国使馆官员以及国际台、新华社、光明日报驻巴记者均在场。在燃烧了 48 小时的熊熊烈焰中，老钟魂归故里。

工作细心、待人热心，老钟是驻外记者的好管家

1952年，老钟从广州中山大学外语系毕业后，来到北京外国语学院（现北京外国语大学）英文系进修，毕业后分配到人民日报社国际部，长期在资料组工作。1974 年，国际部成立记者管理组，成员就他一个人。那个年代，记者同国内联系的唯一方式是信函往来。外交信使一月一班，去不同国家出发日期不同，且经常变化，都需一一记下。在信使动身前两三天，老钟就提醒部领导、相关业务组和记者家人写信，信收齐后老钟亲自送到外交部信使队，准日准时，无一次失误。家书抵万金！驻外记者对老钟无不怀感激之情。

老钟还给自己找了个分外的活。报社通过国际邮政给驻外记者邮寄《人民日报》，这是记者了解国内外形势和自己稿件处理情况的主要渠道，但报纸丢失和寄达不准时的现象经常发生。老钟便为每个记者站建了一个文件夹，及时将他们的见报稿剪下归档，信若不超重，就放在信里寄给记者，或当记者回国休假、离任时将剪报交到他们手里。记者们对此都很珍视，因为这里面饱含老钟的心意。

谦和厚道勤奋，老钟留给同事永远的印象

对老钟的猝然去世，我很伤感。说起来，我俩有些缘分。1967 年我分到人民日报，到手的第一件与新闻业务有关的工作就是我和老钟两人共同完成的。报社那时出一份名叫《内部资料》的刊物，送上级和相关单位参阅。那期我们要完成的题目是《日本百年侵华罪行》，相关资料要到国家图书馆查。当年没有复印机，需要什么内容只能靠手抄。资料很丰富，刊物一期也就几万字，领导说可以摘抄，但老钟坚持重要的资料全文照抄，说是这可以给刊物编审更大的取舍余地。寡言少语，踏实工作，乐于助人，是老钟留给我最初也是永远的印象。

后来，国际部决定派老钟去巴基斯坦接替老袁和我，老钟跟我都为能前后脚到同一个国家当记者而高兴。按惯例，新老记者交接工作在所驻国家进行，时间 20 天到 1 个月。这期间，在“拜拜神、串串门、认认人”的走动中，前任带继任结识中外朋友，熟悉办事路径，介绍相关情况和工作中的得失体会。这对新任者尽快进入角色、少走弯路十分有益。1976 年粉碎“四人帮”后，人民日报所有驻外记者都被调回国内学习，同时暂停向国外派常驻记者，因此很长时间以后老钟才赴任，失去了在国外交接的机会，这无疑给他日后工作添了难度。

如今老钟去世已 30 多年，谨以此文缅怀老钟，也希望更多人铭记这位为国际报道而殉职异域的同仁。

2017 年 3 月 24 日

几十年对华友好，卡特总统够朋友

10月23日，从亚特兰大卡特中心传出消息，美国前总统卡特严正指出，美国对香港“占中”活动的干预侵犯中国主权。舆论认为，在美国当局从金钱到精神给“占中”者输血打气之际，卡特的批评准确严厉，难能可贵，体现他作为政治家的胆略和良知。

事关中国，卡特的这类仗义执言，可谓不胜枚举。几十年相交相知，他对中国的认识客观、深刻、理性而饱含情感。对任何伤害、误解中国的言行，他都会挺身而出，据理辩驳，不论这种谬误源于何处，出自何人之口。

譬如，前些年美国流传“中国是造成美国金融危机的根源”的论调，对此，卡特反复告诉美国国民，“中国的增长对美国而言并不是一种威胁”，美中之间的竞争，对双方都有利。

又如，卡特断言，这两年中日关系恶化是因为日本挑起事端。他分析说，“问题的根源就在前东京都知事石原慎太郎。他以买下钓鱼岛的举动，破坏了中日之间某种相对和平的关系。他当时买岛，并将岛变成日本的观光胜地，使得紧张关系因此开始。”

再如，美国每逢大选都会出现竞选者谴责中国的声音，卡特说：“我很讨厌这种言论，这是美国政治运转的不幸。”

对于同中国的关系，有几个“亮点”让卡特感到格外自豪，津津乐道。

“与中国建交是我一生中最正确的决定之一。”卡特无数次这么说。

同“红色中国”建交，卡特承受巨大压力。尼克松1972年访华，打开中美两国相互关闭了20多年的大门，但迫于国内形势，他以及继任者福特并没能实现美中关系正常化。1977年1月卡特就任总统，同年8月即瞒着国会，派要员访华，1979年1月，中美正式建交。卡特知道，他可能要为这一重大决定付出代价。果不其然，在两年后的大选中他败给跟他政见相左的里根，与中国建交被认为是原因之一。卡特再三强调，他从不为此后悔。

1924年10月1日，卡特出生于一个农场主家庭，其生日与中华人民共和国国庆是同一天。“成为中国朋友是命中注定的。”他很喜欢这个说法，这也成为他百说不厌的话题。

如今在美国留学的中国学生已超过24万人。说起中国向美国派留学生的事，卡特总要绘声绘色地谈起一段趣事：一天凌晨三点钟，他被顾问从北京打来的电话唤醒，他想：“准是出现危机了。”“不是，总统先生，我正与邓小平副总理会谈，他问我中国能不能向美国派留学生。”卡特问：“派多少？”“5000。”“你告诉他，可以派10万。”这个令很多中国读者耳熟能详的真实故事，足以印证卡特的远见卓识。

退休后，卡特为中美关系的和谐发展倾注更多心血。耄耋之年，他远涉重洋，十多次访问中国，足迹遍及城市乡村。今年他还以90岁高龄，来华出席中美建交35周年纪念活动。“中国的老朋友”，卡特非常喜爱这个称号，他也的确当之无愧。

2014年10月24日

美国众院议长金里奇倒台记

本月伊始，华盛顿国会山寒风料峭。3 日的美国中期选举，更让共和党凉从心起：本想在参众两院进账 40 席，结果参院一席未增，众院反失 5 席。美国几十年的惯例是，执政党在中选势必丢分，总统连任的第二年中选（即第六年）丢分更多，俗称“六年之恙”。岂料，这次民主党不仅无“恙”，反而硬朗。

这真是一场不大不小的地震。余震接踵而来：选举结果公布 72 小时后，美国第三号政治人物——众院议长、共和党人金里奇突然宣布他不参加新一届众院议长的竞选，连刚又当选上的众议员也不想干了。

领头羊成了替罪羊，金里奇有苦难言

选举后共和党地盘不大反小，金里奇自知要成众矢之的。头两天他硬扛着，在本党议员中游说，以图平息他们的火气。不想此时，他的一些同僚下属却各揣小九九，共演“逼宫戏”。

首先发难的是众院拨款委员会主席利文斯顿。11 月 5 日，这个金里奇的第一副手宣布要挑战金里奇的议长职位。他公开说：“我宣布此决定并不轻松，也不愉快，但是很坚定。我不敢说已取得（共和党领导层的）多数票，但我相信，当尘埃落定之时，我将是众议院议长。”对金里奇来说，这番话就是逼他退位的最后通牒。一向颐指气使的金里奇咽不下这口气，他通过自己的发言人回敬一手：“金里奇感到痛心，因为他与利文斯顿认识很久，友谊很深，他对利文斯顿又格外尊重。”话语绵里藏针，其潜台词是：“瞧，这势利小人！”此话不假。

55 岁的利文斯顿是金里奇的心腹，在金的提携下，他越过两个资深的共和党议员，当上了实权在握的众院拨款委员会主席。金里奇曾向他表示，到 2000 年退位时，由他执议长槌。

利文斯顿感激不尽，自称是“对金里奇忠心的人”。现在，金里奇成了有缝可钻的蛋，“忠心的”不来帮衬，反而急火火地来夺权。这真是投之以桃，报之以黄连，苦了老金。落选的本党伙计也“唰”地一下来个“变脸”。党内大佬、纽约州参议员达马托这次落选出局。这个“达马托法”的提案人名声日臭，落到这步田地也是自找。他捂着自己的疤去揭金里奇，怨其领导失误，不帮他忙。他一点火，一些同僚紧跟着“炮轰中央”。

党内少壮派对金里奇也是咄咄相逼。带头的是众议员萨尔蒙，他有根有据地说已联络了 7 个共和党众议员，仅这反叛的 7 票就让金里奇当不成议长。身为历史学家的金里奇，被挤到了历史舞台的边上。他自然明白，与其被人轰下台，不如自己走下台，这既可保住面子，又落个顾全大局的好名声，以利东山再起。

性事国事两码事，美国百姓分得清

金里奇没料到会有今天。

55 岁的金里奇也有过不凡政绩。他 35 岁就当上了共和党众议员。在 1994 年的中期选举中，他率领共和党一举夺得参众两院的多数席位，结束了民主党控制两院长达 40 年的历史。于是他顺理成章地坐上众院议长的宝座。

但有人形容，金里奇能“马上打天下”，不能“马上治天下”。他掌权后错误不断，最大错误就是死抱着共和党的传统政策，缺少现实感，对形势老是看走了眼。克林顿执政以来，美国经济发展健康，出现“三低”：通货膨胀低、利率低、失业率低，百姓从中得到实惠。选举前民意测验表明，80%选民对经济状况满意，对克林顿政府支持率达 60%。选举中，两党对峙，各树标帜。民主党旗帜上是：教育卫生、社会保障、安全环保，关乎百姓切身利益，颇得民心。共和党旗帜上是：减税额，反总统，炒绯闻。金里奇对克林顿的政策，来一个反一个，来两个反一双，实际上是与百姓过不去。1995 年，他把持的国会迟迟不通过新年度预算案，导致政府发不出官饷而两度关门。金里奇还要大削大砍老人与残疾人的福利，给自己赚了个“冷酷无情、不关心百姓生活”的名声。在党争中，金里奇把大事搁一旁，专在克林顿私德上做文章。他指使斯塔尔的黄色报告上网，美国民众感到厌烦，认为这是在全世界面前丢美国的脸。更失策的是，在选举的前一周，共和党耗资 1000 万美元，大做抨击克林顿操守的电视广告，这下更惹火了选民。美国老百姓并不把“性事”和“国事”绑在一起，并不把“修身齐家”和“治国平天下”等量齐观。孰轻孰重，他们分得清。金里奇不懂国情民意，这是他的悲哀。

此外，金里奇热衷于抓别人的操守，自己行为却不检点。他出书《重生美国》时接受预付金 450 万美元，媒体认为这是变相受贿，他只好乖乖退钱。他因滥用免税法等违规行为，被国会罚款 30 万美元，并受到记过处分。他也有婚外情，甚至在前妻患癌症住院期间提出离婚。大大小小的事，使他口碑甚差。

这次中期选举，是对克林顿的公决，也是对金里奇的公决。结果颇具戏剧性：一直挨整的克林顿地位更加巩固，一心想把他拉下台的金里奇倒先下了台。美国老百姓用选票表达了一个强烈的信号：抛弃我们的人，我们也抛弃他。

共和党无心恋战，克林顿柳暗花明

克林顿顺利通过了“全民公决”。一位民主党的民意调查专家说：“多谢共和党人，今天身为民主党人比一个月前容易得多。”克林顿自然体会更深。

顺应民意，共和党一些头面人物最近就弹劾总统一事纷纷讲话，表示要放克林顿一马。选举一结束，外电就以“民意难违，弹劾调查大缩水，海德只传斯塔尔和另一个证人”为题，报道众院司法委员会主席海德的谈话。海德说，莱温斯基等证人已向大陪审团作过证，无需再传唤他们作证。11月8日，众院议长最热门人选利文斯顿对绯闻案发表了共和党出现内讧以来的首次评论：“我认为美国人民已投票明确表示，他们不认为那是可予弹劾或可予罢免的控罪。”他承认：“很明显，民众已认为我们做得不够好。”前几天，400多名学者联名写信，对弹劾表示异议。信中说，这次弹劾会削弱总统的职能，因为国会以后可以对任何他们不喜欢的元首巧立罪名。按照选举前确定的计划，众院司法委员会将于11月19日举行听证会，正式对克林顿展开弹劾调查，通过决议案后提交众院，决议案如果在众院通过，再交参院审议、表决。种种迹象表明，共和党已从选举失利中买了个明白，有意赶快了结此事，尽早丢掉这个“烫手的山芋”。因此，弹劾案十之八九将在众院胎死腹中。

还让克林顿窃喜的是，这次选举除去了三个对他攻击最凶的政敌。一个是上面提到的达马托，另一个是北卡罗来纳州原参议员费尔克劳斯。这两个人不仅在政治上与克林顿事事作对，对克林顿夫妇的白水案和克林顿的绯闻案也是穷追猛打，不择手段。他们竞选败北解了克林顿夫妇的心头恨。据一位白宫官员透露，“第一夫人听到舒默（与达马托竞选）胜利的消息后高兴至极，恨不得在地上做几个侧手翻。”第三位就是金里奇。对金里奇的黯然引退，克林顿虽笑在心里，公开反应却很大度。他在一份书面声明中说，金里奇是“一个值得尊敬的对手，他领导共和党在国会取得多数党地位，为如何更好地让美国迎接21世纪和我展开激烈的辩论”，“尽管彼此存在着深刻的分歧，我仍然珍惜我们一起为国家努力工作的时光。”

金里奇当然明白，克林顿的作态无非是想显示政治家的宽宏大量，借机在公众中改善形象。听着克林顿的这些话，他心里肯定不是滋味。但金里奇毕竟是长袖善舞的政坛老手，不肯示弱，也不会服输。他在引退声明中表示："我们要为我们的国家，我们的党，发挥重要的作用。"显然话中有话。

1998年11月15日

不听警示，国外遇事救助费自付

这月初，我国外交部在连发 12 次巴厘岛旅游预警之后发表声明，给出了罕见的旅游警告：如中国公民在暂勿前往提醒后仍坚持前往，“因获得协助而产生的费用需完全自理。”

这个严厉声明出台背景是：印度尼西亚巴厘岛阿贡火山上月底喷发，当地机场被迫关闭，赴巴厘岛的国际航线取消，大批中国游客滞留此地，身处险境。中国为此派出 7 架民航客机，将他们接回国内。与此同时，却有不少中国游客不听劝告，通过各种途径赶去那里，看火山喷发，又等待救助，给国家出难题。外交部的声明，就是为了破解这道难题。

这一颇具新意的警告，得民心，被点赞，是因为它虽然针对个别事件，但具有广泛意义，足可依此为规矩，为准则，处理类似事件。而“类似”的事，无论是发生在国内还是国外，可谓层出不穷，俯拾即是。

例如，有些悬崖峭壁或荒山野岭本不适合攀登探访，也有标志明示，但有些人却视警示为无物，因此这类消息不时见诸媒体：某人被困于绝壁，上不去也下不来，专业人士冒险将其救下；某些人在山野中迷路，进退维谷，众多民警和当地百姓连夜搜救。对这类事，今后除了表彰救助者，还应加一条，让涉事者为“劳民伤财”埋单。

又如，有人自驾车游野生动物园，对不许下车的反复警告充耳不闻，硬是擅自下车，发生被猛兽咬死咬伤的惨剧。有时为了救人，不得不将猛兽击毙。动物园的损失，应由肇事者或家属承担。

再如，大约两年前，一位赴埃及旅游的中国少年，在人家3000年前的神庙浮雕上乱写乱画，刻“到此一游”。出于对两国友好的考虑，所在国未予追责。倘若对方要求赔偿，摊上大事的应是孩子的一家。

现在有些国人任性自大，无视合理的规定，听不进善意劝告，随心所欲，肆意妄为，他们的行为举止表现出对个人生命的不负责任，对公共资源的滥用。对这类人，必须让他们为自己的所作所为付出代价，包括在经济上出血，受舆论谴责。这应成为全社会行为准则。实际上，这也是国际惯例。

去国外旅游和经商，要避免上述悲剧发生，以下两点尤其要谨记：

一要有“入国问禁”意识。到一个陌生国度，特别是宗教民族关系复杂的地方，必须对其有本质的了解，风土民情倒在其次，要紧的是有什么特别禁忌，有何潜在的危险。去年，有两位中国青年受韩国传教士的蛊惑，到巴基斯坦的边远地区传教，那里的居民都是信奉伊斯兰教的虔诚穆斯林，而他们要传扬的却是当地人痛恨的基督教，结果惨遭不幸。如果他们对这些情况事先知道，也不至于傻到飞蛾扑火般白白送死。

二要去除“巨婴式公民心态”。国家是公民的靠山，有这种意识很正常，也很重要。但个人不能像小孩子依赖父母那样事事依仗国家的庇护。要知道，国家即便再强大，外交交涉也不是万能的，决不像《战狼2》所展示的那样，可以深入他国救人，出神入化，无所不能。那是电影世界，是艺术夸张，在现实世界里，没有那样的奇迹，若真是那样，首先为我国外交原则所不容。实际上，就算在十分友好的国家，要救一个被某种势力劫持的人质，也要经过复杂的手续，漫长的过程，成功与否且不说，亏欠人情、耗费外交资源那是肯定的。

因此，每个出国的人，一定要有作为中国人的自尊自爱，起码不给国家添麻烦、丢脸面。

2017年12月18日

女子举重是否应从奥运项目中删除

8 月 24 日，国际举重联合会宣布，通过国际奥委会对 2008 年北京奥运会检验样本重新测试显示，三名中国女子举重队员药检呈阳性，通俗点说，即服了兴奋剂。

尘封了 8 年的旧案被翻出，舆论反应甚大。除了对服兴奋剂的谴责，要求女子举重从奥运会比赛项目中删除的呼声也高了起来，理由也更加充分明晰。

在女子举重领域，服用兴奋剂屡禁不止。举重需要很强的爆发力，而女性并不具备这个优势。一些选手经不住奥运奖牌的诱惑，不惜冒险乞灵于兴奋剂。为了适应这种“需求”，有人便运用高科技，制造新药品，让当时拥有的检查手段失灵，“道高一尺，魔高一丈”的规律如影随形。服用兴奋剂，对运动员身心健康伤害很大，对女性尤甚。为什么奥委会规定每届奥运会后要将运动员尿样保留 8 年，2014 年索契冬运会又将时间延长至 10 年？就是为了提高对服用兴奋剂的威慑力，展示“种瓜得瓜”“种蒺藜得刺”的真理，还世界一个迟到的公道。但事实会证明，这会起一定作用，但难以彻底改变女子举重是兴奋剂重灾区的状况。

从根本上说，举重不适合女性。举重运动是危险系数较高的运动，稍有疏忽就可能伤及腕肘、肩背、腰和膝盖等部位。有统计显示，3 成以上的举重运动员有腰伤。对未来的妈妈，伤痛会对她们造成比男性更大的困难。

体育运动的根本目的是增强人的健与美。按人类的审美观，女性理想的身材应该是柔美苗条。而女性从小练举重，容易把身体练得强壮短粗，全身疙瘩肉，失去女性应有的柔性美，她们中不少人甚至为自己的身材终生抱憾。体育评论员董路当年曾有感而发："女子应该展现柔美，女子举重对身体伤害太大，应该取消。"他这种观点应该得到越来越多人的支持。

有人会说，女子举重是2000年悉尼奥运会时才列入奥运比赛项目的，这么快就提出取消，是否急了点，欠考虑？

事实上，在奥运的发展过程中，运动项目的增加和删除始终没断过。变更的指导原则包括以下两点：项目有利于人的身心健康；具有较广泛群众性和参与度。过于曲高和寡和不符合奥运比赛程序的项目不被接受。

譬如网球，第一届奥运会被列为比赛项目，但1928年第9届时被取消，1988年第24届时又恢复。高尔夫球也有与网球类似的经历。

又如板球，这在印度、巴基斯坦、尼泊尔，孟加拉国等南亚国家是一项深受广大群众喜爱的运动，要求将板球列为奥运比赛项目的呼声不断，国际板球理事会还向奥委会提出申诉，要求将板球列入2016年里约奥运比赛项目，但愿望一直未实现。建议所以不被接纳，是因为该项比赛持续时间太长，一场比赛要四五天，精简过的也要3个小时。如按奥运比赛模式，将16个队分成4个小组，决出名次需要100个小时，奥运比赛没时间陪它玩。

再比如，相扑是日本国粹，不管日本怎么想，但绝对成不了奥运会比赛项目，原因是它只存在于日本，没有比赛对手。只许男性参与，有违男女平等的奥运精神。在外人看来，两个大胖子在长宽各4.55米的场内较量，相互推推搡搡，把对方推出圈子即为胜，往往块头大的占便宜，缺少竞技性。相扑运动员硕大的身躯是靠填鸭式躯肥的。这项运动似乎跟健与美都不沾边。

奥运奖牌热，国人上上下下都开始降温，对奥运精神也有新的领悟。有鉴于此，我们对参与项目应有所审视。有的项目，根据国情，似可暂不参加，譬如马术。这个项目看起来比的更多是马而不是人。而养一匹马，动辄数百上千万，绝对是小众运动。中国这次在里约奥运会上得了个第八名，被媒体赞为“历史性突破”，但骑手华天的经历并非普通运动员所及。

更有人提出，中国是否考虑在适当时候向奥委会提出，女子举重应从奥运比赛项目中删除。当然不是现在，别让人误解为我们是在赌气。

2016 年 8 月 29 日

孔子和平奖，继续还是该收手

按照计划，2015 年度“孔子和平奖”颁奖仪式应于 12 月 9 日在北京举行。但事出意外，获奖者津巴布韦总统穆加贝已通过发言人公开拒绝接受，理由是该奖公信力存疑，且与中国政府无关联。面对这样的尴尬，有人好奇：授奖不能强人所难，第六届颁奖是不是要轮空？很多人旧话重提：既然该奖不受待见，是该考虑一下，继续办下去，还是就坡下驴，别搞了？

“不受待见”，话不中听但中肯。这个奖，不算今年的，已举办过 5 届，6 人获奖。他们是：台湾国民党名誉主席连战（第一届），俄罗斯时任总理普京（第二届），水稻专家袁隆平和联合国前秘书长安南（第三届），佛教协会名誉会长一诚法师（第四届），古巴前领导人菲德尔·卡斯特罗（第五届）。获奖者中只有一诚法师到场领奖，其他人或保持沉默，或干脆不给面子。连战说他没听说过有这么个奖，普京领导的统一俄罗斯党则发表文章，称此奖“一钱不值”。

主办单位说，设立孔子和平奖意在阐释中国的和平理念，初衷不错，主办者是民间团体也很正常。但它出现目前的状况，抛开别的不说，单就发奖而言，“别腿”的地方不少，值得反思。

一，将授奖对象定得太高，犯了过于攀高结贵的毛病。这使颁奖者与受奖者之间有道很宽的鸿沟，存在巨大的温差。外交讲究位分名望的对等，婚姻也有“门当户对”一说，该奖主办者在这方面犯了大忌，也就怪不得舆论的冷嘲热讽和获奖者的冷漠以对。个人或机构自取其辱也就罢了，问题是这让孔子蒙羞，并累及国家。西方媒体在报道相关新闻时，总是强调中国给某某人发奖，而不交代这个奖是一家在香港注册的民间机构操办的。

二，孔子是中华文明最重要的符号，是中国软实力的一大要素。借用孔子的名头，应满怀虔诚，秉持高度负责的精神，丝毫不能掉以轻心。但孔子和平奖的评选至今也没有个专门的常设机构，评委会每次都是临时组合，其评奖的专业性和权威性自然容易引起质疑，让人想起讽刺不自量力的一句俗语：没有金刚钻，别揽瓷器活。

三，各届评奖都显得政治和意识形态色彩太浓，获奖者大都与“反西方”沾边儿。该奖主办者对此也不讳言，说是设立孔子和平奖就有对抗诺贝尔和平奖的意图。这几年，诺贝尔和平奖越来越意识形态化，应该受到鄙视而不是效法。孔子和平奖要堂堂正正地搞，不能画地为牢，自捆手脚，因为这不仅有违该奖的宗旨，且自己先为其客观性、权威性和影响力打了折扣。

四，对获奖人的评价也缺乏严肃和实事求是的科学精神。以给穆加贝总统的颁奖词为例，文中说：“罗伯特·加布里埃尔·穆加贝先生自20世纪80年代担任津巴布韦总统以来，克服重重困难，始终致力于构建国家政治经济秩序，造福津巴布韦人民，并大力支持泛非主义和非洲独立，为复兴古老而璀璨的非洲文明做出了卓越的贡献；尤其是他在2015年2月担任非洲联盟主席迄今，以91岁高龄往返奔波于世界各地，积极推动非洲和平事业，为21世纪人类和平历史进程注入了史诗般的活力。”

这样评价显然离事实有些距离。穆加贝是津巴布韦国家独立和非洲民族解放运动的功臣，津独立之初，他推行民族和解政策，受到西方的赞许，英国女王还授他爵位。1984年，津巴布韦独立4周年时，我被派去那里作常驻记者。当时，津元币值比美元还大，超市里物品丰富，农业现代化程度高于中国，粮食丰收一年可以吃两年。后来，由于种种原因，津的经济状况和民众生活每况愈下，通货膨胀率成天文数字，以至取消津元法定货币地位，代之以美元等多国货币。这几年，津经济和民生有所好转，但仍与当年不可同日而语。不能因为他是中国的老朋友就滥用溢美之词。这是一个严肃的奖项最忌讳的。

应该说，设立“孔子和平奖”的创意不错，办得好于国家有利。但就目前情况看，要将这项工程继续下去，主办方需要真心实意听取各种意见，博采众长，以摆脱窘境。

2015 年 12 月 3 日

亚运会，别国弃办中国不要接盘

4 月中旬，越南宣布放弃 2019 年亚运会举办权，给出的理由是经济困难，力有不逮，5 亿美元的承办费大大超出预算。其实，越南这些年经济情况不赖，不至于拿不出这点钱。其弃办的真正原因是国内 80% 的民众反对为亚运会烧钱。亚运会申办成功后，河内越想越觉得这钱花得不值，于是便就坡下驴，还对百姓卖个人情。

越南弃权，谁来接手？伸头的肯定有。就说咱们国内，5 月 8 日，南京市委书记在一个正式场合公开表态："如有需要南京愿意接"，引起公众质疑。随后，南京官方连夜做出否定性澄清；同一天，国家体育总局宣传司一副司长表示支持中国城市申办。由此引发舆论激辩，争论围绕我国要不要接盘的话题展开。目前看，持否定意见者居多，说理也充分。

原则上讲，一个国家的某个城市申请承办国际大赛，至少有三方面考虑：为出名，图获利，履行义务。具体到亚运会，中国城市跟这三点没一个沾边。

就说出名。亚运会已经举办过 16 届，对民众而言，它早没了当初那种新鲜感、吸引力和刺激性。中国国际地位已今非昔比，借体育赛事提升国际地位的边际效应已大大缩水。不认识到这一点，思想未免太落伍。在已经成功举办奥运会这么多年之后，还想靠办亚运会扬名，无异缘木求鱼。

再说获利。数据显示，2000 年以来，承办城市的投入呈剧增之势。

2002年，韩国釜山亚运会，花费约3亿美元；2006年卡塔尔多哈亚运会耗资28亿美元；2010年广州亚运会，加上配合亚运会设施建设，投入高达1200亿人民币，被称为“史上最贵亚运会”。除了1998年曼谷亚运会，办亚运会赔钱已成惯例。

至于承担义务，压根就扯不上。亚运会举办权是相关国家提出申请，亚奥会审批，一步步按程序来。如果中间出现什么意外，像这次越南突然宣布放弃承办权，假设万一没有国家愿意接手，亚奥会指定一个国家承办也是可以的，作为亚奥会参加国都有这个义务。但就这一次若果真发生上述无人接盘的情况，要讲承担义务，首选应该是越南。虽说越南“民主纠偏”的务实做法值得称道，但谁让你越南当年申办时当仁不让？何况如今退办的理由也不充分。

我们要不要承办2019年亚运会，应广泛听取民意。国家体委的看法不作数，因为他们很难完全撇清“本位主义”的牵扯；某个城市的意愿也要认真掂量，因为他们难免有让国家出钱自己城市获益之嫌。最妥善的做法应该是弘扬群策群力精神，集思广益，高层定夺。

此事还在争辩，但民意已很清楚：中国哪个城市都不要接办下届亚运会。岂止是不承办2019年亚运会？做什么事情都应真正发扬求真务实精神，任何贪图虚名，破费钱财，赔本赚吆喝的事都不要干。

2014年5月10日

《泰晤士报》不该对中国媒体无端指责

苏格兰公投以55%的选票否决独立主张，世界媒体围绕此事的热炒也告一段落。不过，对《泰晤士报》此前就公投发文无端指责中国媒体一事，还有必要予以辩驳，以正视听。

那篇题为《中国何以举杯祝福亚历克斯·萨蒙德》的文章说，中国媒体对苏格兰公投“幸灾乐祸”“感到无比欢欣”，还特意解释，在中文里“幸灾乐祸”一词带有报复、恶毒的快感之意。

首先要直白地指出，这篇满含怨忿的奇文，武断，偏颇，失真，犯了该报在报道中国时经常犯的老毛病：曲解事实，取其一点不及其余，鸡蛋里面挑骨头。文中既没有点出一家媒体的名字，也未在“中国媒体”前加个数量限制词，这种“一竿子打翻一船人”的做法，只会激起英国民众对中国媒体，乃至对中国的反感，玷污中国形象。

中国目前有一万多家报刊，近400万个网站，网民超过6亿。总体上看，中国媒体对苏格兰公投的报道，是持旁观者立场，作客观报道，多数中国读者是怀着看新闻、瞧新鲜的心情看待公投。媒体除了介绍苏格兰公投的原委，自然也有针对性地为读者解疑释惑，譬如有人就很想知道：英国不是一向自我感觉良好，怎么会闹到要分家的地步？为什么会出现由8%的人决定大英帝国的生死存亡的怪事？如此等等。当然也有网友的奚落、调侃的：英国最擅长对别国“分而治之”，如今这一招竟落到自己头上，真叫世事无常。总的说，中国媒体和网民是厚道的，理智的。

更重要的一点是，中国也有分裂主义阴影浮荡，某些心眼坏的国家巴不得中国明天就裂成八瓣。因此，中国百姓对分裂主义有种天然的抵触感，不论它们出现在地球的哪个角落，更不愿看到它们成为气候，流毒中国。《泰晤士报》说中国媒体为苏格兰独立公投“幸灾乐祸”，这纯属瞎话。

《泰晤士报》的文章认为，令中国媒体欢欣鼓舞的一个重要因素是，力推苏格兰独立的萨蒙德“讨好北京”，列举的事例是：在卡梅伦首相会见达赖导致英中关系冻结几个星期之后，当达赖前往苏格兰时，萨蒙德始终没有会见他。这里说到卡梅伦，其实他为发展英中关系做过不少事，但一提到他，中国民众会情不自禁地把他跟会见达赖连在一起，因为那太伤中国人的感情。萨蒙德不慑服首相的权势，不随波逐流，不同流合污，不干伤中国人心的事，表现得明事理，敢担当，对中国够意思。世上没有无缘无故的爱憎，中国人喜欢萨家德正源于此，与苏格兰独不独立无关。

在中英关系发展过程中，英国媒体一直扮演拖后腿的反面角色。它们真应该顺应时代潮流，多少改变下自己的形象。试试看，是不是不讲中国坏话，就活不下去?

2014 年 9 月 20 日

枪击案后，美国人为何更爱枪

10月1日赌城枪击案发生后，美国国内在震惊、声讨、哀悼和发出控枪呼吁的同时，也出现了让局外人匪夷所思的情景：与枪支有关的股价闻声上涨；在允许公开带枪的得克萨斯州，人们出门纷纷佩枪，在超市，在餐馆，在学校，在大街上，年轻人自不必说，连抱孩子的妇女，白发苍苍的老者，都把枪放在身体最显眼的位置，枪似乎被当成能降妖伏魔的护身法宝。

除了拉斯维加斯所在的内华达州，其他一些可以公开带枪的州，像密西西比、威斯康星、犹他、俄勒冈等州也都有类似情况。

上述现象至少说明两点。一是美国民众真的被吓怕了。试想，欢乐之际，祸从天降，59死亡，500多人受伤，音乐会顷刻变成杀戮场，这对人心理的震撼无疑是巨大的。

媒体对美国枪击案严重性的集中报道，更加剧了民众的恐惧。过去8年，美国至少有10万人死在枪口下；自20世纪70年代以来，美国死于枪支（包括谋杀、自杀和意外）的人数超过自美国独立战争以来死于所有战争的人数；美国每10万人中就有2.91人死于枪杀，在西方发达国家中遥遥领先，这一比例是法国的55倍，日本的336倍。美国媒体悲观地预计，“如果说历史给我们什么指引的话，那就是很快将有更多人丧生”。

二是百姓对政府控枪禁枪不抱任何希望，因而对个人拥枪自卫看得更重。

枪击悲剧发生后，特朗普总统在讲话中称枪击案是“纯粹的邪恶行为”。但美国媒体形容他“只是空洞地打着官腔，呼吁民众保持团结，而完全回避控枪问题”。事实上，特朗普总统是不主张控枪的。半年前，他在出席全国步枪协会年会时就表示，过去8年民主党政府对枪支拥有者权利的侵犯已经结束，“现在你们在白宫拥有一位真正的朋友和支持者”。而拥有500万会员的步枪协会是控枪的坚定反对者，且具有呼风唤雨的影响力。在去年大选中，该协会给予特朗普大力支持。特朗普上任一个月后，就废除了奥巴马时期的控枪令，算是投桃报李。

美国控枪难，除了共和党的不支持、军火商的阻挠和步枪协会的强烈抵制，还有两大障碍。

其一，美国宪法1791年第二修正案规定保障公民享有持枪权。在宪法面前，任何控枪的政令都会显得苍白无力。何况，美国目前共有枪支3亿多支，真要控枪禁枪谈何容易。

其二，主张个人拥枪自卫具有较广泛的民意基础。由于历史和社会原因，美国民众有根深蒂固的拥枪自卫的传统观念。他们认为，允许人们持枪可以降低枪击发生的可能性，所持例证是，大多数枪击都是针对“无枪区”的人群，像学校，电影院，音乐厅，在那些地方，两手空空的受害者只能任暴徒逞凶，毫无还手之力。如果在场的人持枪，情况会大不相同。去年的一项民调显示，54%的人赞成让更多人合法持枪，用于自卫，不赞成的比例为42%。

共和党人指责民主党人将武器而不是犯罪者妖魔化，而且试图利用悲剧来侵犯宪法所规定的自由。当年里根总统遭枪击受伤后说，“不是枪杀人，是人杀人”。共和党的观点和里根的这番话，引起很多美国人的共鸣。

拉斯维加斯惨案扑朔迷离，案件正在调查中。最新报道称，枪击案真正的凶手不是此前认定的64岁的帕多克，而是IS。分析认为，帕多克没有犯罪前科，也找不出作案的充足理由，何况，凭他一己之力把那么多枪支弹药运进旅馆也不可想象。事实很可能是：IS 早就选好了帕多克住进的那个房间作为作案地点，他们行凶后杀害帕多克，制造他自杀的假象，转移警方视线，然后逃之夭夭。

不论这种分析是对是错，但对美国人来说都是严重的警示：如果 IS 渗透进美国，搜罗不满现实者、仇恨社会者和同情 IS 者，并给他们洗脑，这对枪支泛滥的美国，祸患之大，将不堪设想。

2017 年 10 月 5 日

美国真要援非洲，须改掉三个毛病

据“美国之音”10月22日报道，特朗普政府不久将出台对非洲新战略，照美国国务院非洲事务助理国务卿蒂伯·纳吉的说法，新战略将侧重在非洲大陆投资和创造就业机会，比中国更能为非洲带去繁荣和实惠。本来，美国愿意帮助非洲是好事一桩，但纳吉的后半句话，再加上国务卿蓬佩奥日前扬言美国要在非洲去中国影响力，让非洲走“美国模式”，让人不能不说，美国若真想帮非洲，必须端正立场，改掉三个坏毛病。

第一，应摈弃轻视和鄙视非洲的言行，少来实用主义。美国的对非政策打着很深的国际风云变幻的烙印。冷战时，非洲曾是美国跟苏联争霸的重要战场。20世纪60年代，非洲民族独立运动风起云涌，美苏争相同刚独立的非洲国家建交，美国对非援助随之加大，援助额占其对外援助总额的比重由50年代的1%上升至10%。

冷战结束后，非洲在美国的战略棋盘上变得无足轻重。最近的几位美国总统一个比一个忽视非洲。小布什总统时还搞过一个出资数十亿美元的“美国总统艾滋病紧急援助计划”，动静不小。奥巴马虽有非洲血统，在任时5次访非，但对非洲没有实质性帮助，被批“输掉了非洲”。特朗普更变本加厉，一上台就宣布每年削减30亿美元的对外援助，非洲自然首当其冲。身为总统，他竟然骂海地和非洲国家是“粪坑”。

美国不重视非洲的一个重要标识是，美非贸易逐年萎缩。以2013年的贸易额为例，中非为 2000 亿美元，美非约 600 亿美元，甚至低于印非 700 亿美元。

这些年，美国对非洲的投资约占美国对外总投资的 1%，而且多在石油、矿产等领域，很少投资基础设施，认为搞基建工程不赚钱，还危险。现在美国要出台对非新战略，政治考量和实用主义显而易见。不管怎样说，要是不改鄙视非洲国家的心态，所谓给非洲“带去繁荣和实惠”的大话，将是一句空话。

第二，应改变将“美国模式”强加给非洲、经济援助附加政治条件的行为。对非洲经济援助附加条件是美国的一贯做法。例如，2006 年美国国际开发署发表《非洲战略性框架》，明确提出援非三原则：人道主义需求、对外政策利益和非洲国家的承诺及其改革进程。有评论据此分析：这意味着美国更加重视受援国的国内政治指标，把经济援助非洲与推广民主，以及按美国意愿促进非洲改革联系起来。早就有分析指出，美国给非洲提出的发展模式实际上是“华盛顿共识”，即政治民主、经济私有化以及政府减少干预。有的评论曾这样剖析形成“美国模式”的三个核心原动力：政治驱动经济，经济驱动军事，军事驱动政治，无限循环，最终形成世界格局的依赖模式。人们当然不希望美国的对非新战略是新瓶装旧酒，重复老套路。

非洲国家同美国国情截然不同，非洲国家之间情况也千差万别，有些措施在美国行之有效，在非洲未必奏效，还可能适得其反。因此，如果美国硬要在非洲推行“美国模式”，按一个方子抓药，人们担心会破坏非洲近年来比较好的发展势头，扰乱非洲正常的发展进程。倘如此，这对非洲是忧不是喜，是祸不是福。对非洲来说，最有效的援助应当是不附加任何条件，不横加干预，符合非洲当前需要和有利于其长远发展。

第三，应改掉污名中国、离间中非关系的不光彩行为。围绕中非关系，美国生产了许多诬陷中国的大帽子，什么“新殖民主义”“掠夺资源”“债务陷阱”等等，意在败坏中国声誉，离间中非关系，消减中国在非洲的影响力。因为太违背事实，美国的上述论调不仅在非洲遭受批驳，在西方也受到质疑。世界银行、布鲁金斯学会、皮尤研究中心等机构经过长时间大范围的调研，得出如下论点：中国的投资约占非洲直接投资存量的3%，没有比西方在这一领域的投资更多；中国在非洲投资不局限于资源领域，服务业和制造业投资与日俱增；中国企业越来越重视投资的多重社会效应；超七成非洲受访者对中国投资点赞。以上几点明显是对所谓“掠夺资源”和“债务陷阱”等论调的否定。

若真想在非洲有所作为，美国当局就该对中非关系有客观认识。过去几十年，从支援非洲民族独立到发展国民经济，中国始终不渝地同非洲国家站在一起，休戚与共，历经风雨，友谊根深蒂固，被非洲誉为“全天候的朋友”。在非洲有这样的说法：谁想败坏中国的声誉，只会败坏自己的声誉；谁在中非挑拨离间，只会失去非洲人的信任。美国应该把这些话视为有益的警示，不要当成耳旁风。

有美国媒体还制造舆论，鼓吹非洲要发展必须离开中国。这类狠话听听可以，美国政府可不能当真。中国帮助非洲修建了大量的基础设施，包括5000多公里的铁路，长度相仿的公路，十几个港口，十多个机场……有人断言，美国想在非洲一展身手，少不了要搭中国的便车。这显然不是调侃，而会是事实。

非洲渴望发展，需要多方位的外援，对中美两大经济体尤其寄予厚望，因此特别希望美国放弃对抗意识，跟中国优势互补，在非洲大陆进行某种程度的合作，不辜负非洲广大民众的期待。

2018年11月5日

特朗普总统被马哈蒂尔总理“点了穴”

点穴，按汉语词典的解释，相传是拳术家的一种武功，把全身的力量运到手指上，在人某几处穴道上点一下，就能使人受伤，不能动弹。以此对照，特朗普总统颇像是被马哈蒂尔总理点了穴。马哈蒂尔近日对特朗普的对外政策和为人处事，都予以尖锐批评，却未见特朗普回应。依他睚眦必报的性格，有些反常，真像是被“点中穴位，不能动弹”。

对美国强加给中国的贸易战，马哈蒂尔明确表态：在世界最大的两个经济体之间的贸易争端中，“我认为历史站在中国这一边”，“中国有 4000 年历史，我们必须学会与中国共存”，“30 年前，中国还是一个贫穷国家，但他们存活下来了。所以，如果有人想再次把中国变得贫困，他们仍会崛起”。他指出，“要使美国再次伟大，可以通过其他办法，挑起贸易冲突并不是最佳方式”。他预测“中国将笑到最后”，这是在套用那句西谚：笑最后才是笑得最好。

他不同意特朗普的亚洲政策，认为特朗普对亚洲知之甚少，因此，“他做出的决定不是基于现实或事实，只考虑如何让美国再次伟大”，“特朗普的外交方式破坏了美国此前在亚洲所做的努力”，马哈蒂尔毫不讳言：“在这个问题上，我认为更多的美国人比以往任何时候都对总统不满。”

同样，马哈蒂尔也不认同特朗普的对华政策，不赞同美国时不时地挑衅中国。他说，南海有自由通行航道，美国军舰却常常故意靠近有争议的岛礁，是有意挑事。

客观地说，关于亚洲及中国问题，马哈蒂尔有足够的发言权。他是亚洲任职最长的政府首脑之一，精通该地区事务；任职期间他 8 次访华，对中国的外交政策、国情民意和交友之道可谓了然于胸。

评判特朗普已成为世界性话题。总体看，对其评价赞者寥寥，恶评如潮。对他的嘲讽谩骂且不论，外国理智的说法有：特朗普强推"美国优先"，已使如今的美国处于号召力最小的道义低谷，剩下的主要外交工具就是恐吓别国。《华盛顿邮报》则毫不留情地指出："特朗普的美国是个恶霸，不是灯塔。"一个人累及一个国家，这过错是很重的。

9 月 26 日，对特朗普评价的问题，记者也提给马哈蒂尔，得到的回答是："我不知道如何评价他，因为他甚至在几小时内改变自己的看法……与前后不一致的人打交道是个大问题。"此前他还说过，"很难与一个不到 24 小时改变三次想法的人合作。"举出的例证是："特朗普说要与朝鲜领导人进行会晤，随后说不见面，马上又改为见面。"在各国领导人中有此种感慨的已大有人在。一个国家的领导人言而无信，出尔反尔，势必失信于人。这正是特朗普在国际上丢脸失分的致命伤。

出人意料，马哈蒂尔竟大胆预测："特朗普不可能获得连任，之后他推行的政策也会被抛弃，就像他拢弃前总统奥巴马的政策一样。"

如此这般的负面评价，并非马哈蒂尔跟特朗普有什么过节，或者对美国有特别成见。在长期执政期间，马哈蒂尔一直奉行"大国平衡外交"，坚持独立自主政。他既敢于批评美国，也会出台同中国主张相左的政策。例如，他新任总理伊始，就叫停了前任政府与中国签订的三个工程项目，其中包括与新加坡的新隆高铁以及中资东海岸铁路项目，认为这些工程的费用超出国家财力。

应该说，马哈蒂尔对特朗普的批评是基于数十年从政经验和对世势的深刻洞察。他正视现实，直抒胸臆，表现出一个政治家对亚洲和世界安全的责任感。他勇于为中国仗义执言，展现出不惧强权和对“中国老朋友”的固有形象。他是位敢说真话、勇于担当的领导人，他的逆耳忠言无疑具有说服力和权威性。

马哈蒂尔的上述观点大都是在美国外交关系协会讲演时发表的。该协会是政府的重要智囊团。他大概是想让这里的美国精英多听听美国之外的声音，给特朗普多出些明智一点的主意。不过从特朗普过往的表现看，他多半听不进别人的意见。

2018 年 10 月 1 日

蒋元椿老师教我写评论

在国际部几辈人中，对国际评论贡献最大的要数蒋元椿同志（他让大家叫他“老蒋”）。他笔力超群，很能为《人民日报》国际评论扬名立万；他为国际评论队伍建设呕心沥血，成效显著。我曾在他手下学习撰写国际评论多年，受益良多。

“文化大革命”结束，国际宣传也迎来春天，全体国际部同志工作热情高涨。“文革”前一些受读者喜爱的文章品种，像国际随笔、国际札记和三言两语等陆续出现在国际版上。就说国际札记，这种几百字的署名小评论，不仅年轻同志，连许多资深编辑也争先恐后地写。有时一个题目两三个人不约而同地选中，稿子交到老蒋手里，他择优选用或作适当平衡处理，以保护每个同志的积极性。记得我的第一篇札记题目叫《青瓦台上的孤家寡人》，讽刺南朝鲜总统全斗焕倒行逆施，丧失民心，陷入空前孤立。老蒋对此文似乎比较认可，内容没改多少，但题目是他起的。从此，我的脑子就闲不住了，总觉得有写不完的题目，除了完成地区组的任务，每周见报三四篇札记是常事。部里不用的稿子就投到《世界知识》杂志和《解放军报》。那时刚恢复稿费制度，第一篇外稿得了12元，正好买了本很大的汉英词典。

值得一提的是，我用笔名写的札记大都由方成、江帆、苗地和沈同衡等同志配上漫画，以方成配的最多。通常是下午把老蒋审定的稿子送给他，夜班同志上班后去他家将画和文章一并取回。那个年代的人想法简单，作为一个初出茅庐者，我一直没有觉得让大漫画家配画是在高攀或受宠若惊；他们也不认为跟一位无名小卒搭档就掉价就该端大画家的架子。老的少的都觉得这种合作很正常，是为了工作。

如果说写札记更多是自选题目，短评、本报评论员和社论等则大都是命题作文。我从老蒋那里接受较严格的评论训练是从写短评开始的。

1978 年，老蒋被错划右派问题得到彻底改正，担任国际部副主任，分工抓评论，随后成立了评论组，让我也参加。老蒋每天来得很早，9 点半左右看完大参考后，就让我和相关同志分别到他房间商量评论选题，其实多半是领任务。定下题目后，他简单说一下要求，怎么写由我自己去想，下午三点半前交稿，决不通融。因稿子当晚要用，极少退回返工。如果写得还可以，他改得少些；实在太次，他就大段大段划掉，或用红笔一页一页地打叉，自己重写。不管怎样，在稿子发到夜班前他都让我拿去看看。极少表扬批评，只有一次例外，是在我写了一段时间短评后，他对我说：你的短评可以了，以后多写些长的吧。此后，我比较多地写本报评论员文章。

老蒋不时地推荐他认为写得好的国际评论让我看，我将它们一一找出，全文抄在一个活页本上。记得有一篇是出自当时的一位上级领导之手，题为《招不回来的魂——没有了巴格达的“巴格达条约”》。听国际部的老人说，老蒋被划成右派，与这位领导批评老蒋写的小字报《圣旨口》有很大关系。对此，老蒋到老都难以释怀。但他不计前嫌，不因人废文，表现得有气节，有胸怀。

关于如何写国际评论，老蒋有许多精彩见解。譬如：出手快是搞评论的基本功。评论是个急活，要练就倚马可待的本领，慢慢腾腾、拖拖拉拉是完成不好评论任务的；评论最讲究分寸感，这除了理论修养和政策把握，驾驭文字的能力至关重要。评论要句子短，用词严谨，切忌语言花哨和形容词过多；写评论要有激情。作诗和写评论看起来风马牛不相及，其实有很大的共同点，那就是要特别有激情。如果一个人遇事不会激动，爱憎不分明，是非观淡薄，那最好别干这一行；笔是练出来的，文章是逼出来的。新闻学是实践学，光看不动笔只会越来越眼高手低，一辈子也不会写东西……

老蒋这种理论加实践的培训持续数年。1982 年，有 20 多位毕业于社科院研究生院的研究生分到国际部，老蒋对他们集中进行国际评论写作培训，大家都觉得收获很大。

1996 年 4 月 22 日，蒋元椿老师不幸去世，享年 76 岁。国际部部委会决定筹资给老人家出本国际评论选，定名为《从江南到塞北》，江南和塞北，是老蒋早年和晚年常用的笔名。因老蒋对自己写过的东西不保存，查找很费时，加上出版社不给力，书于第二年 6 月才出版，错过了纪念他去世一周年的正日子。光阴荏苒，老蒋辞世转眼已经 20 年。又到 6 月，谨以此文表达对他的怀念和感激。

2016 年 6 月 20 日

后记

许多年前，我还在工作岗位时，曾誓言“决不出书”。一个重要原因是，当时出版业空前繁荣，书店里各类图书浩如烟海，具有真知灼见、呕心沥血之作自然很多，但厕足其间、滥竽充数的也不少。鉴于此，我在这方面的自我定位是：不要不自量力，不去凑热闹。

近来，不断有朋友向我提出：你阅历多，写东西不少，应该把它们汇集成书，以飨同好。我觉得他们的建议甚好，书不进书店，也不违我决不出书的初衷，遂成书《五洲留踪 说中道西》。没有书号，自费印刷若干，分赠同事、同学、亲友。承蒙不弃，对该书评价甚是积极，赞许之外，也不乏因此书未进入发行渠道、读者群受限而感到惋惜。

五洲传播出版社的慷慨决定破了这个难题，该社愿意出版此书。编辑同我一起对《五洲留踪 说中道西》中的文章加以取舍和润饰，增补散文随笔类，强化国际性和可读性。书名定为《见面胜似闻名——一位驻外记者眼中的世界》，意向明确：让读者跟作者一起去领略色彩缤纷的大千世界，给有志写作国际体裁文章者以借鉴。

本书得以正式出版，这里要对五洲传播出版社表达诚挚谢意！